스기야마 토미 1921년 7월 25일생

한국민중구술열전 **47**

별책

스기야마 토미
杉山とみ

1921년 7월 25일생

기록 혼마 치카게 本間千景

번역 신 호

20세기 **민중생활사**연구단

눈빛

혼마 치카게 本間千景
1960년 아이치(愛知) 현 출생
불교대학 대학원 수학
문학박사
불교대학, 교토여자대학 강사
저서 『韓國 '合倂' 前後의 敎育政策과 日本』 2010 外

한국민중구술열전 47
스기야마 토미 1921년 7월 25일생
편찬 총괄 — 박현수

초판 1쇄 발행일 — 2011년 8월 15일
발행인 — 이규상
편집인 — 안미숙
발행처 — 눈빛출판사
　　　　서울시 마포구 상암동 1653번지 이안상암 2단지 506호
　　　　전화 336-2167 팩스 324-8273
등록번호 — 제1-839호
등록일 — 1988년 11월 16일
편집 — 성윤미·김은정·이솔
출력·인쇄 — 예림인쇄
제책 — 일광문화사
값 9,000원

Published by Noonbit Publishing Co.,
Seoul, Korea
ISBN 978-89-7409-787-5

가까운 옛날 식민지 일본인의 삶

박현수 朴賢洙

한민족이 일제의 식민통치로부터 벗어난 지 66년이 되었다. 그동안 하고많은 다리 밑으로 강물은 얼마나 흘러갔는가. 그 강물이 흘러가는 동안 우리네 삶은 또 얼마나 달라졌는가. 글을 쓰는 도구가 먹과 붓에서 컴퓨터와 스마트폰으로 바뀌는 동안 우리는 거의 수렵 채취적 생활에서 탈산업 생활에 이르는 문화를 겪어, 세계사의 과정을 압축하여 과장하였다. 이 시대와 이에 선행하는 일제 시대의 후반부는 지금 살아 있는 우리 이웃들이 목격하여 증언할 수 있는 시대의 전부다. 식민지 시대는 우리가 목격한 물리적 시간의 상한(上限)인 것이다.

흔히 '일제 36년'이라고 한다. 그런데 1910년부터 1945년까지는 35년이니까 일제 36년이 아니라 35년이라고 주장하는 사람도 있다. 치욕스러운 식민지 시대를 1년이라도 줄이자는 이야기다. 그러나 식민지 시대를 줄여서 생각하고 이야기한다는 것은 피해신고를 축소하여 하는 것과 다를 바 없을뿐더러 그런다고 그 시대가 줄어드는 것도 아니다. 어찌 보면 조선이 식민지가 된 것은 1905년이라고 하는 것이 옳을 것이다. 일제는 러시아와의 전쟁에 이겨 보호조약을 체결함으로써 사실상 조선을 식민지화한 것이다. 일제 시대는 40년인 것이다. 그 시대가 좀 길었다고 못 견디게 치욕적인 것은 아니다. 프란츠 파농의 저서에 부친 서문에서 사르트르는, 제국주의 시대에 세상은 5분지 1의 사람과 5분지 4의 원주민으로 구성되어 있었다고 이야기한다. 그 사람들은 자기 말을 사용하고, 원주민들은 남의 말을 빌려 사용했다고 이야기한다. 식민주의에 대한 부정적 담론으로 식민지적 역사가 제거되는 것은 아니다. 그것은 마치 지도를 없앤다고 땅이 없어지지는 않는 것

5

과 같다. 식민지적 역사로부터의 알리바이를 조작하는 것은 전 인류의 4/5에 해당하는 제3세계 이웃으로부터 스스로 소외시키는 일이 아닐 수 없다.

한국 민중에게 가까운 과거는 20세기이며, 그것의 전반부는 대체로 일제 식민지 시대에 해당한다. 적어도 근현대사의 기본이 되는 민중생활사의 경우 가까운 옛날은 식민지 시대이며, 현재 생존해 있는 사람들이 기억할 수 있는 상한이다. 그러나 이 가까운 시대는 가까운 이웃들과 마찬가지로 아카데미로부터 외면되어 왔거나 여러 학문 연구의 사각지대로 남아 있었다. 원근법의 원리에 입각하여 가까운 것들을 중요시하고 역사 없는 민중들을 역사의 전면으로 복권시켜 역사를 민주화하자면 20세기 민중들의 생활을 새로운 자료를 통해 기록하고 해석해야 한다.

그동안의 산업화와 도시화는 '개발'이라는 이름으로 진행되었다. 그것은 역사적, 문화적 자취의 파괴의 또 다른 이름일 뿐이었다. 급격히 진행된 과거 지우기와 왜곡은 역사의 깊이를 용납하지 않아, 뒤돌아보면 보이는 풍경은 영화 촬영 세트처럼 평면으로만 남게 되었다. 이러한 위기의식을 바탕으로 2002년에 결성된 20세기민중생활사연구단은 시민사회와 빈사의 인문학을 위한 거대한 과제를 위해 조그만 출발을 고할 수 있게 되었다. 날마다 사라져 가는 지난 백 년의 민중생활 자취를 기록하고 해석하여 한국 현대사를 새롭게 구축함으로써, 역사를 민주화하고 새로운 인문학의 토대를 구축한다는 것이 이 조직이 내건 기치였다. 기존 학문 체계의 벽을 허물고 백 명이 넘는 소장학도들이 여기에 참여하였다. '민중생활사의 기록과 해석을 통한 한국 근현대사의 재구성'과 '가까운 옛날'이라는 제목의 과제를 수행한 연구단은 10여 개의 대학·학회 등으로 컨소시엄을 구성하여, 연구와 조사를 실험하게 되었다.

현재의 위치와 목적지를 연결하면 거기에 길이 나타난다. 흔히 각 학문은 주어진 방법론을 바탕으로 목적과 목표를 설정하지만 민중생활사의 경우는 그 당위성과 목적이 방법론을 규정할 수밖에 없다. 20세기민중생활사는 오늘에서 어제로 가는 여행이며, 오늘을 알기 위해 어제를 출발하는 여행이다. 역사학에 준거하는 연구 작업은 이런 목적을 세울지라도 문헌자료 탐색과 그 사료 비판에 얽매어 기존 연구 성과를 벗어나기 어렵다.

민중생활사는 그 자체의 연구를 방해하는 문헌자료로부터 자유스러워야 한다. 추체험(追體驗)을 통한 문헌자료보다 직접 체험이 보여주는 구술 자료가 더욱 중요하다. 역사를 표방한 연구보다 결코 덜 믿음직하지 않은 동시대 작가들의 소설을 활용해야 한다. 무한한 내용을 품고 있는 옛날 사진은 가까운 옛날에 관해 많은 것을 이야기한다. 기록을 의도하지는 않았지만 어쩔 수 없이 한 시대의 정경들을 감추지 못하는 영화 필름은 문헌사료들보다 더욱 적절한 자료가 될 수 있다.

정해진 레시피에 따라 주어진 재료로 요리할 처지가 못 되는 만큼, 민중생활사 작업의 현단계는 들판에 나아가 이삭을 줍는 일이었다. 방대한 양의 이삭들은 디지털 방식으로 집성되었지만, 그 일부분은 종이에 인쇄된 책들로 간행되었다. 46명의 이름 없는 민중들이 살아온 한평생 이야기들을 받아 적은 46권짜리인 「한국민중구술열전」, '장삿길 인생길' 등 6권으로 된 「20세기 한국민중의 구술자서전」, 3권의 '어제와 오늘'을 포함하는 6권의 「사진으로 기록한 이 시대 우리 이웃」 등이 대표적 간행물이다. 그 밖에 전라북도 화호리 마을에 관한 기록집과 영화나 소설을 이용한 민중생활사 연구사례집도 의미 있는 연구 결과물이라고 할 수 있다.

20세기민중생활사연구단은 위의 작업에 그치지 않고 역사적 심도를 가진 민족지, 또는 민족지적 총체성을 추구하는 마을 역사를 기획하여 결과물을 발표하게 되었다. 일찍이 현지조사를 바탕으로 민족지적 기록을 작성한 바 있는 인류학자들이 사오십 년 만에 다시 그 마을들을 찾아가 그동안의 변화를 기록하게 되었다. 모두 여덟 권으로 기획되어 최근에 제1권 『평창 두메산골 50년』이 출간된 「한국의 마을: 어제와오늘」 총서가 그 열매다.

연구단이 개발한 방법은 대체로 20세기에 대하여 적용될 수 있다. 특히 구술에 의한 생애사 또는 자서전의 경우 식민지 시대 말기 이전으로 거슬러 올라가기 어렵다. 그러나 앞에서 중요성을 이야기한 식민지 시대 말기에 관한 구술 자서전은 그 시급성이 남다르다. 연구단은 출범 시부터 식민지시대 조선에서 살았던 일본인의 체험을 중요시하였다. 그리하여 2003년부터 3년간 규슈대학(九州大學)의 협조를 얻어 현재 살아 있는 식민지 조선생활 경험 일본인에 대한 포괄적 조사를 시도하였다. 이를 바탕으로 집약적인 조사도 시도하게 되었다.

일본제국의 경우 식민지 지배의 특징은 가까운 이웃 나라를 지배했다는 데에서 나온다. 영국이나 프랑스와는 달리 식민지에 많은 종주국인이 이주한 것도 그렇고, 문자가 서로 통하는 나라(同文之邦)인 만큼 통치 시대 내내 차별과 동화의 모순을 떨쳐내지 못한 것도 이 때문이다. 가까운 식민지로 이주하여 생활한 일본의 민중은 일본 역사를 여기에 전개하여 그들의 역사는 일본사의 일부가 된다. 그러나 이는 한국사를 겉돌았더라도 한국 근현대 민중생활사에 크게 영향을 준 만큼 한국 생활사 이해에도 불가결한 요소가 된다.

더 늦기 전에 식민지 시대에 이 땅에 살았던 세 사람의 일본인의 삶을 「한국민중구술열전」의 별책으로 각각 세상에 내놓는다. 그들은 자신들이 겪은 그 시대를 이야기할 뿐만 아니라 자기가 본 그 시대도 이야기한다. 과거지사(過去之事) 자체를 증언하면서 아울러 과거의 담론도 전개하는 것이다. 대부분의 일본인들과 달리 식민지 사람들의 생활에 가까이에 있었던 그들은 식민지 사회와 문화를 말하면서, 고국 일본의 문화와 사회를 소격(疎隔)된 시각에서 이야기한다. 이 조사 작업의 열매가 「한국민중구술열전」의 습유(拾遺)에 그치지 않고, 민중자서전 집성 작업의 화룡점정(畵龍點睛)이 되기를 기대한다.

이른바 명사들의 성공적인 삶뿐만 아니라 보통 사람들이 살아온 이야기도 생애사(生涯史)에 그치지 않고 전기(傳記)이어야 한다는 것을 보여주는 이번의 실험적 작업은 많은 이웃들의 헌신으로 가능하였다. 기획의 취지에 찬동하여 협조해준 규슈대학 여러분들, 현장에서 땀흘린 불교대학 혼마 치카게(本間千景) 선생, 스즈키 후미코(鈴木文子) 선생, 규슈대학 신호(申鎬) 선생에게 감사드린다. 편집과 제작에 머물지 않고 더욱 깊숙한 영역에서 작업을 추진해 준 눈빛출판사 여러분들이 고맙다. 이 책들의 성립에 절대적 기여를 한 스기야마 토미 선생, 이마오카 유이치(今岡祐一) 선생, 이노우에 히로시(井上博) 선생의 깊은 이해와 협력에 어떻게 적절한 감사의 말씀을 드릴 수 있을까. 부디 건강을 유지하시어 역사 없는 사람들이 역사의 주인공이 되는 모습을 보게 되시기 바란다.

(20세기민중생활사연구단 단장·영남대 명예교수)

"저는 조선인 아이들을 일본인으로 만들려고 했다는
죄의식에 사로잡혀 괴로워했습니다"

차례

사진 1. 인터뷰 중인 스기야마 토미 씨, 도야마 현민공생센터 산포르테에서, 2007. 5. 1

머리말

혼마 치카게 本間千景

이 책은 식민지 지배하의 조선[1]에서 태어나고 자라, 일본인 교원으로서 조선인 초등교육에 종사한 스기야마 토미 씨와의 인터뷰 기록이다.

스기야마 토미 씨는 1921년 전라남도 영광에서 태어났다. 그 후 부모님은 대구로 이사해 일본인이 거주하는 상가에서 모자점을 경영하였다. 1928년 대구공립본정심상소학교에 입학, 1934년 대구공립고등여학교에 입학, 1939년 경성여자사범학교에 입학하였다. 1941년 조선인 초등교육기관인 달성국민학교에 본과 훈도로서 부임, 1945년 대구사범학교 부속국민학교로 이동, 1945년 8월까지 약 4년 반에 걸쳐 교원으로서 교단에 섰다.

일본의 패전과 함께, 1945년 10월에 부모님의 고향인 도야마 현(富山縣)으로 가족과 함께 돌아왔다. 스스로를 조선인에 대한 '정신적 전범'이라고 느끼고 있던 스기야마 씨는 두 번 다시 교단에 서지 않겠다고 맹세를 하고, '칙령'을 그대로 받아들여 퇴직을 하게 되었다. 그러나 1947년 주위의 강한 요청에 의해 다시 교단에 서게 되고, 장애아 교육에 열정을 다하였다.

13

전후 40년이 지나, 조선에서 재직할 당시의 제자들과 재회를 하였고, 지금도 교류가 계속되고 있다. 1974년에 교직에서 물러난 이후에는 한일친선협회 활동을 통해, 한국과의 친선교류에 정열적으로 활동하고 있다.

여기서 식민지 시기의 조선에 관한 일본의 연구 상황에 대해 잠시 언급을 해 두기로 한다. 1990년대부터 일본에서는 제국사 연구가 활발히 진행되었고, 그 일환으로서 일본의 조선 식민지 지배에 대해서도 정치·경제·군사·사상·교육 등 여러 가지 분야에서 연구가 축적돼 왔다. 또 지금까지 별로 주목받지 않던 한반도 거주 일본인 연구도 최근 들어 조금씩 주목받게 되었다. 하지만 식민지 지배에 대한 거의 대부분의 비판적인 연구는 그 시대를 경험하지 않은 사람들에 의해 이루어지고 있다.

그런데 최근 들어 스스로의 식민지 경험을 서술한 저작의 출판, 특히 자비출판이 한창이다. 자비출판 도서관이나 생애사[自分史] 센터 등에는 많은 '생애사'가 소장되고 있다. 이러한 자료들도 자세하게 정독을 하여 검토해야만 한다. 방대한 저작을 모두 검토한 것은 아니지만, 이러한 저술 중에는 식민지 지배에 대한 비판적인 시점이 부족한 것도 적지 않다.

한반도 거주 일본인의 집단거주 지구에서 태어나 자란 사람들의 대부분은 일본인 사회 속에서만 생활하였고, 또 살 수 있는 환경이 되어 있었다. 스기야마 씨의 경우, 부모님이 모자점을 경영하고 조선인 종업원을 고용해, 손님으로 오는 조선인과 접하며 생활하였다. 또 스기야마 씨 자신도 국민학교 교원으로 재직하면서 조선의 아이들과 날마다 많은 시간을 보냈으며, 한반도 거주 일본인 중에서도 비교적 조선인과의 접촉이 많은 편이었다. 이러한 스기야마 씨까지도 당시 조선은 일본의 일부이며, 조선인은 일본인이라고 하는 생각에서, 조선인을 같은 일본인으로서 '끌어올리는' 일이 교원인 자신의 사명이라고 생각하고 있었다. 당시 그것이 차별이라고 생각하지 않았지만, 패전 후 그것이야말로 차별이었다고 자각을 하여, '정신적 전범'이라는 죄책감에 괴로워했다. 당시 특권적 입장에서 생활하던 한반도 거주 일본인의 시선에서는 보이지 않았던 것들이 일본의 패전을 계기로 다시 생각하게 됐고, 현재에도 가슴속에 아픔을 안고 생활하고 있다.

스기야마 씨의 구술 속에서는 태어나서 자란 '조선'을 그리워하는 장면이 여러 곳에서 나타나는데, 이러한 스기야마 씨의 인터뷰 기록은 '생애사'와 기존의 연구 사이의 분단적 상황을 이어주는 커다란 의미가 있다고 생각한다.

그럼, 지금 왜 이 책을 한국에서 출판하는가? 20세기민중생활사연구단의 박현수 단장은 "식민지기 조선에는 많은 일본인이 생활하고 있었고, 그들의 생활사 역시 식민지기 조선을 고찰하는 데 중요하다"라고 역설한다. 이 '구술사' 시리즈에 한반도 거주 일본인이 포함되는 것에 대해 한국인 독자들이 어떻게 생각할지 모르겠지만, 한 가지 분명한 것은 식민지 지배의 실태에 대해 다각도로 접근을 한다는 것은 식민지 지배의 다양한 측면을 파악하는 열쇠가 된다는 것이다.

스기야마 씨와의 인터뷰는 교토대학 교육연구진흥재단의 조성 프로젝트의 일환으로서 시작되었다. 첫 번째 인터뷰는 2007년 5월 1일, 도야마 현민공생센터 산포르테(도야마 시)에서 스즈키 후미코(鈴木文子,

불교대학교 교수), 이승엽(李昇燁, 당시 교토대학 인문과학연구소 조교), 히우라 사토코(樋浦郷子, 교토대학 대학원생) 데보라 솔로몬(미시간 대학 대학원생), 안홍선(安洪善, 당시 서울대 대학원생), 혼마 치카게(불교대학 강사)가 참여하였다.

스기야마 씨는 지금까지 저서 『가는 말이 고와서(ゆく言葉が美しくて)』외에도 많은 글을 썼으며, 그 중에는 식민지 시대의 경험에 대한 글들도 있다. 우리는 첫 인터뷰를 하기 전에, 그러한 자료를 참고로 하여, 1. 부모님이 조선으로 가게 된 경위, 2. 자신이 받은 교육경험, 3. 조선에서 교육자로서의 경험, 4. 자신이 태어나 자라고 교사로서 부임한 대구의 모습, 5. 해방 후 조선의 상황, 이렇게 다섯 가지 사항에 대해 이야기해 달라고 사전에 부탁을 드렸었다. 특히 이 책이 스기야마 씨 자신이 받은 교육경험과 교육자로서의 경험에 중점을 두고 있는 것은 인터뷰에 참가한 대부분의 멤버가 교육사 연구자로 구성되어 있었기 때문이다.

두 번째 인터뷰는 2007년 11월 8일, 불교대학 시조센터 회의실(교토시)로 스기야마 씨를 초대하여, 고마고메 타케시(駒込武, 교토대학 준교수), 스즈키, 히우라, 그리고 필자가 참석하였다. 이 두 번에 걸친 인터뷰 기록은 2008년 5월, 교토대학 교육연구진흥재단에 제출된 보고서에도 수록되어 있다.

이번에 박현수 단장으로부터 연구 의뢰를 받고, 기존의 교토대학 프로젝트 성과물을 바탕으로 새로운 조사를 더하여 완성한 것이 이 책이다. 또 교토대학 교육진흥재단으로부터 지원을 받은 프로젝트의 멤버들에게도 이 책의 작업을 양해받아, 보충 인터뷰와 기록의 정리를 본인이 하게 되었다.

첫 번째 보충조사는 2009년 4월 24−25일, 두 번째는 동년 5월 22-23일에 걸쳐 이루어졌으며, 모두 '도야마 간이보험숙소'에서 이루어졌다. 두 번의 인터뷰는 스기야마 씨와 같이 침식을 같이 하면서, 아침부터 밤까지 이야기를 들었다. 두 번의 보충조사에서는 2007년의 인터뷰에서 별로 다루지 않았던 스기야마 씨의 어릴 때 이야기나 여학교 시절, 그리고 전후 한일친선 교류활동에 대한 이야기를 들을 수 있었다. 또 2007년에 실시한 인터뷰 내용에 대해서도 보다 상세하게 내용을 확인하는 작업을 실시했다. 또 교토대학 교육연구진흥재단에 제출한 보고서는 이야기 형식의 원문을 거의 그대로 수록하고 있는바, 이번 출판에 즈음해 가능한 한 읽기 쉽게 편집하였다.

마지막으로, 수차례에 걸쳐 장시간 인터뷰에 응해 주신 스기야마 토미 씨에게 진심으로 감사를 드리고 싶다. 사실 식민지기 조선인 국민학교에서 교사를 하던 일본인이 그 당시의 상황에 대해 이야기를 하고, 또 그것을 한국에서 출판한다는 것은 매우 용기가 필요한 행동이었다는 것을 독자분들이 이해해 주셨으면 하고, 기록자로서 부탁을 드리고 싶다. 스기야마 씨는 2011년 현재 만 90세로 현재도 건강을 유지하고 있으며, 한일 양국의 우호를 위해 활동을 계속하고 있다. 이 책이 조금이나마 스기야마 씨의 그러한 활동에 도움이 되었으면 좋겠다.

또 한국의 독자들에게 한반도 거주 일본인의 생활사를 알릴 기회를 주신 한국의 여러분들께 진심으로 감사의 말씀드린다.

일러두기

· 식민지 시대의 지역명, 민족명에 대해서는 조선, 조선인이라고 표기하고, 해방 이후부터
 는 한국, 한국인이라고 표기하였다. 지명은 당시의 일본인 사회에서 일반적으로 불리고
 있던 일본식 명칭도 일부 병기하였다.

· 인명은 널리 알려진 사람을 제외하고는 모두 로마자 이니셜로 표기하였다.

· 본문 중에 수록한 스기야마 씨 관련 사진은 모두 스기야마 씨로부터 제공받은 것이고, 참
 고사진은 자료사진과 눈빛 아카이브 사진을 이용했다.

1. 서장

그림 1. 일본 주부 지방 도야마 현.

ⓒ Noonbit Archive

조선으로 가는 길

스기야마 씨 가족은 왜, 어떻게 조선으로 건너가게 되었습니까?

도야마(富山) 현 야쓰오마치(八尾町)에 스기하라(杉原) 촌이라는 시골마을이 있었는데, 그곳이 부모님의 고향입니다. 도야마에서 조선까지는 한 삼 일 정도가 걸렸을 겁니다(1910년대). 그렇게 먼 곳으로 이주, 즉 인생을 옮긴다고 하는 것은 부모님으로서는 일생일대의 결단이었을 겁니다.

이주를 하게 된 이유는 아버지는 스기야마 집안에 데릴사위로 왔는데, 사실 스기야마 집안에는 밑에 아들이 있었는데도 불구하고 사위를 양자로 받아들여 뒤를 잇게 하고, 아들은 다른 집 수양아들로 보냈지요. 그리고 아버지와 스기야마 집안의 딸 사이에는 세 명의 자식이 있었지만, 운 나쁘게도 그 딸이 죽고 말았습니다. 그런데 또 수양아들을 보낸 집에서는 사내애가 태어나는 바람에 수양아들이 필요가 없는 상황이 되어 버렸지요. 스기야마 집안은 딸도 죽고, 또 수양아들로 보낸 자기 아들도 그쪽 집에 사내애가 태어나는 바람에 곤란한 입장에 처하게 되는 상황이 발생했지요. 아들도 집으로 돌아오고 싶어 하고, 늙은 부모들도 아들을 다시 불러들이고 싶어 한 것이지요. 그런 마음을 아버지가 알고, "수양아들을 집으로 다시 부르시지요. 제가 분가를 하죠" 하고 제의를 하게 되었지요.

그래서 아버지는 분가를 하고 어머니와 재혼을 하게 된 겁니다. 그런데 전처와의 사이에서 난 세 명의 자식들은 데리고 오질 못했지요. "애들을 계모 밑에서 키우게 할 수는 없다. 우리들이 살아 있는 동안에는 우리가 키운다"라고 조부모가 강하게 고집을 하는 바람에 아버지는 어쩔 수가 없었던 모양입니다. 우선 가까운 곳에 집을 구해서 어머니와 결혼을 하고 분가했지만, 역시 생활은 힘들었던 모양입니다. 자식들하고 가까이 살면서도 남처럼 살아야지, 또 분가를 할 때 생계를 꾸려 나갈 만큼 논밭을 받은 것도 아니었습니다. 그때 도야마 현에서 조선으로 건너가 과수원인가 뭔가를 하고 있던 사람과 연줄이 닿아서, 아버지는 조선으로 건너갈 결심을 했던 것 같습니다.

주위의 시선은 매우 차가웠던 모양입니다. "이곳에 부모도 있고 형제도 있는데, 부모형제를 다 버리고 조선 같은 먼 곳까지 꼭 가야만 하느냐" 하는 식이었던 모양입니다. 그런데 아버지로서는 자신이야 분가한 입장에서 본가의 일을 거들면서 평생을 살아도 되지만, 그렇게 되면 자식들도 똑같은 길을 걷게 된다고 생각을 했지요.

전라남도에서의 생활

그래서 아버지가 먼저 조선에 가서 일단 생활이 안정된 다음, 어머니가 오빠(1917년생)를 데리고 조선에 가게 된 것이지요. 그 후, 제가 대정 십년(1921)에 태어났습니다. 지금의 전라남도 영광군 영광면 와룡리(臥龍里)라고 하는, 왠지 뭔가 사연이 있을 듯한 이름이 붙은 시골에서 저는 태어났습니다. 아마 제가 그 마을에서 태어난 첫번째 일본인이 아닐까 합니다. 그리고 부모님은 거기에서 과수원을 경영했습니다. 과수원을 물려받는다는 말이 있었는데, 거기였던 모양입니다. 부모님은 원래 농가 출신입니다. 그래서 조선에 건너가서도 농업과 관련된 일을 선택한 거라고 생각합니다.

사진 2. 여섯 살 때 부모님과 오빠와 함께 찍은 가족사진.

사진 3. 교원 임용 후 부모님과 오빠와 함께 찍은 가족사진(19세), 1941

조선인 인부를 고용했다고 하는데, 아무것도 모르는 가운데 말도 통하지 않아 힘들었던 모양입니다. 아버지는 조선인에 대해서 너그럽게 대한 것 같습니다만, 어머니는 처음에 조선인이 무서웠다고 합니다. 도야마 현의 시골 출신인 어머니로서는 전혀 다른 말이나 생활습관을 이해하기 어려웠을 겁니다.

오빠가 소학교에 갈 무렵이 되었지만, 시골이다 보니 걸어 다닐 만한 곳에 소학교가 없었습니다. 소학교 일학년 때부터 다른 조그만 마을에 살고 있던 일본인 선생님 집에서 하숙을 하는 수밖에 소학교에 다닐 수 있는 방법이 없었던 모양입니다. 그래서 오빠는 소학교 일학년에 입학한 후, 처음에는 일본인 선생님 댁에서 하숙을 하고 있었다고 합니다. 그때 이미 제가 태어난 상태였고, 아버지는 아이들을 학교에 보낼 수도 없는 곳에서 생계를 꾸려 나가는 생활에 회의를 느낀 것 같습니다. 그래서 대구로 옮긴 것입니다. 제가 두 살 때쯤이라고 생각합니다. 따라서 저는 그 전라남도 시골에서의 생활은 전혀 기억하질 못합니다.

스기야마 씨는 자신이 '일본'이 아니라 '조선'이라고 하는 공간에서 태어난 일본인이라는 자각은 있었습니까?

전혀 없었습니다. 의식을 했을 무렵에는 이미 '일본 땅'이라는 느낌으로 살고 있었습니다. 그리고 대구의 제가 살던 거리만 해도, 그 중심가는 전부 일본인이었습니다. 그 무렵에는 '일본인'이라고 했습니다만 별로 그런 의식도 없었지요. 이제 여기는 '일본이다'라는 의식을 강요받기도 해서 그런지, 그런 의식으로 자랐습니다.

전후에 일본으로 돌아온 후에, 친척 아주머니들이 "조선은 어땠어?

조선에서는 이런 거 해? 이런 건 먹어?' 등, 꼬치꼬치 묻습디다. 그러니까 친척 아주머니들은 우리가 조선에서 아주 다른 생활을 하고 있었다고 생각한 것 같습니다. "똑같아요. 조금도 안 틀려요" 하고, 저는 언제나 그렇게 대답을 했었지요. '일본 땅'이라고 생각했습니다. 그때, 그러니까 제가 태어난 대정 십년(1921) 이후부터 소화(1926-1989) 초기에는 '내선일체(內鮮一體)', 그러니까 일본과 조선을 하나라고 하는 교육이 강조되어 조선이라고 하는 의식을 말소하던 그런 시대였습니다. 그런데 일본으로 돌아오고 나니까, 조선과 일본은 참 다르다는 사실을 알게 되었지요.

2. 대구의 거리

대구로 가다

대구에는 누군가 아는 사람이 있어서 옮기셨는지요?

아버지가 대구를 선택한 것은 토지가 있는 것도 아니고, 재산이 있는 것도 아니고, 또 관공서에 근무하는 것도 아니고, 결국 생계를 꾸려 나가기 위해서는 장사를 할 수밖에 없다고 생각을 해서 대구를 선택한 것 같습니다. 도야마 현에서 먼저 조선에 건너간 사람한테 조언을 받고 대구로 간 것 같습니다. 처음에 야마토마치(大和町)에서 아버지는 당신의 취미 때문인지 고물상을 경영했습니다. 소학교 근처였습니다. 제 기억으로는 대구부내에서 살았습니다. 그 당시는 지명도 '대구'가 아니라 '타이큐우'(역주: 대구의 일본식 발음)라고 불렀습니다.

대구라고 하면 우선 생각이 나는 것이 명산품인 사과, 사과가 아주 유명해서 저희들은 다른 이름은 아무것도 몰라도 이와이(祝), 홍옥(紅玉: 코우교구), 국광(國光: 콧고우), 고르덴 데리샤스(Golden Delicious)라고 하는 옛날 사과 이름만큼은 확실히 기억하고 있습니다.

대구의 냄새

스기야마 씨가 자란 대구는 어떤 곳이었습니까?

대구의 특징으로서는 한방약이 아주 번성한 곳이었다고 기억합니다. 중심가는 전부 일본인입니다만, 그 주변에 조선 사람들의 한방거리가 있어서, 한방약을 파는 가게가 쭉 늘어서 있었지요. 도로변에 냄비 같은 것을 걸어 놓고, 약을 달이기도 하였고, 어릴 때는 그 냄새가 아주 독특하다고 생각했지요. 좀처럼 그곳에 갈 기회는 없었지만, 그것은 기억

사진 4-5. 사과를 수확하는 모습(위)과 출하 직전의 사과상자(아래). 대구.
출전 : 『일본지리대계·조선편』, 개조사, 1929

사진 6. 대구의 약령시. 출전 : 『일본지리대계·조선편』, 개조사, 1929

에 남아 있네요.

한방약도 유명하지만, 대구는 직물도 번성해서 큰 제사(製絲)공장[2]이 있었습니다. 누에를 치고 실을 뽑는 곳이었을 겁니다. 시영(市營) 수영장에 갈 때에는 그 제사공장 앞을 지나서 가야 하는데, 큰 공장이라서 아주 담이 길었습니다. 거기를 지날 때는 고약한 냄새가 났습니다. 그것은 아마 누에로 실을 만들 때의 냄새…, 아마를 삼는 중이었을 겁니다. 그래서 그 담 근처까지 가면 코를 잡고서 '준비, 땅' 하고 그 담이 끝날 때까지 달리던 것이 생각납니다. 그렇게 큰 제사공장도 있을 만큼 직물이 번성한 곳이었고, 또 여러 가지 물품의 집산지로서 큰 시장이 서기도 했습니다.

대구의 학교

아시다시피 대구는 지금 한국의 삼대 도시의 하나로, 원래 신라의 정신을 계승하고 있는 곳이었습니다. 화랑도정신이라고 해서, 제가 살고 있을 무렵에는 교육적으로는 굉장히 발전한 곳이었어요.

제가 다닌 소학교는 상가의 아이들이 다니고 있던 학교였습니다. 혼마치(本町)소학교[3]라고 했는데, 여기 지도(그림 2)에 나와 있어요. 경찰서 근처가 혼마치소학교입니다. 모퉁이에 경찰서가 있어요. 거기를 돌면 바로 오른쪽에 교문이 있었지요. 그 당시 조선에서는 남자와 여자는 반을 따로 나누었기 때문에 남학생과 여학생이 섞여 있는 반은 없었습니다. 유교의 영향이었을까요? 일본에서도 그랬는지는 잘 모르겠어요. 아무튼 조선에서는 그랬습니다. 그래서 저는 소학교 육 년, 여학교 오년, 사범학교 이 년을 전부 여자들과 같이 공부를 했고, 남자와 함께 책

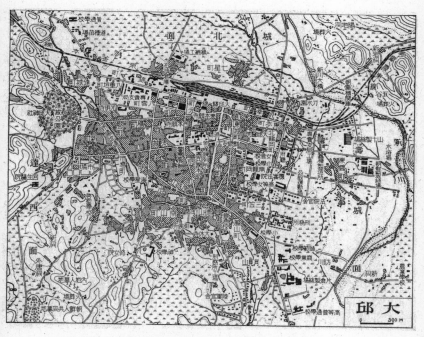

그림 2. 1920년대 대구 시내 지도. 출전 : 『일본지리풍속대계·조선(하)』, 신광사, 1929

상에 앉아서 공부하는 것을 경험하지 못하고 사회인이 되었습니다.

그 당시 조선인들이 다니는 소학교는 보통학교라고 했습니다. 그리고 대구부에서는 소학교는 물론이고, 여학교, 중학교도 일본인과 조선인이 서로 다른 학교에서 공부했습니다. 시골 작은 마을에서는 함께 공부하는 곳도 있었다고 하는데, 대구는 따로 공부를 했지요. 조선인 여학생이 다니는 여학교는 경북고녀[4]라고 해서, 제대로 된 공립 여학교가 있었습니다.

그리고 학교로서는 의전(醫專)[5]이 있었고, 대구사범[6]이 있었습니다. 여학교나 상업학교[7]도 남자 중학교 수준 정도의 학교가 있었고, 일본인과 조선인이 공학인 학교도 있었던 것 같습니다.

대구에는 해성학교나 계성학교라고 하는 사립학교도 있었는데, 기억하십니까?

특별히 교류는 없었습니다. 대구고등여학교[8] 때 교류가 있었던 곳은 경북공립고등여학교였습니다. 스포츠, 그러니까 배구나 농구 시합이 있었습니다. 각각 팀을 응원하러 가곤 했는데, 당시 저희들 입장에서는 투지에 넘치는 조선인 여학생의 모습이 아주 인상에 남아 있습니다. 그리고 농구 같은 것은 상대편 선수한테 착 달라붙어서 서로 안 지려고 하는 모습들을 자주 볼 수 있었지요.

초등기관은 보통학교[9]가 조선인들이 다니는 소학교, '보통'이 붙어 있는 것은 조선인 학교라고 생각했었습니다. 조선인 학교와 일본인 학교는 서로 떨어져 있었다고 할까요? 일본인 학교가 중심가에 있었지요. 일본인이 나중에 조선에 건너갔는데 왜 일본인이 중심가가 살게 되었

사진 7. 1920년대의 대구 시내. 출전 : 『일본지리풍속대계·조선(하)』, 신광사, 1929

SAI. SHOKI

PAMPHLET

사진 8. 최승희 무용 공연 팜플렛 표지.

는지, 왜 일본인이 그렇게 넓은 곳을 차지하고 살 수 있게 되었는지, 지금 생각해 보면 아주 이상하지요. 동척(東拓)[10] 같은 아주 큰 건물이 있었는데, 전부터 살고 있던 사람들이 토지를 부당하게 빼앗겼기 때문이 아닌가 생각합니다. 그렇지 않다면 일본인이 그토록 많이 도시의 중심가에 살 수가 없었다고 생각했습니다.

대구공회당, 소극장, 대구방송국, 보병 80연대

집이 공회당 근처에 있었기 때문에, 무용 같은 것을 보러 다녔습니다. 일본 무용을 배우는 아이라든지, 그리고 당시로 치면 댄스라고나 할까요? 무용연구소라고 할까요? 아무튼 발레 교실 같은 여러 가지가 있잖아요. 그런 곳의 발표회에 가기도 하고 그랬지요. 다리로 탬버린을 치고 두드리며 춤을 추던 것을 아직 기억하고 있습니다. 당시는 대단히 감동을 했고, 그런 것을 보러 다녔지요. 부모님한테 보러 가고 싶다고 하면 "얼마 전에도 갔다 왔는데 또 가고 싶냐?"라는 말을 자주 들었지요. 그렇지만 "모두 간다니까"라고 하면, "네가 말하는 '모두'라는 건 고작 한두 명이잖아"라고 핀잔을 듣기도 했지만, 그래도 갈 수가 있었어요. 집에서 가까워서 쉽게 갈 수 있다는 이유도 있었지만 말이죠. 사이쇼키[최승희(崔承喜)][11]라고 압니까? 이시이 바쿠(石井漠)[12]의 문하생. 그 무렵에는 이시이 바쿠라든지 그 문하생인 이시이 사자나미(石井小波) 등의 무용이 자주 공연이 되었고, 그런 것을 보러 다녔습니다.

소극장에는 자주 다녔어요. 매달 공휴일이 있어서, 어머니들은 공휴일이면 연극을 보러 다녔어요. 마수세키(枡席)[13]에서는 방석과 작은 화로를 빌려 주었습니다. 그래서 도시락을 가져가서 보기도 했지요. 지금으로 치면 대중적인 연극을 공연했어요. 긴 막간에는 하나미치[14]를 뛰어다니기도 하고, 내린 막 사이를 훔쳐보기도 했던 것을 기억하고 있습니다. 그리고 일본에서 만담도 왔습니다. 어릴 때 기억으로는 하리센[15]을 가지고—옛날에는 만담을 할 때 대부분 그런 것을 가지고 있었지요—상대의 머리를 때리면서 만담을 했지요. 지금은 손으로 때리거나 하지만요.

소화 팔년(1933)경, 대구부에 처음으로 라디오 방송국이 생겼습니다.[16] 방송국이 생긴 기념으로 우리 혼마치소학교 육학년들의 합창을 방송한다고 해서, 매일 아침 수업이 시작하기 전에 연습을 했습니다. 지성·두성 발성을 지도하느라고 선생님은 열성이었지요. '고향을 떠나는 노래', 삼부 합창과 또 한 곡은 '산과 절에는 붉은 동백이 피었단다'라고 하는 경쾌한 노래였어요.

대구에는 보병 팔십 연대[17]가 있었어요. 틀림없이 사월 십팔일이었다고 기억되는데, 군기제(軍旗祭)가 있었습니다. 이날만큼은 병영이 일반인에게 개방이 되어 많은 사람들이 여흥 등을 보러 갔습니다. 분을 바르고 변장을 한 군인의 머리 위로 벚꽃 잎이 눈처럼 아름답게 내리고 있었어요.

영화

대구에 당시 영락정(永樂町)이라고 하는 동네가 있었어요. 나중에 영화관이 하나 생겼지요. 여학교 때는 영화관도 모두 금지입니다. 들키면 시말서를 쓰게 되거나 부모가 불려 가거나 했습니다.

달성국민학교에 근무하게 되고 나서 꽤 영화를 보았습니다. 〈오케

© Noonbit Archive

사진 9. 영화 〈무도회의 수첩〉 포스터. 원제 Un Carnet de Bal. 감독 줄리앙 뒤비비에,
주연 마리 벨 · 해리 바우어, 1937

스트라의 소녀〉와 〈창살 없는 감옥〉 등이 기억나네요. 졸업하고는 자주 보았어요. 〈잃어버린 지평선〉이라든가 〈비엔나 시립극장(Vienna Burgtheater)〉이라든가.

〈무도회의 수첩〉은 경성에 시험 보러 가서 보았습니다. 당시 명화제(名畵祭)라는 것이 경성에서 열렸는데, 대구고녀에서는 한 열 명 정도가 시험을 치러 가서, 시험이 끝나고 나서 저만 혼자 남아 명화제에 가서 〈무도회의 수첩〉을 보았어요. 늦어서 특급을 타고 돌아가기는 했지만, 다른 학생보다 하루 늦게 도착했지요. 시험 보러 갈 때는 교장실에 열 명 모두 줄을 서서, 담임선생님이 "이 학생들이 내일 경성에 시험 보러 갈 학생들입니다"라고 보고를 하면, 교장선생님이 "그래, 대구고녀의 명예를 걸고 열심히들 해" 뭐 이런 식으로 훈시를 했단 말이죠. 그러면 "그럼, 다녀오겠습니다"라고 인사를 하고 시험을 보러 갔지요. 그런데 돌아올 때는 한 명이 늦게 돌아왔으니, 선생님이 싫은 얼굴을 하면서 "너 교장실에 인사 갔어?"라고 하더군요. 그래서 안 갔다고 하니까 "인사를 해야지!"라고 하면서 교장실로 데리고 가서 "얘 혼자 늦게 돌아왔습니다" 하고 보고를 하더군요. 그 무렵은 규칙이 엄격해서 영화·찻집·식당 등은 모두 학생 출입금지였지요.

모토마치 이초메 서비스 조합

부모님은 모토마치(元町)에 있는 미나카이(三中井) 백화점[18] 대각선 건너편으로 옮겨 모자전문점을 개업했습니다. 당시 모자는 필수품으로 수요가 많았지요. 가게는 그럭저럭 장사가 잘되었던 것 같아요. 그런데 그곳보다 더 중심가는 모토마치 이초메(一丁目) 쪽입니다. 그래서 얼마

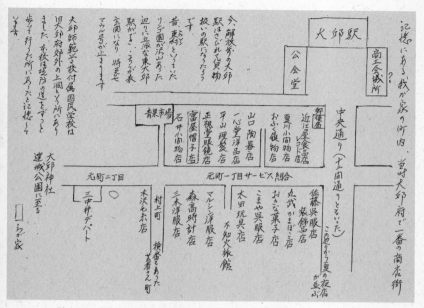

그림 3. 모토마치 이초메 서비스 조합 가맹점(스기야마 씨 자필).

후, 같은 모토마치이기는 하지만 역에서 가까운 이초메 쪽으로 이사를
했습니다. '도미야 모자점'이 가게 이름입니다. 상가 스무 곳 정도로 해
서 서비스 조합을 조직하고, 매월 일일은 공휴일로 하자고 결정을 했지
요. 당시로 봐서는 시대를 앞서가는 발상이었지요. 당시 일본 상인들은
모두 연중무휴로 일을 하고 있었어요. 쉬는 날도 없이.

동네에는 포목점, 양복점, 양품점, 방물점, 완구점, 레코드점, 모자점,
신발점, 도기점, 시계포, 안경점, 과자점, 어묵점 등이 있어, 같은 동네
사람이라면 '외상'도 되고 십 퍼센트 할인도 되었습니다.

사진 10. 대구 미나카이 백화점과 모토마치 거리. 1930. 사진제공: 정성길

오른쪽 옆집은 이시이(石井) 방물가게(小間物店)이라고 해서 예쁜 언니가 살았고, 왼쪽 옆집은 정시당(正視堂)이라고 하는 안경점이 있었는데, 그 집 아주머니는 아주 상냥한 사람이었어요. 정시당 아줌마나 아이들은 언제나 우리 집 욕실을 사용했지요. 동네에는 일본의 여러 현에서 오신 분들이 계셨습니다. 모두 표준어를 사용했지만, 금방 동북 출신이라고 알 수 있는 집이 한 군데 있었습니다(역주: 일본 동북지방의 방언은 일반 일본인들도 잘 알아들을 수 없을 만큼 언어가 다르다).

패전 후에 도야마로 돌아오고 나서, 어머니가 뇌연화증에 걸렸지요. 저녁이 되면 자꾸 집에 돌아가자고 해요. 그래서 "엄마, 여기가 집이야"라고 해도 "여긴 집이 아니야"라고 하더군요. 그리고 자식들도 "할머니가 미나카이에 가자고 하는데, 그게 뭐야?"라고 하면서 묻습니다. "그건 저쪽에 살 때 있던 백화점이야"라고 하면, "그런 건 기억을 하네"라고 하더군요. 그래서 미나카이는 잘 기억하고 있습니다.

상점 거리에 조선인 가게는 없었습니까?

없었어요. 어머니는 조선 음식은 먹질 못했고, 또 먹을 기회도 없었어요. 아마 어떤 것이 있는지도 잘 몰랐을 겁니다. 교류랄까? 조선인과의 접촉은 거의 없었지요.

가끔 쑥을 캐서 팔러 오는 조선인 아주머니가 있었어요. 큰 보자기로 싸서 머리에 이고 가져왔지요. 가을에는 버섯, 겨울에는 양말 같은 것들, 가지고 오는 것들이 정해져 있는 것 같았어요.

그리고 중국인이 짐수레에 야채를 싣고 자주 팔러 왔습니다. 그 사람들을 아이들은 '니양'이라고 불렀어요. 또 길거리에서 어린아이의 곡예도 있었는데, 몸이 나긋나긋해서 놀랐습니다.

　겨울이 다가오면, 어머니는 서문시장에 가서 대구를 줄로 묶어서 사오곤 했습니다. 겨울에 몇 번인가 그 시장에 가서 사 왔어요. 그것 한 마리로 살은 된장절임을 하고, 알은 젓갈을 만들고, 남은 것은 찌거나 해서 먹었지요. 아무튼 대구는 자주 먹은 기억이 나요. 하나 더, 조선은 '갈치'가 맛있습니다. 저는 일본에 돌아올 때까지 갈치라고 하는 생선의 조선 이름밖에 몰랐습니다. 그래서 사람들하고 이야기할 때도 갈치라고 했지만 모두 알아듣지를 못했지요. 일본말로는 '다치우오(太刀魚)'였던 것입니다. 최근에는 많이 먹지만, 옛날 도야마의 시골에서는 별로 갈치를 먹지 않았던 것 같아요. 어머니는 조선에서 갈치를 알게 된 모양이었습니다. 그래서 저도 갈치라는 이름밖에 몰랐던 거구요. 은색 껍질을 짚 같은 걸로 부드럽게 긁어내서…. 참 좋아하는 생선이었지만 일본에 돌아와서 살던 시골에서는 별로 본 적이 없습니다.

도미야 모자점의 조선인 점원

　도미야 모자점에는 더부살이하는 조선인이 있었습니까?

　네, 남자 두 명이 살고 있었어요. 고용할 때에는 일본 이름을 쓰게 합니다. 그러니까 가짜 일본 이름으로. 예를 들어, 이치로라든가 하는 일본 이름으로 부르기 때문에, 거의 조선인이라고 의식하지 않지요. 조선인이라고 알고는 있었지만, 의식하면서 생활한 적은 없었습니다. 젊은 청년이었어요. 젊지 않으면 좀처럼 일본어에 익숙해지지가 않으니까. 일본어를 배우는 것이 살기 위한 유일한 길이었습니다. 접객이 중요한 일이었기 때문에 빨리 일본어를 익혀야만, 일본인에게 고용도 되고, 또

사진 11. 대구 서문시장. 출전 : 『일본지리풍속대계·조선(하)』, 신광사, 1929

그림 12. 도미야 모자점, 1937

급료도 받을 수 있고, 생활도 되니까…. 대구는 시골이 아니기 때문에, 저의 부모님들은 조선어를 배우려는 생각은 없었어요. 일본 땅이니까 일본어를 사용하면 된다, 조선인이 [일본어를] 배워서 일본 사회에 들어오면 된다는 생각이었지요.

점원도 더부살이를 했지만, 전혀 아무렇지도 않았습니다. 일본어만 사용했고, 또 그 사람들도 결국 조선인인 것을 표시 내지 않으려 했다고 생각합니다. 그 당시 조선인이라고 하는 것을 내세워서 이로울 것이 없었기 때문이 아닌가 생각합니다.

더부살이하던 조선 사람들의 고향은 대구의 외곽지역이었던 것 같습니다. 그 무렵은 교통도 불편하고 집에서 다니는 것이 보통일이 아니어서, 결국 더부살이를 했지요. 우리 동네[元町一丁目] 서비스 조합에는 한 달에 한 번 쉬는 날이 있어서, 그때 집에 다니러 갔습니다.

지금 와서 생각하면, 더부살이하던 사람들에게 정말로 미안하게 생각되는 것은 식사가 힘들지 않았었나 하는 것입니다. 조선에는 입맛에 맞는 김치 같은 것이 있는데, 아주 담백하기만 한 일본 음식으로, 특히 우리 어머니 같은 사람은 시골사람이기 때문에 일본의 시골요리만 만들었는데, 입맛에 맞지 않은 음식을 계속 먹어야 했던 것이 참 미안한 생각이 드는군요. 어머니는 마늘이나 고추 같은 것은 먹지 않아서….

또 그 사람들 집에서는 온돌방이 있었을 텐데, 저희 집은 일본 가옥으로 온돌이 없었기 때문에, 겨울을 지내기도 어려웠을 것 같은 생각도 드네요. 가게에 난방시설도 충분하지 않았구요.

도미야 모자점의 장사

도미야 모자점은 어떤 모자를 취급하고 있었습니까? 학생모자 같은 것들이었습니까?

지금은 별로 모자들을 쓰지 않지만, 옛날에는 학생이 모자를 쓰지 않는다는 것은 생각도 할 수 없었던 시대이고, 남자들이 사회생활을 하면서도 햇볕을 그대로 받게 되면 덥기도 하고 큰일 아닙니까? 그래서 파나마 모자[19]라든지 캉캉 모자[20]라든지 반드시 모자는 썼습니다. 학생은 모자를 쓰는 것이 기본이었고, 학교를 졸업해서 사회인이 되면, 중절모라던가요? 옛날에는 펠트 모자를 반드시 썼거든요. 옷이나 마찬가지로 필수품이었던 것 같았어요. 전쟁 중에는 남자는 전투모를 쓰는 것이 규칙이었지요. 저희들도 일할 때는 여자라도 전투모를 썼습니다. 그래서 학교에서 신사참배 같은 것을 갈 때, 도중에 다른 학생들을 만나면 서로 경례를 했지요. 어느 나라의 여군같이 말이지요. 그런 시대였지요. 그리고 겨울은 추운 곳이다 보니, 속이 모피로 되어 있는 방한모를 쓰기도 했고, 모자는 생활 속에서 옷의 일부 같은 것으로 빠뜨릴 수 없는 것이었지요.

조선 사람들은 모자가 머리 꼭대기에 쓰는 것이라 하여 돈을 털어서라도 좋은 것을 산다고 들었습니다. 조선의 모자는 검은색이고, 비단 같은 걸로 만든 것이 있더군요. 어릴 때는 가끔 볼 수 있었습니다. 그 후에는 전통적인 모자는 점점 없어진 것 같아요. 일본화되려고 조선 사람들도 노력을 하기도 하고, 또 그렇게 하는 것이 일본인 사회에서 인정을 받고 하니, 살아가는 데는 그쪽이 이롭다고 생각한 것은 아닐까 하는 생

사진 13. 개장 전에 가족과 점원(2인)이 함께 찍은 기념사진. 도미야 모자점, 1937

각이 드네요.

머리를 매우 소중히 여기기 때문에 지금도 여자는 상중에는 흰 리본 같은 것을 머리에 꽂기도 하더군요. 부모가 돌아가시면 삼 년간은 삼베 옷을 입고, 머리에는 새끼줄 같은 것을 감고 지내는 것이 옛날에는 규칙이었던 같고, 아주 머리를 소중히 생각했던 것 같습니다. 그래서 조선인 손님도 모자를 사러 가게에 오곤 했지요.

정월 초하루의 쇼윈도

지금도 생각나는데, 우리 집 설날 쇼윈도 장식에는 큰 돌 같은 것이 있었는데, 뒤에는 아침 해가 그려져 있었지요. 그 돌 근처에 지팡이, 실 크햇(silk hat: 남자가 쓰는 정장용 서양 모자), 장갑, 그러니까 흰 장갑을 살짝 걸쳐서 장식을 했었지요. 또 오빠가 베니어판에 욱일기(旭日旗)[21]를 흉내 내서 거기에 채색을 했습니다. 상가에서는 서로 쇼윈도 장식을 하자고 약속을 하고, 각 상점은 앞다투어 장식을 했지요. 우리 집은 오빠가 맡아서 장식을 했습니다. 보통 때는 단으로 되어 있어 그냥 모자가 진열되어 있는 정도의 쇼윈도였지만, 정월 초하루는 그렇게 바뀌어 있었습니다.

정월 초하루 날은 모두 현관에 가가미모치(鏡餅: 설날 같은 때에 神佛에게 올리는 대소 두 개의 동글납작한 찰떡)와 명함받이를 놓아 뒀지요. 그래서 그 집에 사람이 있건 없건 간에 "새해 복 많이 받으세요"라고 인사를 하고 자기 명함을 넣어 두지요. 저녁이 되어 명함받이에서 명함을 꺼내서 "아, 이 사람도 왔었구나, 저 사람도 왔었구나" 하고 명함을 보면서 이야기를 했지요. 그 중에는 '본타'라고 하는 게이샤(일본의 기생)의 명함이 들어 있었는데, 그걸 보고 "본타는 게이샤 이름으로는 너무 안 어울린다"라면서 이야기하던 것이 생각납니다. 검번(檢番)[22]이 가까이에 있었어요. 모토마치 옆에 무라카미초(村上町)라고 하는 데 검번이 있어서 여자들이 예쁘게 꾸며서 인력거를 타고 다니는 것을 보기도 했습니다. 그런 사람들 명함도 들어 있었습니다.

도야마 모자점과 SB 씨

우리 집은 처음부터 모자가게를 한 것이 아니에요. 시골에서 나와 뭔가 장사를 해 보겠다고 여러 가지를 해 봤지만, 아무것도 성공을 못한 것 같아요. 그래서 마지막에 모자가게를 한 겁니다. 저의 부모님은 도야마의 스기하라(杉原) 촌이라고 하는 마을 출신인데, 그 마을의 소학교에 처음으로 피아노를 기부한 사람이, 그 마을에서 조선으로 건너가 경성에서 도야마 모자점이라고 하는 모자가게를 해서 성공한 사람이랍니다. 그런 일도 있고 해서, 아버지는 장사를 하려면 모자가게를 해야겠다고 생각해서 시작하지 않았나 생각됩니다.

도야마 모자점은 아버님이 가시기 전부터 조선에 건너간 사람들이 경영하고 있었습니까?

네, 아버지가 가기 전입니다. 제가 경성여자사범에 입학할 때에 경성 시내에 사는 보증인이 필요했는데, 그 보증을 도야마 모자점의 SB라고 하는 사람이 맡아 주었습니다. 저는 직접 만난 적은 없습니다. 입학식 때, 아버지와 함께 경성에 가서 아버지는 SB 씨에게 갔었지만, 저는 짐 정리 등으로 가질 못했습니다. SB 씨한테는 아버지만 갔습니다. 그러니까 서면상의 보증인 정도라고 해야 할까요? 동향이기도 했구요.

그 도야마 모자점의 지점은 부산(당시의 일본식 발음은 '후잔')에도 있었고, 대전(당시의 일본식 발음은 '타이텐')에도 있었어요. 외지에서는 동향이라고 하면, 친척 다음으로 친하게 지내는 경향이 있었어요. 그러니까 부산의 도야마 모자점은 SB 씨의 형제나 친척일 겁니다. 저희들은 'K 아저씨'라고 불렀습니다. 대구에는 바다가 없기 때문에, 당시 해운대(당시의 일본식 발음은 '카이운다이')에 해수욕을 간 적이 있습니다. 그때 K 아저씨 집에서 묵고 해수욕을 가곤 했습니다. 거기는 도야마 모자점의 지점이었습니다.

대구에 있었던 모자점(도야마 모자점의 지점)과 어릴 때부터 아는 사이여서 서로 교류도 있었어요. 모자점을 차리면 서로 경쟁상대가 되지만, 아무튼 물으면 잘 가르쳐 주었고, 장래성을 생각해서 아버지는 모자 가게를 시작했나 봅니다. 도야마 모자점은 늘어선 상가의 맞은편에 있었습니다. 미나카이 백화점 조금 못 가서…. 이쪽 서비스 조합원은 아니었어요.

학교마다 여학교도 반드시 제모가 있었어요. 여름 모자하고 겨울 모자가 있었지요. 그 당시 모자전문점은 우리 집과 도야마 모자점 두 군데였습니다. 모자를 학교에서 판매하는 것이 아니었기 때문에, 개인적으로 가게에 가서 샀지요. 남학생들은 여름에는 학생모에 전부 흰 커버를 씌우고, 학교 배지를 여기 한가운데에 붙이는데, 모두 같은 곳에 붙이고 다녔지요. 각 학교마다 학교 배지가 있었고, 옛날에는 한마디로 모두 통일되는 시절이었으니….

그럼 상점으로 들어오는 모자는 조선에서 만든 것이었습니까?

아니요, 일본이었을 겁니다. 어려운 모자의 세탁, 그러니까 야마타카 (山高) 모자[23]라든지, 부드러운 재질로 만든 벨루어 모자는 조선에서는 세탁을 할 수 없었어요. 아마 오사카가 아니었나 생각합니다. 손님한테 의뢰를 받은 모자를 오사카에 있는 세탁소에 맡긴다는 것을 들은 적이 있습니다.

그리고 중개업자가 견본을 가져오면, 아버지는 그것을 보러 중개업자가 묵는 숙소에 가서, 이거 몇 다스, 이거 몇 다스라고 하는 식으로 주문을 했지요. 자주 나무상자로 된 큰 짐이 도착하곤 했어요. 주로 오사카에서 오지 않았나 생각됩니다. 왜냐하면 찾아오는 중개업자가 오사카 사투리를 쓴 것 같거든요. 오빠를 '본, 본'(역주: 사내아이를 사랑스럽게 부르는 말)이라고 불렀거든요.

패전 후 일본으로 돌아온 뒤, 당시 중개업자를 하던 사람이 저희들이 살고 있던 도야마의 시골까지 찾아와서, 물건을 대줄 테니 한 번 더 장사를 시작하지 않겠냐고 권유를 했지만, 아버지는 '장사할 기분도 들지 않고, 딸밖에 남지 않았고, 또 자신은 이미 나이가 들었다고…' 아마 돈벌이하는 장사는 끝내고 싶었던 것 같습니다.

도야마 현 출신자의 네트워크

조선에 살고 있던 도야마 출신자의 방언 같은 것도 있었습니까?

부모님들은 도야마의 시골 출신으로, 도야마 사투리가 심했지요. 그런데 저쪽에서는 여러 현의 사람이 모여 있었고, 도야마 현 출신은 아주 적었습니다. 거의 없다고 할 수 있을 정도였어요. 그래서 동네에서 도야마 사투리를 쓰면 알아듣질 못했어요. 그래서 결국 조선 사람들이 열심히 일본어를 배워서 생활의 방편으로 하려고 한 것과 같이, 열심히 동네의 표준어를 배웠지요. 관서 방면에서 온 사람들이 많았기 때문에 약간 관서지방 가까운 말을 사용했어요. 저희들은 어릴 때 '나'를 '우치, 우치'라고 했었어요. 그래서 어린이자치회에서는 "'우치'라는 것은 사용하지 말고, '와타시'라고 하자"라는 의견이 나오기도 했습니다.

제가 말을 알아듣고 철이 들었을 무렵에는 이미 도야마 사투리는 사용하지 않았습니다. 단지 부분적으로 작은 접시를 '텟슈'라고 한다든지 했지요. '테시오자라(手塩皿)'에서 변한 말 같은데, '텟슈'라고 했지요. 그러니까 '텟슈'는 가게 사람들도 '텟슈'라고 했었어요. 도야마 사투리인데…. 그리고 참깨무침을 '요고시'라고 했습니다. 언젠가 친구가 우리 집에 묵었을 때 '가지참깨버무림'을 어머니가 만들었습니다. 어머니가 만드는 가지참깨버무림이라고 하는 것은 정말 시골냄새가 풀풀 났었지요. 가지를 그대로 익혀서, 그것을 도마 위에 놓고 나무뚜껑으로 눌러 물기를 짜서, 대충 잘라서 버무린 그런 것이었지요. 보니까 색깔이 너무 칙칙했습니다. 원래 남들이 만드는 가지참깨버무림이라고 하는 것은 가지 위에 볶은 참깨와 된장이 살짝 올려져 있는 그런 것입니다. 우리 집 참깨버무림이라고 하는 것은 말하자면 정말 지저분하고 말그대로 '요고시'(역주: 지저분한 얼룩, 때라는 의미도 있음)입니다. 듣기만 해도 지저분한 느낌이기 때문에, 어머니는 그것을 의식해서인지 "이 가지 '요고시'는 모양은 나쁘지만 맛은 좋아요. 아주 맛있어요. 자, 어서 드세요" 하면서 권유를 하곤 했지요. '요고시'라고 하면 친구들은 "어?" 하고 잠시 놀라기도 하지만, 그런 곳에 조금씩 도야마 사투리가 남아 있었어요.

대구의 현민회에 대해서

현민회라고 하는 것은 있었는지요?

카에쓰노(加越能) 향우회(鄕友會)라는 것이 있었습니다. 카에쓰노니까 후쿠이(福井), 이시카와(石川), 도야마(富山). 일 년에 한 번 정도 모임이 있었던 것 같습니다. 저는 어렸기 때문에 별로 관계가 없었습니다만, 그 지도(그림 2)에 도수원(刀水園)이라는 것이 있었잖아요. 그곳에서 모임을 가지곤 했습니다. 도수원이라는 곳은 요리도 하는 여관 같은 것이라고 할까요, 정원이 넓었습니다. 그래서 야유회 같은 것을 하곤 했지요. 하지만 모임은 전국적으로 모인 것은 아닙니다.

일반 사람들이 자유롭게 돌아다닐 수 있는 시대가 아니었으니까요. 그 도수원에 모여서 멀리 떨어져 살고 있어도 모두 마음속에는 고향을 그리워하는 간절한 생각이 있었겠지요. 떠밀려서 어머니가 마이크를 잡고 '옛주오와라부시…'를 노래하는 것을 처음으로 들었습니다. 도야마의 민요였지요.

조선 거주 일본인의 말

당시에 아이들이나 혹은 어른들의 말 속에 조선어가 사용되거나 한 것은 없습니까? 예를 들면, '양반'이라든지….

아, 그 말은 썼습니다. '양반'은 일본어로 번역할 방법이 없지요. 그러니까 그러한 말들은 그대로 사용했었습니다. 저는 일본으로 돌아오고 나서도 쭉 '양반'은 부자를 말하는 것이라고 생각했습니다. '양반'의 역사나 의미도 몰랐던 거죠. '양반'이라고 하는 것은 부자를 의미하는 거라고, 정말 몇 년 전까지 그렇게 생각하고 있었습니다.

'총각'이라고 하는 말은 일본인도 썼습니다. 그러니까 총각에 해당하는 적당한 일본어가 없었으니까, '총각'은 편하게 사용할 수 있는 말이었지요. 일본어로 말하면, 독신 남자라는 뜻이지요? 하지만 조선인과 거의 접촉이 없다 보니 생활하면서 사용할 기회가 없었지만요. '총각'이라고 하는 것은 특수한, 그러니까 독립적인 말로 결혼하지 않은 독신의 남성…. 일본어로는 여러 마디 어휘를 붙여야만 그 의미를 나타낼 수 있지만, 조선어는 한마디로 표현할 수 있어서 일본인들도 '총각'이라고 했습니다. 지금도 일본 사람 중에는 '총각'을 사용하는 사람이 있지 않나요? 그리고 '여보'란 말은 저는 잘 몰랐습니다.

일본인이 조선 사람에게 '여보'라고 하는 것을 본 적이 있습니까?

예, 있어요. 그것을 보고 어릴 때는 '여보'는 다른 사람에게 말을 거는 말이거나 아니면 조선인을 '여보'라고 하는구나 하는 정도의 감각이었습니다. 어원이고 뭐고 모릅니다. '여보세요'라고 하는 것을 힐끗 일본인이 듣고 '여보, 여보'라고 부른 것 같습니다. 그런데 저는 뭔가 실례가 되는 것 같아 사용한 적은 없습니다. 일본인들이 사용을 할 때는 주로 종업원에게 사용했고, 상대를 낮추어 부르던 말투 같았거든요. 조선어였지만 왠지 명령조 같은…. 저희들은 전혀 그러한 말을 사용하지는 않았습니다. 비교적 시골에 살고 있던 일본 사람들은 조선인과 자주 접촉을 할 기회가 있어서 조선말을 조금 배우거나 간단한 회화 정도는 할 수 있는 사람도 있었습니다.

그렇지만 그때 배운 말들은 역시 별로 좋지 않은 말이었던 것 같아요. 왜냐하면, 가마타(釜田)라고 하는 주지 스님[住職][24]이 계셨는데, 식민지 시대에 부여에 포교를 하러 가 있었지요. 그 주지 스님이 해방 후 '한일친선친우회'(日韓親善友の会)라고 하는 것을 만들어서, 이십 년 정도 성지순례로 한국에 사람들을 데리고 가곤 했어요. 그때 옛날에 배운 한국말을 조금씩 하곤 했었지요. 그런데 한국의 어떤 대학 교수가 ―물론 일본어가 유창한 분인데― "주지 스님께서는 한국말을 사용하지 않는 편이 좋을 것 같습니다. 알고 있어도 사용하지 않는 편이 좋아요"라고 충고를 했다지요. 주지 스님이 왜냐고 물으니까, 말투가 아랫사람에게 쓰는 말이라고 하면서요. 주지 스님은 친근감의 표현으로써 한국말을 사용했는데 말이죠. 그러나 결국 '아랫사람에 대한 표현이기 때문에 사용하지 않는 것이 좋다'라는 말을 듣고 그 주지 스님은 놀라게 되었고, 저에게도 이야기를 해주셨습니다.

한국은 아주 경어 사용이 엄격한 나라 아닙니까. 저는 '감사합니다'라는 말을 오사카 만국박람회[25] 때 처음 들었습니다. 그때까지는 '고맙소'밖에 몰랐지요.

대구신사(神社)와 일본인 사회

대구의 일본인 사회에서는 대구신사는 어떠한 존재였습니까?

대구에서는 대구신사(역주: 당시 일본식 발음은 '타이큐우진자')가 제일 컸고, 휴식공간이기도 하고, 행사에 사용되기도 하고, 또 마쓰리[祭:축제]도 성대하게 행해지는 그런 장소였지요. 그리고 서본원사(西本願寺)·동본원사(東本願寺)라 해서 절도 있었지만, 그것은 종파(宗派)

사진 14. 일요일 오후 대구신사 입구에서 만난 달성국민학교 제자들과 함께. 1943년 가을.

가 있어서 한정된 사람들만 가는 곳이었지만, 신사는 모든 일본인의 공통된 신앙이었으니까요. 그래서 만약에 기모노를 새로 맞추면, 기모노를 입고 먼저 신사참배를 했지요. 대구신사에서 사진을 찍었던 적이 있었어요.

이 사진(사진 14) 속에 있는 아이들은 달성공원이 바로 학교 밑에 있어서, 제가 공원에 왔다는 것을 근처에서 놀고 있던 아이들이 금방 알아차리고 모여들었어요. 그때 저는 어머니와 함께 갔는데… 어머니도 사진에 찍혔군요, 멀리 뒤돌아서서…. 당시는 하카마를 입었던 시대입니다. 학교에서는 행사 때 이외에는 일본 옷을 입지 않았습니다. 어느 일요일에 새로 맞춘 기모노를 입고 참배하러 가니까, 근처에 있던 아이들이 '선생님 오셨다'라고 하면서 몰려와서 이렇게 사진을 찍었습니다. 공원이기도 했고, 자유롭게 뛰어놀 수 있는 공터이기도 하고, 또 작은 산 같은 것도 있어서 아이들에게는 아주 좋은 놀이터였지요.

옛날에는 갈 곳이 없습니다. 영화관에 갈 때에 기모노를 입거나 다도(茶道)라든지 재봉을 배우러 갈 때에 기모노를 입기는 했지만, 그 이외에는 놀러 갈 곳도 없고, 결국 신사에 가는 것이 고작이었지요. 갓난아기가 태어났을 때라든지, 아무튼 모든 것이 신사였지요. 그런 곳이 대구신사였어요.

그리고 섣달 그믐날 밤에는 열두 시까지 가게(도미야 모자점)를 열어두었지요. 열두 시에 가게를 닫고, 가족 전원과 점원들도 모두 함께 신사참배하러 갑니다. 지금 생각하면 점원들은 얼마나 싫었을까요. 아무런 관계가 없는데도 그믐날 함께 신사참배를 해야 했으니 말이죠.

대구신사의 마쓰리[26]는 어떤 것이었습니까?

봄, 가을에 마쓰리가 성대하게 열렸습니다. 대구신사에서 모토마치 쪽으로 이어지는 길을 따라 중앙통을 지나, 부청(府庁)까지 가는 코스 였지요. 그러니까 어른들 미코시[神輿:신을 모신 가마]도 있었고, 아이들 미코시도 있었지요. 또 그보다 더 어린 아이들이 관을 쓰고 기모노를 입고 화장을 해서 늘어뜨린 긴 줄을 잡고 걷는 행렬도 있었습니다. 길 양쪽 선두에서는 사자춤을 추면서 길을 여는 역할을 하기도 했지요. 어린 아이가 건강하고 바르게 자라도록 사자가 머리를 깨물어 주기도 했습니다. 남자들도 가마쿠라(鎌倉) 시대 무사와 같은 흰 복장에 신사의 신주[27]가 입는 소매 넓은 것을 입었어요. 미코시도 훌륭했고, 굉장히 무거운 것 같았어요. 그날 밤은 부청이 오타비쇼(お旅所)[28]가 되어 신주는 부청에서 묵었지요. 그날 밤, 부청에서 가구라무(神楽舞)[29]가 있었습니다. 부청에 밤 참배를 갔을 때에는 화톳불을 피워 놓고, 무대에서 부녀[30]들이 춤추는 것을 보았습니다. 그날 밤에는 카구라무가 뽑혔던 거지요. 그때는 일본인이 주도하는 시대였으니까요.

그리고 그 다음 날, 신위가 신사에 돌아가는 것이 가을 마쓰리였습니다. 대구신사는 나중에 승격해 국폐소사[31]로 격상되었습니다.

대구는 분지이기 때문에 달성공원이 유일한 숲이었지요. 달성공원의 비탈길을 올라가면 광장이 있고, 신사 앞에 토리이(鳥居)가 있습니다. 그리고 더 계단을 올라가면 신전이 있고, 신사 뒤에는 산이었지요.

공원에서는 도시락을 가지고 가서 꽃놀이도 하고, 운동회 같은 것도 했습니다. 일본인들의 운동회였습니다. 거의 일본인들의 공원이었지요. 시민 운동회 같은 것이 있어서 어른들이 참가했어요. 아이들은 학교에서 운동회를 하니까요. 그런 행사에는 상가의 가게들이 상품을 협찬하기도 했던 것 같습니다.

그 공원은 깨끗한 신사의 경내로서, 뒤에 있는 산 쪽으로 가면 아주 조용하고 거의 사람들이 없었지요. 아침 일찍 조조참배, 즉 아침 식사 전에 일찍 일어나서 신사에 갈 때가 있어요. 그러면 산속에서 조선 사람이 부르는 노래 소리가 들려오기도 했습니다. 당시, 아이들 사이에서는 "조선 사람들은 노래를 잘하는데, 그건 목청이 한 번 찢어질 만큼 노래를 해서 그렇다"라고 말하곤 했지요. "정말 잘 부르기는 한데, 목이 한 번 째지지 않으면 좋은 소리가 안 나온데요"라고 말이죠. 그래서 아침 일찍 신사에 가면, 산중에서 부르는 노래 소리가 들려왔어요. 아마 '판소리'였을 겁니다.

대구의 절과 교회

당시 대구의 일본인 사회 속에서 생활하면서, 일요일에는 절에 가서 일요학교에 참가하고, 설날에는 신사에도 가곤 하셨습니까?

그렇죠. 신도와 불교를 같이 믿은 셈이지요. 어머니는 서본원사(西本願寺) 계열의 불교 신자였기 때문에, 저는 일요일에는 절에 가서 일요학교에 참가를 했습니다. 사실은 교회도 가고 싶었어요. 교회에 가면, 왠지 멋있다는 생각이 들었습니다. 당시 친구 중에도 교회에 가는 아이도 있었고, 일본인들도 가는 사람들이 적지 않았습니다. 우리 집에서는 불교를 믿으니까 교회의 주일학교는 역시 안 된다고 했지만, 크리스마스이브 때만큼은 가도 좋다고 허락을 해주었지요. 가면, 베일을 쓰고 별을 붙인 애들이 연극을 하거나 카스테라 빵 위에 '메리 크리스마스'

라고 쓴 빵을 받거나 했습니다. 쿠페 빵보다 조금 작은 타원형 빵인데, 한 사람에 한 개씩 받을 수 있었습니다. 기도는 '헤매는 어린양, 어린양은 왜 헤매는 것일까?' 뭐 이런 식이었어요. 어릴 때 교회는 아주 깨끗한 인상을 주었어요. 그리고 산타클로스 할아버지가 나오는데, 그 할아버지는 친구 아버지였어요. 교회의 주일학교 아이들한테는 각각 선물이 있었지만, 저희들 일반 사람들에게는 카스테라 빵뿐이었지요. 크리스마스 이브 말고도 교회에 가고 싶다고 졸랐지만, 허락을 해주지 않았습니다.

조선 거주 일본인의 묘지

조선에서 일본인들은 어떻게 묘지를 썼습니까?

일본인들은 조선에 살았지만, 묘를 조선에 만든 사람은 거의 없지 않았나 싶습니다. 조선은 화장이 아니라 매장이기도 했구요. 그래서 우리 집도 전쟁이 끝나고 도야마에 돌아와서 본가의 묘를 같이 썼지요. 그러니까 본가의 묘가 우리 집안의 묘였던 셈이었지요. 얼마 지난 뒤에 영구임대라는 형식으로 시의 토지를 샀다고 할까요, 빌려서 분묘를 했습니다. 조선에 묘를 안 만든 것은 참 이상한 일이기는 해요. 아버지나 어머니도 조선에 뼈를 묻을 생각으로 건너가셨는데….

저희들 같은 경우에도 일본에 돌아오리라고는 생각도 하지 않았는데, 조선에서는 묘를 만들지 않았습니다. 화장은 했습니다. 그 유골도 사십구제를 지내면 절로 가져가서 납골을 했지요. 집집마다 사정은 다르겠지만, 바로 일본의 고향에 묘를 쓸 만큼 풍부하고 여유가 있는 생활은 아니었으니까요.

그 무렵 조선에서 도야마까지 가려면, 이삼 일은 족히 걸렸을 겁니다. 그래서 금방 유골을 가지고 고향 도야마로 갈 수는 없었습니다. 가려면 아무래도 일가친척에게 고만고만한 선물도 가져가야 되고, 그리 쉬운 일은 아니었지요. 그리고 출세를 해서 고향에 금의환향하려면, 마을 신사에 코마이누(狛犬: 사자 모양의 석상)나 토우로(燈籠: 석등) 정도는 기부할 수 있게 될 때 돌아가고 싶어 한 것은 아닐까 생각합니다. 이렇게 금방 유골을 들고 돌아간다는 것이 그리 간단한 것은 아니었기 때문에 일단 모두 조선의 절에 납골을 했지요. 전쟁이 끝나고 귀환할 때도 모두 절에 맡긴 상태로 돌아왔는데, 지금은 없어진 것 같습니다.

우리 집안이 다니던 절은 서본원사였습니다. 조선은 대대로 개인 절을 이어받는 일본의 절과는 달리 본산에서 파견된 주지 스님이 계셨는데, 굉장히 훌륭하고 권위가 있는 분이었던 것 같습니다.

절에 참배를 가면, 일반 신도들은 불단 앞에 줄을 서지만, 주지 스님

그림 4. 코마이누. 출전: 이와나미 출판사 『일본사 사조』 1999

의 부인이라든지 아이들은 기거하는 곳에서 나와서 이쪽에 앉지요. 수정으로 만든 묵주를 걸치고 어린 사내아이도 제대로 옷을 챙겨 입고 말이죠. 그걸 보면서 '도련님이 나오셨다, 아가씨가 나오셨다'고 생각하며 보고 있었어요.

서본원사의 일요학교

일요학교에서는 어떤 일을 했습니까?

어머니가 불교 신자로 서본원사 일요학교에 가라고 해서 다녔습니다. 봉투 안에 불경과 찬불가, 그리고 절에서 받은—신란(親鸞) 성인(聖人)[32]이 복도에 떨어져 있는 휴지를 줍는 듯한 그림이 있는—이야기의 카드라든지, 그리고 연꽃 꽃잎의 책갈피를 몇 개 넣어서 절에 갔습니다. 그리고 불경을 배우고, 찬불가를 노래하고, 어린이용 설법을 들었습니다. 돌아갈 때는 "오늘도 즐겁게 지냈습니다. 다정한 부모님과 선생님과 ♪"라는 노래가 정해져 있었어요. 작별의 노래를 부르고 "안녕히 계세요" 하고 인사를 하고 돌아옵니다. 여학교에 들어가서는 찬불가에 우리들이 안무를 하기도 하고…. "부처님 손에 우리들은 이끌려 즐거운 나라로 자! 출발"이라고 하는 찬불가를 지금도 기억하고 있습니다만, 거기에 안무를 했지요. 초파일에는 흰 코끼리상을 끌기도 하고, 불상에 감차를 붓기도 했어요. 또 초파일 "옛날옛날 삼천 년, 꽃피는 봄 초파일에 울려 퍼진 노래 소리는 천상천하 유아독존, 훌륭한 나라에서 태어났지만, 부도 있고 지위도 있었지만, 혼자서 성을 빠져나와 산에 들어가 십이 년 ♪"(〈초파일의 노래〉)이라고 하는, 부처님의 일생을 노래한 것이 있는데, 그걸 노래하기도 하고 불경도 배웠습니다. 스님이 운을 띄우면 우리가 대답하는 어문장(御文章)[33] 놀이를 하기도 했지요.

재미있었어요. 경내가 넓어서 거기서 아이들은 자유롭게 놀 수도 있었고, 젊은 스님이 오르간을 연주해 함께 노래하고, 이야기를 들을 수도 있고, 카드도 받을 수 있었어요. 그리고 개구쟁이들도 놀러 오곤 했지요. 우리들이 "귀명무량수여래(歸命無量壽如來)"라고 하면, 그 사내아이들은 "기차-마차-자전거"라고 하면서 장난을 칩니다. 그런 장난이 재미있었어요. 그런 일요학교였지요.

보은강(報恩講)[34] 때에는 어머니가 먼저 가고 저는 학교에서 직접 절로 갔어요. 그리고 책상에 앉지요. 밤에 설교를 듣는 어머니 옆에서, 반쯤은 자면서 함께 들었습니다. 스님이 설교 중에 "마음의 수렁에서"라고 하시던 것을 아직 기억하고 있습니다. 설교를 들으면서 내용은 거의 귀에 안 들어왔어요. 그래도 가끔 밤에 예불을 드리러 가면 단술이 나오거나 해서…. 아무튼 절은 즐거운 곳이었지요.

서본원사에는 조선 사람들도 가거나 했습니까?

아닙니다, 모두 일본인뿐입니다. 서본원사, 동본원사 모두 조선 사람은 한 명도 오지 않았습니다.

가마타 주지 스님은 달랐던 것 같습니다. 스님은 가고시마에서 교토에 있는 학교(오오타니 중학교)에 들어갔고, 포교사로서 조선에 파견되었습니다. 그리고 부여의 본원사에서 근무를 했습니다. 그런데 가마타 주지 스님은 조선인도 차별 없이 모두 받아들였습니다. 어른들은 모르겠습니다만, 일요학교에 조선인 아이들도 왔다고 합니다.

보은강이었지요. 공양(お齋: 오토키)[5]으로 밥을 먹을 때, 가마타 주지

사진 15. 멀리 본원사가 보이는 대구 시내 풍경. 1930년대. 사진제공: 정성길

스님은 조선 아이들도 모두 같이 먹게 했다고 합니다. 그러니까 일본인의 부모 중에는 "우리 아이를 조선인 아이와 같이 밥을 먹입니까?" 하면서 불평한 사람도 있었다고 합니다. 가마타 주지 스님은 일본 아이, 한국 아이로 편을 가르는 일은 없었다고 합니다. S라는 한국인 선생님이 어릴 때 그 일요학교에 다녔답니다. 그래서 지금도 말씀하시는 것은 초파일에 코끼리를 끌 때, 자신도 그 밧줄을 잡게 해준 것을 잊을 수가 없다고 하시더군요.

대구에서는 조선인의 모습은 거의 못 봤습니다. 시골로 들어가면 많이 있었다고 하더군요. 거기에는 살고 있는 일본인도 적고…. 조선인에게도 포교활동을 했다고 합니다. 가마타 주지 스님은 모인 사람들에게 포교의 수단으로써 가정상비약 같은 것도 나누어 주었다고 합니다. 사실은 가고시마에 살고 있던 가마타 주지 스님의 아버지가 의사, 수의사였어요. 그 조상은 시마즈 번주[36]의 전의[37]였구요. 그래서 약 같은 것은 손에 넣기가 쉬웠지요. 그리고 아버지가 집을 일요학교로 개방을 하고 아주 열심히 포교활동을 했다고 합니다.

가고시마는 숨어서 불교를 믿는 사람[38]이 많았던 곳이기 때문에 불교가 상당히 퍼진 곳이잖습니까? 그 가고시마의 아버지가 열성적인 신자였던 덕분에 가마타 주지 스님은 자기 의사와는 상관없이 소학교 육학년이 끝난 뒤, 교토에 있는 스님이 되는 학교, 즉 불교 계열의 중학교에 들어가셨지요.

금의환향[39]하다

부모님은 고향을 버리듯이 조선으로 건너갔기 때문에 성공을 하면

금의환향을 한다든지, 신사에 코마이누(狛犬)[40]나 토우로(燈籠)[41]를 기부한다든지, 마쓰리 때는 꽃을 가득 친다는 것이 머릿속에 있었다고 생각합니다.

'꽃을 친다'라고 하는 것은 무슨 의미입니까?

옛날에 도야마에서는 마쓰리 때에 마을(字:아자)[42]마다 사자무[43]가 춥니다. 그때 돈을 봉투에 넣어 주는데, 그것을 도야마에서는 '꽃을 친다'라고 말합니다. 그러니까 같이 춤을 추면서 대사를 담당하는 사람이 "암사자가 요염하다고 꽃을 주셨다"라고 말을 하고, 옆에서 사자가 춤을 춥니다. 그러니까 꽃이 많으면 많은 만큼 사자도 여러 가지 춤을 추게 되지요. 지금은 모든 집을 도는 것이 불가능하니까, 예를 들어 혼례가 있었다든가, 집을 새로 지었다던가 하는 집을 중점적으로 돌고, 그러면 근처 사람들이 모이지요. 마쓰리 때는 먼 곳에 나가 있는 사람들이 돌아오거나 친척들이 오거나 하거든요. 그 사람들도 꽃을 칩니다. 꽃을 칠 때는 한 번에 다 치는 것이 아니라, 몇 번에 나누어서 쟁반 위에 올리면, 올릴 때마다 사자가 춤을 추고, 그 다음에 또 꽃이 나오면, 또 거기에 따라 춤을 추지요. 그러니까 꽃을 가득 치면 칠수록 시끌벅적해지지요. 사자가 머리와 꼬리로 춤을 추거든요. 그 옆에서 남자가 여자처럼 화장을 하고, 꽃으로 장식한 삿갓을 쓰고, 막대기에 장식한 것을 가지고 사자를 때리는 시늉을 하면서 춤을 추지요. 옛날은 별다른 놀이가 없다 보니 마을 마쓰리는 그런 것으로 떠들썩했었어요.

'꽃을 친다'는 것은 신사에 코마이누나 토우로를 기부하는 것과 같이 금의환향이라고 생각을 하셨는지요?

사진 16. 도야마의 사자무. 사진제공: 도야마 현 교육위원회[44]

그런 것 같았습니다. 일종의 기부인 셈이었지요. [꽃을 치면] 화려해 보이기도 하고, 또 부모님들 입장에서는 뭔가 고향에 돌려 주고 싶었던 거였을 겁니다. 부모들 입장에서 '고향을 잊을 수 없습니다'라는 그런 기분이었겠지요.

도야마에서는 마을(字:아자)마다 마쓰리가 있어서, 어머니가 "오늘은 어디 어디의 마쓰린데"라고 하면, 저는 "그렇게 마쓰리가 많아!" 하면서 놀라곤 했지요. 대구는 봄, 가을에 한 번씩 밖에 없는데, 일본은 매일 마쓰리만 하는 것 같은 느낌을 받았지요. 부모들 입장에서는 아무 때나 그냥 가고 싶을 때 가는 것보다, 특별한 날에 무언가 고향에 보탬이 되는 일을 하고 싶었던 것은 아닐까 싶습니다.

자신들은 고향을 떠났지만 이제 이렇게 여유도 생겼으니, 고향을 위해서 무언가 하고 싶다, 뭐 이런 생각들이 아니었나 합니다.

만약 가족 중에 조선에서 돌아가신 분이 계실 경우에는 그렇게 '금의환향'해서 돌아갔을 때 고향에 묘도 만들려고 생각하고 계셨는지요?

그렇습니다. 그 무렵은 여유가 없었기 때문에 지금처럼 탈상을 하면 곧 묘를 쓸 수는 없었지요. 당시 일본까지 가려면 이틀 정도는 걸리니까, 그리 쉽게 왔다 갔다 할 수 없었기 때문에, 우선 모두 절에 유골을 맡기지요.

조선에 뼈를 묻겠다고 말씀들은 하셨지만, 역시 고향은 일본이었지요. 그래서 극히 일부를 제외하고는 조선에서 묘를 만들려는 사람은 별로 없었어요. 조선의 묘는 봉분을 만들잖아요. 하지만 일본에는 그러한 풍습은 없기 때문에 아마 일부러 묘를 안 만들었을 겁니다.

오빠의 결혼

오빠는 대구상업학교를 졸업하고 나서 바로 가업을 계승한 것이 아니라, 잠시 밖에 나가서 경험을 쌓기로 결심을 하고, 후쿠오카에 지금도 있는 이와타야(岩田屋) 백화점에 근무를 했습니다. 그때 연애를 하게 되었지요. 그런데 가업을 이으려고 대구에 돌아오니 어머니가 결혼에 반대를 했습니다. 먼저 출신 현이 다르다는 것이었지요. 그 무렵은 출신 현을 중시 여기는 경향이 있었지요. 어머니 입장에서는 출신 현이 다르면 관례라든지 생각이 다를 것이고, 역시 같이 생활하는 데는 도야마 현 출신이 아니면 곤란하다고 생각했을 겁니다. 또 종파가 달랐습니다. 저희 집은 정토신종으로 서본원사였습니다. 그런데 그 사람은 법화종인가 뭔가였는데, 아무튼 종파가 달랐습니다. 그리고 나이가 오빠보다 많았습니다. 당시까지만 하더라도 여자 쪽이 나이가 많다는 것은 못마땅한 일이었지요. 또 하나는 홀어머니 밑에서 자란 무남독녀였습니다. 그러니까 결혼을 하면 장모도 모시고 살아야 하는 처지였지요. 그런 네 가지 이유로 결혼을 못 했어요. 그쪽은 원래 일본에 살고 있던 사람으로, 후쿠오카 현 출신이었습니다.

그래서 어머니가 도야마에 가서 도야마 사람을 찾아서, 일단 어느 정도 이야기가 정해지고 난 다음에 본인끼리 만나 보라고 오빠를 불렀습니다. 그래서 오빠가 도야마에 갔었습니다. 패전 후에 일본으로 돌아와서 그 후쿠오카 여자분을 만났을 때에 들은 이야기입니다만, 오빠가 도야마에 가기 전에 후쿠오카에 먼저 들렀다고 합니다. 그때, 그 여자분 쪽에서 오빠를 설득했다고 하더군요. 자기를 포기하라고…. 그리고 시모노세키까지 배웅을 갔다고 합니다. 그분도 괴로웠을 것 같은 생각이 들더군요. 지금이라면 아무것도 아닌 일인데 말이지요.

당시 어머니께서는 지금 말씀하신 출신 현, 종파, 연령의 순서로 중요시하셨나요?

순서는 잘 모르겠어요. 특히 어머니는 홀어머니의 무남독녀라는 것도 안 좋아했으니까요. 오빠가 후쿠오카에서 일을 하면서 가끔 집에 올 때는 그분이 저에게 예쁜 우산 같은 것을 선물로 보내준 적도 있어요. 제 입장에서 보면, 그분을 만나 보지는 못했지만 선물을 받기도 하고, 오빠가 좋아하는 사람이니까 좋은 사람일 것이라고 생각했지요. 전후에 일본에 돌아와서 그분을 만났더니, 오빠는 염교[45]를 좋아했다고 하면서, 꽃 염교가 좀처럼 없어서 "그걸 위문대에 넣어 보내려고 열심히 찾았던 적이 있어요"라는 말을 듣고, 정말 뜨거운 눈물이 흐르더군요. 그 무렵 연애라고 하는 것은 거의 죄악시되었습니다. 비도덕적이라고 생각했던 거지요. 어떤 사람이 "나, 그 사람 좋아해"라고 말하면 정말 큰일 날 때였지요.

어머니가 도야마에서 사람을 찾을 수 있었던 것은 역시 대구에 살고 있던 도야마 현 사람의 덕분이었습니까?

아닙니다. 어머니는 일본의 스기하라 마을에 있었거든요. 그래서 며느릿감을 찾으러 도야마에 갔습니다. 그런데 조선으로 시집을 보내려는 부모가 좀처럼 없었지요. 내 올케는 타카오카(高岡) 사람인데, 자기 형제가 많았고 혼숫감을 준비하지 않아도 괜찮다는 말에 결심을 하게 되었는지도 모르겠네요. 그쪽은 자식이 많아서 혼수 준비를 충분히 해

줄 수가 없는 형편이었고, 이쪽은 어찌 되었건 며느리를 데리고 가고 싶다는 일념으로 혼수는 물론, 옷도 전부 이쪽에서 하기로 하는 조건을 어머니 쪽에서 제시했을 겁니다. 상대편 부모들도 그렇다면 보내자, 뭐 이런 생각이셨겠지요. 당시 도야마에서 조선으로 시집을 간다고 하는 것은 역시 힘든 결정이었을 겁니다.

현민회를 통해 맞선을 보는 일은 없었습니까?

워낙 숫자가 적다 보니 도야마 현 사람들만 가지고는 모임이 되지 않았습니다. 그래서 향우회라는 이름으로 북륙(北陸) 지역 세 개 현 출신 사람들이 모임을 가졌지요. 조선에서는 숫자가 적다 보니 같은 현 출신과 결혼하는 것은 어려웠던 탓에 다른 현 출신과도 결혼을 하기도 했습니다.

3. 혼마치소학교 시절

奉安殿竣功記念（昭和十七年十一月三日）
大邱達城公立國民學校

사진 17. 달성국민학교 봉안전 준공기념, 1942. 오른쪽 뒤로 보이는
신사 건물 같은 것이 봉안전이다.

사대식일(四大式日)[46]

소학교 무렵의 특징이라고 하면, 그 당시는 지금과 달리 사대기념행사가 있었어요. 그게 아주 성대하게 치러졌지요. 학교 속에 봉안전(奉安殿: 호안덴)[47]이 있었는데, 그 속에는 저희들도 본 적은 없지만 교육칙어[48]와 어진영(御眞影: 고신에이)[49]이 들어 있는 것 같았어요. 평상시는 언제나 닫혀 있는데, 그 사대기념일에만 열리지요.

어릴 때는 잘 기억을 못 하지만, 달성국민학교에 근무할 당시에는 벌써 방송설비도 갖추어져 교내방송을 하고 있었지요. 봉안전에서 그것들을 꺼내서 강당으로 옮길 때에는 "지금부터…"라는 시작 방송이 흘러나오고, 전교생들은 그 자리에서 행동을 멈춥니다. 운동장에서 '와' 하고 뛰어놀다가도 그 시작 방송이 흘러나오면 그것들이 강당에 옮겨질 때까지, 머리를 숙인 채로 동작을 멈추죠.

그래서 모습이 안 보이게 되면 "바로"라는 구령이 떨어지고, 또 아이들은 '와~와' 하고 놀고, "당장 실내로 들어가세요"라고 방송이 나오면 실내에 들어가서 복도에 줄을 서서 강당으로 갑니다.

강당의 정면에 단 같은 것을 만들어 보라색이나 흰색 천으로 단을 싸서, 그 위에 액자에 들어 있는 사진을 올려놓죠. 그리고 흰색 장갑을 낀 교감 선생님이 상자에 들어 있는 교육칙어를 머리 위로 받들 듯이 가지고 와서, 교장선생님 앞에 두면 그것을 흰 장갑을 낀 교장선생님이 읽었습니다. 사진에 인사를 하고 기미가요(일본 국가)를 부르고, 기념식마다 노래가 있었는데, "구름 위에 우뚝 솟은 타카치호의~ ♪"(기원절)라든지 해서, 기원절, 명치절 등 그때마다 부르는 노래들이 각각 있었어요. 그러니까 그 노래를 부르고, 교장선생님 훈시가 끝나면 식을 마치게 되고, 그것으로 그날은 수업이 없었어요. 그러한 기념식은 아주 소중히, 성대하게 치러졌습니다. 황실과 제일 밀접하게 연결되는 날이라서…. 그런 식으로 해서, 황실을 존경하는 정신을 함양하고 황실을 지속적으로 의식하도록 매우 엄중히 행해졌지요.

제가 소학교 다닐 때는 기념식 때가 되면 학교구역의 유지들이 내빈으로 반드시 참석을 하였지요. 어릴 때라서 누가 누군지 잘 몰랐지만, 혼마치소학교 바로 옆이 경찰서입니다. 그리고 도청도 있고, 서본원사도 있었지요. 그때 주지 스님도 참가를 했지요. 어리지만 알 수 있었던 것은 금실로 짠 실을 늘인 사람, 스님 모습을 한 사람, 또 복장만으로 경찰서장과 주지 스님은 금방 알아봤지요. 나머지는 예식복이어서 잘 몰랐지만, 아무튼 학교구역의 그런 사람들이 몇 사람은 반드시 내빈으로서 참석했습니다. 몇 명의 여자아이는 문장(紋章)이 찍힌 하카마를 입고 있었어요.

만약 사대기념일에 쉬게 되면 문제가 되나요?

당시 상당히 중병이 아닌 이상 기념일에 쉬는 일은 없었어요. 그런 정도로 기념일은 중요했지요. 개중에는 열이 나는 아이를 부모가 업고 왔는데, 일단 출석 처리를 하고 돌려보내기도 했습니다. 일단 식에는 참가를 합니다. 평상시에도 상당히 중병이 아닌 이상 결석을 하지 않던 시대이기도 했구요. 개근상과 정근상을 몹시 중요시했지요. 우등상과 같은 정도로 영예로운 것이었습니다. 그러니까 육학년 졸업할 때 육 년 개근상이라고 하는 것은 빛이 났어요. 육 년간 하루도 쉬지 않았다는 말이니까요. 저 같은 경우는 결석 없이 학교를 다닌 것은 일 년 정도였습니다.

사대기념일의 행사 방식은 여학교, 사범학교도 같았습니까?

훈시의 내용의 난이도는 달랐지만 형식과 순서는 같았습니다. 여학교 때부터는 내빈은 없었습니다. 소학교 때는 학교구역별로 내빈이 정해졌고, 기념식에 학부형은 참가하지 않았습니다.

작법실에서의 히나마쓰리[50]

히나마쓰리와 단옷날에는 학교에서 사쿠라 떡인지 카시와 떡인지 봉투에 두 개 정도 넣어서 전교생에게 돌렸지요. 다른 학교도 그랬는지 어떤지는 모르겠지만, 본정소학교는 상가 중심에 있고 또 학부형회라고 하는 것이 있어서, 비교적 힘을 가지고 있던 것 같았고, 기부인지 뭔지 모르겠지만, 어릴 때는 아주 기뻤습니다. 그리고 작법실(作法室: 생활예절교실)에는 히나(雛) 인형[51]이 있었습니다. 학교에 작법실이라고 하는 다다미 방이 있었습니다. 소학교나 여학교나 일본인 학교에는 모두 다다미 방이 있었어요. 일본인으로서의 예법·작법이라는 것을 몸에 익히지 않으면 안 된다고 생각했겠지요. 사범학교는 조선인과 공학이었지만, 다다미 작법실이 있었어요.

히나 인형은 학교에 있었습니까?

네, 학교에 있었어요. 그러니까 그 무렵은 일본에서 자란 아이들이라면 일본의 관습에 따라 조상들한테 물려받은 것을 가지고 있었겠지만, 외지에 살고 있던 일본인 아이들이 히나 인형을 가지기에는 좀처럼 경

사진 18. 히나 인형. 일본에서는 매년 3월 3일 히나마쓰리란 딸의 아름다운 성장과 행복을 축원하는 행사를 갖는다. 각 가정마다 히나 인형을 장식하고 친구나 친척들을 불러 함께 축하한다. 사진제공: 주한일본대사관 공보문화원

제적인 여유가 없었습니다. 재산이 많다면 당연히 조선까지 가지 않아도 되었고, 또 장남처럼 집안을 잇는 사람은 안 갔을 거구요. 결국 조선에 관공리로 간다고 해도 어차피 차남 정도가 갔을 테니까요. 그러니까 하나 인형을 성대하게 칠팔 단이나 장식한다는 것은 좀처럼 할 수 없었을 겁니다. 그래서 학교에서는 그러한 일본의 관습을 몸에 익히게 하려는 의도에서 학교에 하나 인형을 두었지요.

그래서 그날, 학생들은 히나마쓰리 때에 먹는 과자와 떡을 받고, 유희회(遊戱會)라는 것이 있어서 저학년들은 그 하나 인형 앞에서 노래를 한다든지 유희를 합니다. 한 반 학생이 모두 들어가서 앉을 수 있고, 또 저학년들이 들어와 유희를 할 수 있을 정도이니까 상당히 넓은 방입니다. 체육관의 오분의 일이나 육분의 일 정도는 됩니다. 저학년 때 예절교실에서 그런 것들을 하던 것이 아직 기억에 남아 있습니다. 당시 다다미 방이라고 하는 것은 일본인과는 떼려야 뗄 수 없는 민족 생활의 상징적인 모습으로서의 의미를 가지고 있었던 것 같습니다.

독서 경험

당시 일본에서는 『소년세계』라든지 『여학(女學)세계』와 같은 잡지가 유행하고 있었는데, 스기야마 씨가 어릴 때에는 어땠습니까?

제가 어릴 때는 학교에 책이 그렇게 많지 않았습니다. 그렇지만 학급문고는 있었어요. 그 중에는 중학년용[52]으로 쓴 『로미오와 줄리엣』이라든지 『리어왕 이야기』 등이 있었던 것 같습니다. 제일 감동적인 것은 삼학년 때입니다. 『장발장』[레 미제라블], 그걸 읽으려고 학교를 다녔어요. 선생님이 그것을 방과 후에 읽어 주었습니다. 싫어하는 선생님이었

그림 5. 『우리는 고양이로소이다』에
수록된 삽화. 中村不折 畵

지만, 그 책을 읽어 줄 때는 모든 것을 용서할 수 있을 것 같은 생각이 들 정도로 재미있었습니다. 그러니까 다음에 코제트가 어떻게 되는지, 그 자베르 경관은 왜 또 장발장을 만나게 되어 그렇게 끈질기게 쫓아다니지 않으면 안 되는지, 정말로 이야기를 듣기 위해 학교에 갔었어요. 선생님께서 읽어 주시는 이야기에 끌려 문고 안에 있는 책을 읽기 시작한 것이 독서의 시작입니다. 또 『엄지 공주』도 있었어요.

좀더 커서, 이번에는 아버지가 가지고 있는 책, 표지가 초록색 천으로 되어 있는 이렇게 두꺼운 이와미 주타로(岩見重太郎)[53]라든지, 사루토비 사스케(猿飛佐助)[54]라든지, 기리가쿠레 사이조(霧隠才蔵)[55] 등을 읽었습니다. 여학교에 들어가서 이학년 때에 『우리는 고양이로소이다(吾輩は猫である)』[56]를 읽었습니다만 어려워서 이해를 못했습니다. 말이 어려웠으니까요.

쉬는 시간 체조

혼마치소학교 때는 겨울이 되면 손이 시려서 연필을 쥐기가 어려웠어요. 아침에 손 마사지를 교실에서 했어요. 개중에는 동상에 걸리거나 손이 갈라지는 아이도 있었어요. 저는 동상에 걸리거나 손이 트거나 갈라진 일은 없습니다. 사범학교에서도 동상이 심한 사람은 물에 담그고,

그러니까 더운 물에 담그고, 난로 옆에 가지 말라고 주의를 받고, 추우면 또 아프다고 해서 피가 고인 곳을 바늘로 따서 피를 빼냈어요. 그리고 발끝은 솜으로 싸서 고추를 넣어 두었지요.

아무리 추워도 날씨가 좋은 날은 반드시 밖에 나가서 쉬는 시간 체조를 했습니다. 그러다 보면 수업과 수업 사이의 쉬는 시간이 조금 길어집니다. 전교생이 줄을 서서 행진을 하거나 구보하거나 하고, 매스게임까지는 가지 않지만 비슷한 대형을 만들어, 구보라든지 행진을 했습니다. 추위를 견디고 건강을 위한다는 것이지만, 통솔이라는 목적도 있었습니다. 옛날엔 전체를 획일화하는 것을 중시해서, 집단적 질서와 정연한 일률적 행동 연습도 겸하고 있었다고 생각합니다. 여학교나 사범학교에서도 쉬는 시간 체조는 있었습니다.

소학교 때는 그렇게까진 하지 않았어요. 학년 구별 없이 아침에 추우니까 운동장에서 경주를 한다던지, 통제하는 사람 없이 자유롭게 달리거나 했지요. 그런 것이 겨울에는 매일 있었습니다. 그리고 여학교 때에는 질서 정연하게 행진연습을 하고, 다리 높이를 맞추고 정해진 거리까지 몇 보 만에 가는지, 이십 보로 거기까지 걷는다든지 해서 보폭을 맞추는 연습을 했습니다. 행진할 때에 들쑥날쑥하면 안 되기 때문에 통제를 위한 훈련을 했습니다. 지금 북한을 보면 그때가 생각납니다. 행진하면서 "우(右)로 봐!"라는 구령에 맞추고, 단상의 교장선생님이 경례를 하면 '바로!'라고 하지요. 그런 단체훈련 같은 것을 옛날에는 자주 했지요.

일본인 중에서도 진학할 여유가 없는 비교적 궁핍한 아이들의 부모님은 어떤 일들을 했는지 아십니까?

글쎄요. 제가 조선에서 돌아오고 난 후, 여기에 살던 사람한테 "결국, 여기에선 살기 어려우니까 자포자기한 사람들이 돈 벌려고 저쪽으로 건너간 거 아닙니까? 말하자면 '낙오'자 아닌가요?"라는 말을 들은 적이 있습니다. 그러니까 유복하고 부동산이나 재산이 많아서 생활이 안정된 사람들은 외지에 가서 생활하지 않았다고 봅니다.

우리 부모님의 경우는 양쪽 모두 재혼이고, 더구나 우리 집은 분가를 했습니다. 처음에는 데릴사위로 들어가서 본가로서 생활했지만, 그 배우자가 죽는 바람에 집안을 잇지 못하고 분가를 해서 나왔지요. 그 무렵 분가라는 것은 사회적으로 지위가 낮은 거라고 할까요, 전답을 많이 받는 것도 아니고…. 현금 수입도 그리 많지 않았을 겁니다. 특별히 직업이 있는 것도 아니고 말이죠. 결국 여기에서 더 버틴다고 해 봤자 아이들도 분가 자식이 될 수밖에 없으므로, 그럴 바에야 가 보자는 식으로 건너갔다고 합니다.

그런데, 가서 생활이 될 만큼의 자금을 가지고 갈 만한 여유가 없었지요. 관공서에 근무하는 사람들은 괜찮았어요. 확실한 일자리가 정해져 있었고, 그 당시 관공리는 어깨에 힘을 주며 살았지요. 생활도 안정되어 있었습니다. 그렇다고 해서 봉급이 많았던 것도 아니었어요. 관공리가 외지에 가게 되면 받게 되는 '가봉(加俸)'[57]은 아주 짭짤했던 모양입니다. 본봉의 육할 정도가 붙으니까 아주 많은 편이었지요. 관공리들은 그랬습니다. 하지만 대부분의 사람들은 일본 생활에서 여러 가지 이유가 있어서 건너갔을 겁니다. 그래서 처음에는 여유도 없이 사는 데 급급했을 겁니다. 그런 이유로, 여학교 진학도 한정된 사람들만이 가능했다고 봅니다.

조선에 살면서 논밭농사를 짓고 있던 일본인은 거의 없었다고 생각합니다. 특히 혼마치소학교는 장사하는 집 아이들이 대부분이었지요. 제일소학교라고 하는 것이 제일 처음에 생겼다고 하는데, 처음에는 고등과가 있어서, 거기는 관공리의 자식이 많았습니다. 혼마치소학교는 대부분이 장사하는 집 아이들이었습니다.

일본인 동네에 어린 아이 눈에도 가난하게 보인 집이 있었습니까?

예, 있었어요. 나가야(長屋: 일본 전통적인 연립주택)라고 하는 형태의 가옥은 아이 눈에도 가난해 보였습니다. 혼마치는 도청도 가깝고 경찰서도 가까운 곳이지만, 거기에서 조금 벗어난, 그러니까 혼마치소학교의 뒤편, 그 동네와 외곽지의 경계선 근처에 나가야가 있었습니다.

우리 아버지처럼 농업이나 과수원 같은 것을 하려고 고향을 나온 사람들은 결국 외곽지역에 살고 있었지요. 조선 사람들은 그렇지 않았지만, 일본인들은 일본과 같이, 소학교는 의무교육이었습니다. 하지만 과수원을 하고 있는 사람들은 자식들이 고등교육을 받을 즈음이 되면 여자 아이는 더 이상 학교에 갈 필요가 없다고 생각했던 것 같습니다. 여자 아이는 결혼 준비를 위해서 재봉이라든지 꽃꽂이를 배워야 하니까, 고등교육보다 그쪽이 중요하다고 생각했겠지요.

아이들의 놀이

본정소학교 때에 남학생들이 일본인 마을 밖에 살던 조선 아이들과 놀거나 혹은 놀리는 것을 본적이 있습니까?

조선인과는 학교가 다르고 일본인뿐이었지요? 그리고 집에 돌아가도 근처는 모두 일본인이니까, 같이 놀거나 한 적은 거의 없었습니다. 시골에서는 모두 함께 놀았다고 하더군요. 저는 소학교 육 년간, 여자 학급이었습니다. 남녀가 따로따로 공부를 하니까 반이 다르지요. 그러니까 그 무렵은 육 년간 여자 학급이어서 남학생들과 접촉할 일이 거의 없었지요.

여자아이들은 나무 그늘에 모여서 네모로 금을 긋고, 돌을 튕기는 땅따먹기를 했습니다. 돌을 튕겨서 딴 곳이 자기 땅이 되고, 또 돌을 튕겨서 땅을 넓혀 가는 게임이었지요. 땅따먹기, 공기놀이, 그리고 돌차기도 했습니다. 다이후쿠[大福] 떡을 납작하게 한 것 같은 유리로 된 예쁜 돌이 있었어요. 그 위에다가 곱돌로 그림을 그리기도 했지요.

〈니네들은 어디에서 왔니?〉라는 노래는 일본에서 들어왔어요. 일본에서도 사람들이 와 있었거든요. "맨 처음은 이치노미야♪"라는 노래는 이치노미야가 어디 있는지도 모르고 불렀었지요. 이치노미야라고 하는 곳이 어디쯤인지 전혀 모르지만, 그런 노래는 일본에서 오는 일본인 친구들을 통해서 퍼져 갔습니다. 공기놀이를 하면서도 "사이조산(西條山)은-♪"(창가 〈가와나카지마(川中島)〉)이라고 노래하거나 "여순, 개성조약이 맺어져 적장 스테셀♪"(창가 〈수사영의 회견(水師營の会見)〉)이라는 노래를 불렀지요. 전시 중에는 조선 아이들이 고무줄을 할 때, "보라, 동해의 하늘을 열고♪"(〈애국행진곡〉)라고 하는 군가를 불렀어요. 어쨌든 당시는 '일본'을 열심히 주입시키는 정신개혁을 목적으로 한 교육이었고, 또 저희들도 일본으로부터 온 사람들의 영향을 받아 그런 노래를 불렀었지요.

그림 6-7. 일본 어린이들의 공기놀이(위)와 땅따먹기놀이(아래). ⓒ 佐藤加代 畵

혼마치소학교의 전학생

일본에서 오는 전학생은 많았습니까?

전학생은 꽤 있는 편이었어요. 일본에서 조선으로 이주하는 사람이 점점 증가를 하던 시대였잖아요. 옛날에는 자주 교과서 낭독을 했습니다. 전학 온 아이의 낭독을 들으면서 비탁음(鼻濁音)이 몹시 귀에 거슬리던 기억이 있습니다. 저희들은 그냥 "가"라고 하지만, 일본에서 온 그 학생은 "가(콧소리가 많이 섞인)"라고 했지요.

학교에서 "너는 규슈 출신이지?"라든지, "도야마 현 출신은 우리 반에 한 명밖에 없다"라든지, 출신 지역을 의식하며 지냈습니까?

그런 건 별로 없었어요. 같은 학년에서 도야마 현 출신은 저 한 명이었고, 전교에도 도야마 출신은 한 명인가 더 있는 정도였어요. 그러니까 물론 일본에서 태어나서 건너온 아이도 있었지만, 저처럼 조선에서 태어난 아이 입장에서는 도야마는 너무 멀게 느껴졌고, 거의 관계가 없었습니다. 아이들 사이에서 도야마 현 출신이라든지 규슈 출신이라든지 하는 것은 거의 의식이 없었지요. 단지 토호쿠(東北)에서 온 사람들은 발음이 조금 다르잖아요. 그래서 '저 사람은 아오모리(青森)나 그 근처 출신인가 보다' 하고 생각하기도 했지요. 어른들이 말을 하는 것을 듣고 '역시 말이 다르구나' 하고 느낀 적은 있지만, 애들끼리는 그런 것이 없었습니다. 결국 처음부터 표준어로 이야기를 했었거든요.

일본에서 전학 온 아이들은 역시 조금 분위기가 다르다는 인상이 있었습니까?

아이이기 때문에 별로 느끼지는 못했지만, 제일 다르다고 느낀 것이 비탁음이었지요. 저희들은 '구기(못)', '우사기(토끼)'라고 발음을 하는데, 그 아이들은 '구기(콧소리를 많이 섞어서)', '우사기(콧소리를 많이 섞어서)'라고 발음을 했어요.

교사가 되고 나서 아이들에게 가르치는 교과에는 교사용 지도서라는 것이 딸려 있었어요. 교사용 국어 지도서에는 모든 문장이 카타카나로 적혀져 있습니다. 그리고 비탁음에는 작은 동그라미가 붙어 있어요. 그러니까 '가'에 작은 동그라미가 있지요. 특히 조선 아이들을 가르칠 때에는 보다 확실하게 가르쳐야 되겠다는 생각이 있어서, 같은 학년을 담당하는 선생님들이 모여서 읽기 연습을 하곤 했습니다. 그런데 말(馬)을 '우마'라고 할 때 '우'를 올려야 맞는지 잘 몰랐지요. 단어의 악센트하고 비탁음 때문에 고생을 했지요. 모인 선생님들이 여러 현 출신으로 뒤죽박죽이다 보니….

홋카이도에 홋카이도 사투리가 있듯이, 조선에도 뭔가 그런 것이 있었던 것 같습니다. '시나상나(하지말아)'라든지, '우치(나)'라든지, '아, 신도이(힘들다)'라는 말도 했습니다. 그런 말들이 있었지요.

고등여학교 진학과 시험공부

소학교 학생에게 여학교 학생은 부럽게 보였습니까?

그렇습니다. 그 무렵에는 누구나 여학교 진학을 하는 것이 아니었으니까요. 여학교에 진학하지 않은 학생 중에는 소학교 고등과에 진학한 사람도 있었습니다. 당시는 사년제 여학교도 있었지만, 대구는 오년제였어요. 소학교를 나오고 나서 오 년간이나 학교에 보내는 것은 역시 돈도 들고, 그 무렵은 재봉이나 요리를 못하는 여자는 반쪽짜리라고 생각하는 시대였기 때문에, 오 년간 여학교에 다니게 되면 '신부수업'을 할 시간이 없고, 우리 어머니도 그래서 사범학교 진학에 반대했습니다. "여학교에 오 년이나 다녀? 너는 바느질도 못하는데, 어쩌려고 그래!" 하고 걱정을 하셨지요. 모두 여학교 졸업하고, 또다시 재봉을 배우러 갔습니다. 반짇고리에 이것저것 담아 들고, 기모노를 입고 재봉을 배우러 다니든가, 꽃꽂이라든가, 다도 등 여러 가지를 배우기도 했어요.

같은 소학교에서 여학교에 갈 수 있었던 학생은 얼마나 됩니까?

저희들 학년은 세 반이 있었어요. 그 세 번째 반은 남녀학급이고, 남자 여자가 반반씩이었지요. 한 반이 오십 명이구요. 그러니까 여자는 한 반하고 반 클래스가 되는 셈이지요. 그 중에서, 여학교의 입학원서가 서른일곱 통이었습니다.

그 당시 선생님이 다른 반하고 합쳐서 원서가 서른일곱 통이니까, "'미나토오루'(역주: 일본어의 삼(3)은 미쓰, 칠(7)은 나나, 그리고 통은 토오루라고 발음을 하는데, 이 세 글자의 머리글자 등을 따서 읽으면 모두 통과한다는 뜻의 미나토오루가 된다)니까 모두 괜찮을 거야. 다 될 거니까 열심히 하세요"라고 말씀을 하시더군요. 우리 담임선생님은 시골 군부(郡部)에서 뽑혀서 오신 분이었는데, 저희 학교에 근무하자마자 육학년 담임을 맡으셨어요. 그 선생님은 젊은 분이었는데, 육학년을 담당하게 되었다고 하는 것은 곧 입시반 담당하게 되었다는 것이지요. 그래서 선생님은 무척 교육에 열을 올리셨지요. 수험생을 담당해서 진학율이 올라가고, 떨어지는 사람이 적으면, 그만큼 높은 평가를 받게 되거나 하기 때문이지요. 그래서 자리도 진학하는 아이와 고등과에 진학하는 아이들을 구분해서 따로 따로 앉혔고, 저희 반도 그랬습니다. 같이 수업을 받는 경우도 있었지만, 산수 같은 시간에는 진학하지 않는 아이 ―경제적으로 여유가 없는 유복하지 못한 가정의 아이나 본인이 그렇게 공부를 좋아하지 않는 아이― 는 자습입니다. 수험생에게는 응용문제나 어려운 학구산(鶴龜算: 학의 두 마리와 거북의 네 발을 응용한 대수 산술)을 가르쳐야 되기 때문에 선생님도 어쩔 수 없었지요.

같은 반인데 위화감이 생기거나 하지는 않았습니까?

그 무렵, 저 자신은 누구를 괴롭히거나 한 적도 없고, 괴롭힘을 당해본 적도 없습니다. 하지만 차별은 분명히 있었다고 생각합니다. 교실의 자리조차 그런 식으로 배치를 시켰으니까요. 또 노는 것도 역시 진학하는 학생들끼리 놀게 되고, 아마 진학하지 않는 학생들은 그리 좋게 여기지는 않았을 거예요.

저는 도중에 예습을 그만두었습니다. 진학하는 학생은 예습이라는 것을 하는데, 정규 수업시간이 끝나고 모두 돌아가면, 진학하는 학생들만 모여서 나중에 입시 공부를 하는 것이지요. 키야마 준이치(木山淳一)의 문제집이라든지, 이렇게 두꺼운 문제집이 있어서 계속 응용문제를 풀게 하지요. 수류산(水流算), 여인산(旅人算), 시계산(時計算), 식목산(植木算) 등 여러 가지 계산 문제가 있었어요. 계속 응용문제를 풀게 하니까, 예습이라고 했습니다. 옛날은 지금처럼 한자도 약자가 아니고, 달린 토도 구식 가나 사용법이었기 때문에, '칸조'(官女: 궁녀)라고 할 때 탁음을 붙이는 것들이 잘 안 외워지더라구요. 그런 가나 사용법도 어렵고 하니 선생님도 필사적으로 가르치게 되구요. 진학지도는 예습시간에만 하면 좋은데, 보통 수업시간을 사용하기도 했습니다. 어쩔 수 없이 시험에 신경을 쓰다 보니 입시를 보지 않는 아이들이 방해가 된다고 생각을 하게 되지요. 그래서 진학하지 않는 아이들에게는 몇 페이지에서 몇 페이지까지 쓰라는 둥, 한자를 위에다가 한 글자 적어 놓고, 밑에까지 한자로 채우라는 둥, 책을 보고 베끼라는 식으로 자습을 시킨 뒤에 진학하는 학생들을 가르칩니다. 그리고 체조 같은 것도 비가 오면 강당에서 하면 되는데, 체조라든지 미술이라든지 하는 시험에 관계가 없는 과목 시간에 산수나 국어를 가르쳤지요.

고등과에 진학을 하거나 진학을 하지 않는 아이들에 대한 대우라는 점에 있어서는 아주 냉혹했습니다. 저는 가만히 보고만 있을 수 없어서 "저는 예습 그만두겠습니다"라고 말하고 그만둬 버렸죠. 그러니까 옆쪽으로 옮기라고 하더군요. 물론 집에는 말을 하지 않고 있었는데, 들키고 말았죠. 친구가 집에 놀러 왔다가 돌아갈 때 어머니가 "내일도 놀러 오거라"라고 하니까, 친구가 "내일은 못 옵니다. 예습이 있어서 늦거든요"라고 대답을 했지요. 그러니까 어머니가 "뭐 예습? 우리 토미코는 항상 빨리 오는데?"라고 말씀을 하니까, "토미는 예습 안 하거든요"라고 솔직히 말을 하는 바람에 들키고 말았어요.

왜 그만두었는지 물어서 "선생님이 너무해서"라고 하니까, 어머니는 그런 이유로 그만둔 것 자체가 무슨 큰 죄를 지은 것 같이 생각을 해서, 결국 아버지가 조선의 나전칠기로 된 꽃병 받침대를 가지고 선생님께 사과하러 갔습니다. 저는 다시 예습반으로 돌아갔지만, 그때 무엇보다도 마음에 대해 걸린 것은 아버지가 젊은 선생님에게 머리를 숙여서 사과한 것이었습니다. 옛날 선생님은 목에 힘이 많이 들어가 있었거든요. 지금과는 달리, 선생님이라고 하는 것은 절대적인 존재였기 때문에 어떤 일이 있어도 고개 숙여 사과할 수밖에 없었습니다. 아버지를 그렇게 만들었던 일이 저로서는 가장 후회되는 일이었지요. 우리 집은 상인이기 때문에 여자아이는 공부 같은 것은 안 해도 괜찮다는 생각을 하고 있었고, 또 공부는 선생님이 시키는 대로만 하면 되고, 선생님이 하는 일에 대해 절대 간섭을 하지 않는다는 것이 부모님 생각이었지요.

소학교에서의 시험공부라는 것이 그렇게 힘들었습니다. 토요일이나 일요일도 필통을 학교 책상 안에 넣어둔 채 돌아갑니다. 그래서 일요일에 나올 때는 빈손으로 나와서, 만약에 누가 뭐하러 학교에 가냐고 묻더라도 "예습하러 학교에 간다고는 말하지 말라"라고 했었지요. 부모들 입장에서는 시험에 붙기 위한 일이니까, 오히려 공부시켜 주면 좋은 일이고, 아무도 불평하는 사람은 없었지요. 저의 담임선생님은 교육에 열을 올리는 집안의 아이들 대여섯 명을 밤에 선생님 집에 불러 공부를 시키는 것 같았습니다. 그 부모들 입장에서는 그렇게까지 하면서 열심히 자기 아이를 공부시켜 주니 고마운 선생님이었겠지만, 우리들은 '뭐야?'라는 식으로 반감을 가지고 있었지요. 그래서 저 같은 옛날 사람 입장에서는, 지금 입시공부가 힘들다고들 하지만 옛날은 더 심했지요. 지금은 학교도 많고, 여러 군데 지원도 할 수 있잖아요.

물론 부산에도 여학교가 있었지만, 부산 여학교는 어렵다고 소문이 났었지요. 경상남도에는 마산고녀라고 하는 것도 있었습니다. 그래서 우리 친구 중에는 마산에 시험 치러 가는 아이도 있었습니다. 도가 다르면 시험 날짜가 다르기 때문에, 마산이라면 두 군데 시험을 칠 수 있었거든요. 제 친구 세 명 정도가 마산, 대구 양쪽 모두 지원했었습니다. 그리고 저의 삼 년 선배언니는 대구고녀는 위험하다고 하여, 일본에 있는 야마구치 현의 이와쿠니여학교의 기숙사에 일 년간 들어가 있었습니다. 고향이 야마구치 현이고, 또 야마구치라면 조선하고는 가깝잖아요. 그래서 대구여학교에 결원이 생기면 도중에 전학이 가능했거든요. 당시 여학교를 들어가기 위해서 일본으로 돌아가는 것은 비교적 많은 편이었습니다. 어쨌든, 넓은 경상북도에 제가 시험을 칠 수 있는 학교는 대구고녀 하나뿐이었습니다. 나중에 포항에도 생겼다고 알고 있습니다만….

대구고녀에는 기숙사 시설이 완비되어 있었어요. 기숙사에 들어가는 학생들이 많았거든요. 군(郡) 지역에서 군수라든가, 그런 집안에서는 부모가 아이들을 여학교에 보내고 싶어도 결국 기숙사가 없으면 어쩔 수 없기 때문이지요. 점심때가 되면 우리들의 도시락은 차가웠지만, 기숙사생들은 기숙사 식당에서 금방 한 따끈한 밥을 먹었지요. 그게 부러워서 저도 기숙사 밥을 먹어 보고 싶다고 말했을 정도니까요.

경상북도에서 대구에 하나밖에 없는 공립여학교가 저희 때는 백 명밖에 뽑지 않았기 때문에 많이 떨어졌지요. 그래서 우리 다음 해부터 세 반, 백오십 명이 되었습니다. 그러니까 우리 때는 매화반, 사쿠라반 두 개밖에 없었는데, 나중에는 송·죽·매 세 반이 되었지요.

4. 대구고등여학교 시절

사진 19. 대구 모토마치 입구, 1930. 사진제공: 정성길

대구여고 통학

여학교는 집에서 멀었습니까?

네, 멀었어요. 마카사초(三笠町)라는 곳이었어요. 여학교는 대구 외곽지역에 있었지요. 당시는 버스를 타고 통학을 하면 안 되어서 도보로 다녔어요. 자전거로 다니는 학생도 없었습니다. 왜냐하면 조선에서 여자들은 별로 자전거를 타지 않았거든요. 상스럽다고. 더구나 짧은 치마를 입고 자전거를 타면, 그건 여자도 아니라고 생각을 했지요. 그래서 지각할 것 같으면, 몰래 버스를 타기도 했습니다. 선생님은 버스를 타고 다녔어요. 저희 집 근처에 있는 우체국 사모님이 선생님이었는데, 어느 날 버스를 타니까, 그 선생님이 타고 계셨어요. 급히 우향우를 해서 내리려는데, "그대로 있어. 지각할 게 뻔한데 지금 내려서 어쩌려고"라며 꾸중을 하시더군요. 아무 소리 못 하고 그대로 타고 갔습니다. 그러니까 학교 다니면서 개근상이라고는 받아 본 적이 없어요.

어느 해, 올해는 결석이 없었으니 '개근상을 받을 수 있겠구나' 하고 생각했습니다. 그래서 선생님께 "저는 결석도 없었는데 개근상을 못 받았는데요?"라고 하니까, "무슨 소리야. 지각한 숫자를 세어 봐"라고 하더군요. 당시에는 지각·조퇴를 다섯 번 하면 하루 결석으로 처리되었거든요. 지각은 수십 번 있었습니다.

대구여고의 헤어스타일과 복장

대구여고의 헤어스타일과 복장은 어떠한 것이었습니까?

여학교 입학해서 첫 번째 교장선생님 때는 머리 모양을 자유롭게 할

97

수 있었어요. 그러니까 묶든지, 세 갈래로 꼬든지, 단발머리[58]로 하든지, 옆 가르마를 하든지 아무거나 괜찮았어요. 그런데 나중에 그 교장 선생님은 청진으로 전근을 가셨지요. 청진으로 가셔서, 그 선생님은 학교에 은방울꽃을 상자 가득 보내 주셨어요.

그것을 각 교실에 나누어 주고, 복도 벽에도 은방울꽃을 꽂았지요. 처음으로 은방울꽃을 보았습니다, 그때는 은방울꽃에 대한 동경이 있었습니다. 은방울꽃 노래도 자주 부르구요. "미야마 산속의 골짜기에는… ♪"이라고 시작되는 노래인데, 도중에 리듬이 바뀌는 좋은 노래였지요. 지금은 은방울꽃 노래를 알고 있는 사람은 없을 겁니다. 최근에는 들은 적이 없어요. 아마 그때 우리들이 그 노래가사에 동경을 가지고 있었던 것을 교장선생님은 알고 계셨기 때문일 거예요. 전근 가신 곳은 추운 북쪽이었고, 또 전근을 가셨는데도 전에 근무하던 학교에 은방울꽃을 보냈습니다. 각 교실에 전부 나누어 주고, 복도에도 꽂았지요. '와–이게 은방울꽃이구나!' 하면서 보았는데, 인상 깊었습니다. 그 교장선생님의 따님이 저희들 반 학생이었기 때문이라는 것도 있었는지 모르지만요. 삼학년 때였습니다.

후임으로 일본에서 교장선생님이 와서 보니, 머리 모양은 자유인데다, 그 중에는 다 큰 처녀들이 짧은 머리를 하고 있지 않나, 결국 '단발금지령'이 내려졌지요. 그래서 머리는 반드시 묶지 않으면 안 되었어요. 그런데 갑자기 묶으라고 해도 뒤 머리카락이 짧아서 묶을 수가 없잖아요. 하지만 명령에는 절대복종해야 하기 때문에 묶었습니다. 머리를 묶을 때는 한 가닥도 좋고, 두 가닥도 좋았어요. 누군가 장난을 쳐서 세 가닥으로 묶은 애가 있었는데, 거기까지는 못 하게 했지요.

그리고 복장검사가 있었어요. 치마 주름도 스물네 개까지로 정해져 있었어요. 처음에는 스무 개였는데, 스무 개는 주름 폭이 넓기 때문에, 학교회의에서 스물네 개까지로 정했습니다. 그렇게 주름 수는 규칙에 따라야 했고, 또 치마 길이도 정해져 있습니다. 복도 벽 밑에 붙은 나무 부분에 선이 그어져 있고, 거기에 일렬로 줄을 세워서 조사를 하지요. 세라(sailor)복인데, 하복에는 목을 가리는 삼각이 없어요. 그런데 동복에는 삼각이 있었는데, 그 삼각을 호크로 잠그게 되어 있지만, 모두들 그걸 열어 놓고 싶어 했지요. 열어 놓고 있다가 복장 검사 때가 되면 급히 호크를 잠그지요. 가끔 그걸 그대로 열어 놓은 채 줄을 서곤 해서 야단을 맞거나 했습니다. 세라복의 소매부분 커프스(cuffs) 밖으로 속에 입은 셔츠를 조금 보이게 하고 싶었지만, 밖으로 내면 안 되었지요.

넥타이는 삼각 넥타이였는데, 세라복의 옷깃에서 삼각의 끝부분이 조금이라도 보이면 안 되었지요. 그런데도 내고 싶었지요. 그런 것을 엄격하게 검사했어요. 그건 전 교장선생님이 계실 때도 그랬습니다. 흰 선이 한 줄, 모퉁이 부분에 작은 동그라미. 대구고녀는 그것을 자랑으로 여겼습니다.

여학교에 통학할 때 좋아하던 사람이라든지, 아니면 누구나가 좋아 하던 남학생은 없었습니까?

좋아하던 사람은 동성입니다. 통학하면서 남자에게 눈을 팔면 불량 여학생이라는 꼬리표가 붙기 때문에 …. 운동회 같은 때에 남학생이 한 두 명만 와 있어도 "저기 남학생 와 있잖아!" 하면서 큰일이 나지요. 공 공연한 교류는 없었지요. 불량하다거나 비국민(非國民)이라고 취급되던 때였고, 죄라고 느끼던 시대였으니까요.

대구고등여학교의 교육방침

당시 여학교의 교육목표는 어디까지나 현모양처를 만드는 것이었지만, 오 년간은 아주 즐거운 학교생활이었습니다. 경상북도라는 곳은 원래의 신라의 땅입니다. 신라는 그 옛날 화랑도정신이라고 해서, 문무두 방면으로 뛰어난 인재를 육성하는 것을 목표로 하고 있어서 조선에서 경상북도를 '교육도(教育道)'라고 불렀지요. 그래서 일찍부터 여교사들도 교련이라든지, 공식적으로 학교 밖으로 나갈 때는 남자와 같은 전투모를 쓰던 지역이었습니다.

여학교 오 년 동안 교정에는 벚꽃나무도 많아서 벚꽃 축제를 하거나, 바자회를 하거나, 그리고 이학년인가 삼학년쯤에는 수영장도 생겨서 매년 수영장을 개방할 때는 화려한 행사가 열리기도 했어요. 또 오학년이 되어서는 기다리던 일본 수학여행이 있었지요.

서도(書道)에 열심인 선생님이 계셨는데, 오 년간 계속해서 펜습자 연습한 것을 매주 제출해야 했습니다. 그 용지는 교내 구매부에서 팔고 있었어요. 스케치도 반드시 월요일마다 제출해야 했습니다. 열심인 학생은 다섯 장, 열 장까지 스케치를 했지요. 저도 주변에 있는 것은 모두 그렸고, 결국 나중에는 더 그릴 것이 없게 되었지요. 스케치한 것을 제출하면 뒤에 에이비씨디(ABCD)로 평가를 해서 에이라든지 비라든지 써서 돌려 줍니다. 학기말에 모든 작품을 훑어보고 평가하는 것 같았습니다. 펜습자도 갑이나 을의 평가란이 있어서, 학기를 마칠 무렵에 전부 정리해서 가지고 갑니다. 아이들은 대게 모두 갑을 받은 모양인데,

저는 글씨가 서툴다 보니 가끔 울도 있었어요.

누구였는지 정확히 기억을 못하겠지만, 언젠가 황족 한 분이 방문하셨을 때, 학교에서는 기념으로 학생들이 쓴 백인일수(百人一首)[59]를 선물했는데, 그건 엄선된 학생들이 쓴 것이었어요. 서도를 장려하고, 그림을 장려하고, 나중엔 수영장도 생기고, 그리고 한 학년에 하나씩 배구 코트까지 있던 여학교였어요.

영어 수업

여학교에는 영어가 있다는 것이 제일 큰 변화였습니다. 처음엔 여자 선생님이었는데 출석을 부를 때, "미스 스기야마(Miss Sugiyama)"라고 하면 "프레젠트(Presents)"라고 대답을 했지요. 삼학년 때는 남자 선생님이었는데, 이번에는 "미스 스기야마(Miss Sugiyama)"라고 부르면, "히어, 설(Here, sir)"이라고 대답을 했지요.

교과서는 딱딱한 표지에, 넘기면 바삭바삭 소리가 났어요. 주위에는 희미한 색으로 매화꽃이 그려져 있었습니다. 그 외에 발음기호 책이 또 따로 있어서, 목의 단면도가 그려져 있었는데, 전혀 의미를 모르겠더군요. 또 그 무렵에는 지(G)펜을 사용하고, 글씨를 예쁘게 쓰기 위한 영어 습자장이라고 하는 것이 있었어요.

선생님은 여러 반을 가르치다 보니, 학생들 이름을 기억할 수가 없어서, 교탁 위에 좌석표를 놓고 수업을 했지요. 지명할 때는 눈을 감고 손가락을 빙빙 돌리다가 그 좌석표를 눌러서 손가락이 멈춘 학생에게 질문을 했지요. "미스 스기야마, 컴 히어(Miss Sugiyama, come here)"라고 하면 앞으로 나가야 됩니다. 나가면, 책을 가지고 오라든지, 복도에 나가라 하든지, 창문을 열라는 등 영어로 말을 하지요. 무슨 말인지 못 알 아듣고 우물쭈물하면 다른 학생들이 "창문 열어"라고 말하기도 하고, 그런 수업이었지요. 그리고 한 과가 끝나면, 반드시 간단한 시험이 있 었습니다. 선생님이 말하는 것을 듣고 쓰거나 하는데, 시험이 끝나면 옆 사람하고 답안지를 바꿔서 채점을 합니다. 십 점 만점에 육 점 이하 면 낙제점이어서 그 사람들은 앞에 나가서 교단을 책상 대신으로 해서 시험을 보게 되지요. 정말 창피하기 그지없는 일이었지요.

신출 단어 같은 것도 테스트했습니다. 그 무렵은 모두 단어장 외에 단어 카드를 만들어서 열심히들 외웠지요. 저 같은 경우에는 공부를 안 하니까 전혀 못 외웠어요. 그래서 매번 낙제점, 매번 앞으로. 그러면 앉 아 있는 학생들이 싱글싱글 웃으면서 으스대는 얼굴로 쳐다보지요. 앞 에 나가면, 선생님이 이번에는 간단한 문제를 냅니다. 그래도 또 낙제 점을 받는 아이가 있어요. 그쯤 되면 선생님도 포기를 하고 "됐으니까, 돌아가서 자리에 앉아"라고 말씀을 하시죠. 그렇게 즐거운 수업이었습 니다. 그런 일들이 즐거웠지요.

예절 시간

여학교 때는 예절[作法] 시간이라는 게 있었어요. 예절 교실에 죽 늘 어서 앉으면, 그 앞을 차례로 걷습니다. 다다미의 이음새를 밟지 않고 걷기, 서기, 앉기, 문 여닫기, 꿇어앉아서 인사를 할 때 손 모양 등을 연 습합니다. 근데 그걸 보는 사람들은 모두가 앉아 있다 보니 시선이 자 꾸 발로 갑니다. 옛날은 무명 양말이어서 구멍이 잘 났었지요. 구멍이 나면, 그 구멍 난 곳을 발에 먹을 발라서 메우지요. 까만 양말이었거든요. 그런데 그게 앉아 있다 보면 양말이 움직일 거 아닙니까? 그걸 보고 너무 웃겨서 죽는다고 웃다가 꾸중을 들었던 적이 있습니다.

여학교 때는 졸업반이 되면 회석요리(懷石料理) 실습을 합니다. 요리를 하는 조와 접대를 하는 조로 반을 나누지요. 그때 만든 요리 중에서 하나 기억나는 것은 스고모리 타마고[巢籠もり卵: 둥지 속의 알]. 둥지처럼 짚으로 만든 것 속에 작고 흰 알이 들어 있는 것 같은 요리를 만든 것이 생각납니다. 회석요리를 만들어서 학부형을 불러 대접을 하는 것을 돌아가면서 했는데, 그런 걸 예절실에서 했지요.

바느질도 오 년 동안 거의 다 배우지요. 솜옷이라든지 하카마까지 만듭니다. 기모노 바느질도 거의 전부 실습을 하고, 양복, 와이셔츠, 여름 제복, 흰색 세라복도 만들어 봤어요.

안마 지도

여학교의 교육방침은 어디까지나 현모양처를 양성하는 것이기 때문에, 졸업반이 되면 실제로 안마사를 불러서 특별지도를 받습니다. 두 명이 한 조가 되어, 어깨 두드리는 법, 손 안마, 두 손을 모아서 어깨를 두드리는 갑타법(甲打法) 등을 배웠어요. 그건 결혼을 하면 시어머니라든지 남편에게 해주기 위해서 배웁니다. 시집을 가서 안마도 못하면 안 된다는 것이었지요.

그것으로도 부족해서, 졸업을 하면 다시 바느질이라든지 다도(茶道), 꽃꽂이를 배우러 갑니다. 저 같은 경우는 그리 열심히 한 것이 아니다 보니, 제대로 하는 게 거의 없었고, 그래서 사범학교를 가려고 할 때 어머니가 강하게 반대를 했지요.

각종 학교 행사와 근로봉사

매년 바자회가 있어서, 양말을 짠다든가, 작업용 앞치마, 행주치마 등의 소품을 많이 만들어서 일 년에 한 번씩 팔았지요. 학부형이라든지 친척들도 부르고, 제법 크게 벌였습니다. 학생들에게는 회계 보고를 해 주지 않았지만, 아마 서클활동 등의 자금으로 사용되었을 겁니다.

바자회 때는 식당에서 팥죽도 팔았지요. 그것도 미리 실습 시간에 만들었고, 시중을 들거나 하는 모든 것을 학생들이 했어요. 그런 것을 많이 했습니다.

봄부터 여러 가지 행사가 있었어요. 짧은 길이기는 하지만, 학교에 벚꽃길이 있었어요. 대구고녀는 습자로 유명한 학교였고, 짧은 시를 써서 벚꽃나무에 걸어 놓으면, 집에 갈 때 자기가 좋아하는 것을 가지고 돌아가기도 했어요. 그때도 식당을 개방해서 학생들이 팥죽을 만들어 팔았어요. 그때도 학부형들이 왔었습니다.

여학교의 수영장을 개방할 때는 미쓰마메(みつ豆)[60]가 인기가 좋았어요. 수영장을 개방하는 것은 교내 행사이기는 하지만, 시범수영이나 경기 같은 것이 있기도 하고 그것이 수영장 개장을 알리는 것이었지요.

여학교 시절, 소화 구년(1934)부터 십사년(1939)까지는 중일전쟁[61]이 한창인 시기여서 전시교육이 아주 활발했습니다.

위문대[62]를 정말 자주 만들었어요. 수업시간에도 강당에 모여서 만들었지요. 그래서 어느 정도 개수가 많아지면 모아서 군부대에 보냈습니다. 대구는 팔십 연대가 있었습니다. 거기에 보냈는지 어떤지는 잘 모르겠지만, 아무튼 군부대를 중개로 해서 전쟁터로 보내졌을 겁니다.

정말 자주 만들었어요.

대구역에 군용열차가 정거해 있는 동안, 우리 여학생들은 플랫폼에 대야를 가지고 가서 군인들의 셔츠나 타월 등을 세탁해서 건네주기도 했습니다. 그것도 근로봉사였지요.

그리고 천인침(千人針)[63], 이것도 만드는 방법을 배웠습니다. 깃발을 세워서, 사기를 고양시키는 거지요. 그리고 근로보국대로서 자주 근로봉사를 했습니다. 근교의 충령탑이라든지, 대구신사 청소를 했지요.

또 여름방학에도 근로봉사를 했습니다. 더우니까 아침 다섯 시나 여섯 시 정도, 아침 식사 전에 학교에 갑니다. 아침밥은 학교에서 나옵니다. 아침 일찍 가서 근로봉사를 하고, 밥은 여학교 강당에서 함께 먹습니다. 그리고 그 후, 위문대를 만들거나 했습니다.

여름방학엔 자주 근로봉사가 있었어요. 보통 수업이 있을 때는 아침 일찍 모이는 일은 없었지만, 방학 때는 매일 작업이 있어서, 작업용 앞치마는 꼭 가지고 다녔어요.

일본에 돌아온 후 몇 년인가 지나서, 대구고녀 동창회를 대구의 모교에서 했습니다. 그때는 사립 여자중학교가 되어 있었는데, 학생들이 한복을 입고 주욱 늘어서 있는 데를 우리들이 지나가면서 환영을 받았습니다. 그때까지만 하더라도 강당과 수영장이 남아 있었습니다. 그 후에 그 중학교가 없어지고, 도서관인지 뭔지가 생겼다고 하더군요.

여학교 시절의 독서

여학교 때 책은 학교에서 읽었습니까? 아니면 사서 보셨나요?

저는 근처 책방에 자주 가서 잡지를 서서 읽었습니다. 그래서 선생님

© Noonbit Archive

사진 20. 위문대 제작에 동원된 조선인 부녀자들.

사진 21. 천인침을 제작해 전달하고(위) 위문대를 제작 중인 대구고녀 여학생들.
대구고등여학교 졸업 앨범에서. 스기야마 소장.

께 불려 가서 주의를 받은 적도 있습니다. 도서실이 있었지만, 지금처럼 자유롭게 책을 읽을 만큼 넓지가 않았어요. 책이 죽 꽂혀 있는 서가가 있고, 그 옆방이 이과실(理科室)이었는데, 그 이과실에는 여럿이 앉을 수 있는 책상이 있어서, 그곳이 방과 후에는 독서실로 개방되어 있었어요. 그곳에서는 학년에 구애됨이 없이 여러 가지 책을 읽을 수가 있었습니다.

여학교 시절에는 어떤 책을 읽으셨습니까?

문학서로는 『우리는 고양이로소이다』가 인상 깊었습니다. 소녀 잡지로는 『소녀구락부』『소녀의 벗』『소녀화보』『신여원(新女苑)』『영녀계(令女界)』 등을 읽었고, 어른 잡지로는 『킹』이나 『강담 클럽』 등을 자주 책방에서 서서 읽는 바람에 선생님에게 주의를 받았던 겁니다. 제일 감동 받았던 것은 『출가와 그 제자(出家とその弟子)』[64]였습니다.

일본으로의 수학여행

수학여행은 일본으로 가셨습니까?

그 당시는 중일전쟁 중이다 보니, 수학여행이 취소가 될지 모른다고 해서 정말 말도 많던 시기였지요. 누가 못 간다고 하면 "뭐 그것 때문에 여학교에 왔는데, 못 간다니 말도 안 돼"라고 했지요. 여학교에 입학해서 오 년간 적금을 하거든요. 일본을 굉장히 동경하고 있었구요. 다카라즈카(宝塚)에도 가야 되고, 국제극장에서는 그 유명한 터키[65]를 볼 수 있는 시대이기도 했구요. 모두들 잘 알고 있었지요. 저희들이 갔을 때 다카라즈카에는 사호 미요코(佐保美代子)나 타치바나 카오루(橘薫),

사진 22. 대구의 충령탑. 사진제공: 정성길

그리고 그 누구지요, 사요 후쿠코(小夜福子)[66], 가스가노 야치요(春日野八千代)[67] 같은 사람들이 있어서 동경을 하고 있었지요.

청소를 할 때 책상을 전부 뒤로 밀어 놓으면 교실이 넓어지잖아요. 그래서 방과 후에 도쿄의 긴자(銀座) 거리 걷는 연습을 합니다. 긴자라고 생각하면서 "엉덩이가 삐뚤지 않은지 봐 줄래?"라고 하며 걷기도 하고, "너 엉덩이 삐뚤어"라며 재잘거렸지요. 선을 그어 놓고 선 위를 똑바로 걸어야 된다는 등, 머리에 책을 올려놓고 걷기 연습도 했습니다. 어쨌든 그 해방감이라고 할까요? 그리고 그 무렵은 찰스턴(Charleston, 1920년대에 유행한 빠른 동작의 춤)이 유행하고 있었기 때문에 먼지떨이를 가지고 찰스톤을 흉내 내기도 했습니다.

그런데 그때가 소화 십삼년(1938)이라 '서주(徐州) 함락'이 있어서 점심때는 깃발 행진을, 밤에는 초롱 행렬을 한 후, 이튿날 아침 수학여행을 출발했습니다. 그런 시대였습니다.

수학여행은 일본 어디 어디를 다녀오셨습니까?

대구를 출발해서 부산에서 관부연락선으로 시모노세키(下関)에 도착해서 교토(京都), 오우미(近江) 팔경, 나라(奈良), 요시노(吉野), 이세(伊勢), 가마쿠라(鎌倉), 에노시마(江ノ島), 도쿄, 닛코(日光), 오사카, 다카라즈카(寶塚), 고베(神戶), 고베에서 세토나이카이(瀨戶內海) 항로를 타고 바다를 건너 벳푸(別府), 그리고 후쿠오카(福岡)에서 다시 관부연락선으로 부산, 대구로 돌아왔습니다.

산양선(山陽線)을 타고, 이세에 들러 도쿄로 가서, 도쿄에서 삼박 정도를 하고, 닛코에 다녀오는 길에 물론 다카라즈카에도 들르고, 코베에

© Noonbit Archive

사진 23. 관부연락선. 3,500톤급 이키 마루(壹岐丸). 1940년 진수 취항.

서는 배를 타고 이번엔 벳푸로 갑니다. 벳푸에 가서 지옥온천 등을 구경하고, 그리고 후쿠오카로 돌아왔지요. 아주 성대하고 긴 여행이었습니다.

사실 저도 그렇지만, 조선에서 태어난 일본인은 내지인이라고는 하지만 한 번도 일본에 가 본 적이 없는 아이가 대부분이었지요. 그래서 연락선이 시모노세키에 도착했을 때에는 "아! 마더랜드(조국)"라고 외치는 아이들이 있을 정도여서, 일본 수학여행은 화려하게 시작되었습니다.

먼저, 연락선으로 시모노세키에 도착을 하잖아요. 그럼 산양선을 타고 계속 가서, 교토와 오우미 팔경을 돕니다. 그리고 가시하라 신궁(橿原神宮)[68]도 물론 가고, 요시노산(吉野山)에서는 태어나고 처음으로 케이블카도 타 보고, 안개 속에 숙소가 있어서 깜짝 놀랐어요. 요시노 신궁(吉野神宮)[69]도 물론 참배하고, 그리고 뇨이린도(如意輪堂)도 보았습니다. 도쿄에 가면, 도쿄에서는 삼박을 합니다. 닛코(日光)에도 가고, 게곤(華厳) 폭포의 물웅덩이가 보는 곳까지 케이블카인지 전철인지로 간 것을 기억하고 있어요. 거기에서 도쿄로 돌아왔습니다. 저는 그때 국제극장을 보고, 그러니까 닛코에서 돌아올 때 국제극장 지붕의 서치라이트가 켜져 있는 것을 보고 '아! 국제극장이다!'라고 감동했던 기억이 있습니다.

물론 에노시마도 갔습니다. 가늘고 긴 나무판자의 끝에 양초를 세워서 동굴 안을 들어가기도 하고…. 가마쿠라에서는 어떤 동굴[70] 속에 들어갔던 것 같기도 하네요. 오사카를 돌아 다카라즈카에 들리고, 코베에서 배를 타고, 벳푸로 갑니다. 벳푸에서는 지옥온천 구경을 하고, 후쿠오카로 돌아왔지요. 이 주간 정도였을 겁니다. 물론 이세 신궁(伊勢神宮), 후타미 포구도 갔고, 황궁이라든지 야스쿠니 신사(靖國神社)도 갔습니다.

모두 스탬프 장을 가져갑니다. 최초로 간 곳은 교토였어요. 교토에서 여기 저기 많은 절에 들러서 스탬프 장에 도장을 찍다 보면, 구경할 시간이 없어서 저는 도중에 그만둬 버렸습니다. 어떤 절에선가 머리카락으로 짠 그물[71]도 보고…. 그리고 은행나무가 물을 뿌려서 불을 껐다는 절[72]에도 갔습니다. 신사에는 많이 갔어요. 빼면 실례가 된다고 생각을 했는지 반드시 여행 코스에 들어가 있었어요.

교토에서는 몇 명이서 택시를 탔습니다. 그랬더니 운전기사가 "학생들은 도쿄에서 왔어요?" 하고 묻더군요. '우와! 우리가 도쿄 사람으로 보였나 보네' 하고 생각을 했지요. 별것 아니라 말투가 표준어였다는 것뿐이었지요. 그래서 운전기사에게 "교토에서 제일 좋은 곳으로 데려다주세요"라고 하니까, 쿄고쿠(京極)에 있던 찻집 같았는데 아무튼 거기로 데려다주었지요. 거기에서는 그때까지 본 적도 없는 메뉴를 보고, 공부가 된다고 해서 모두 다른 것을 주문했습니다. 그런데 막상 나오니까 자기가 주문한 것이 어떤 것인지 알 수가 있어야지요. 정말 시골뜨기들이었지요. "어! 어느 게 내꺼지?" 가격도 다르고 음식도 다른데, 이름을 몰라서 한바탕 웃음바다가 되었지요. 지금 생각하면 파르페 종류였던 거 같네요.

그때는 파르페가 뭔지도 몰랐으니까요. 학생 때는 찻집 출입을 하면 안 되어서, 수학여행 때 처음으로 찻집에 들어갔습니다. 또 그 가게에는 전축[73]이 있었는데, 전축 앞에서 레코드를 걸고 있는 여자가 마치 프랑스 인형 같은 치마를 입고 서 있었는데, 정말 인간이 아닌 것 같더군요. 그런가 하면 또 이쪽엔 예쁜 기모노를 입고 서 있는 여자도 있었구요. 미마츠라는 이름이었을 겁니다, 그 찻집. 그리고 무지개 색으로 빛나는 네온 같은 것이 있었습니다. 그런 것이 인상에 남아 있습니다. 도쿄에서는 시세이도(資生堂)[74]에서 비싼 아이스크림을 먹었습니다.

태평양전쟁이 시작되고 나서는 파마를 하고 있는 사람만 보아도 국방부인회 사람이 "당신은 비국민이요! 파마를 하지 맙시다"라고 주의를 주거나 하던 시대로, 외모를 꾸미면 안 되는 시기였지요. 하지만 수학여행은 태평양전쟁이 아직 시작되기 전이었거든요.

일본에서는 조선 지폐가 통용이 되지 않았기 때문에, 수학여행에서 쓸 용돈은 일찌감치 일본 지폐로 바꾸어서 준비를 했지요. 얼마큼이었을까요? 일단 상한액은 정해져 있었지만, 그런 건 아무 소용이 없었어요. 도중에 몇 번이나 선물꾸러미를 조선으로 보냈으니까요.

5. 경성여자사범학교[75] 시절

사진 24. 경성여자사범학교 연습과 입학 후 최초의 단체 신사참배(1939)
기념사진(위)과 연습과 2학년 때 찍은 기념사진(아래). 1940

여학교 졸업 후의 진로

이윽고, 여학교 오 년을 마치고 저는 경성에 있는 여자사범에 진학을 했습니다. 그 무렵 진학을 한 사람은 적십자에 한 명 가고, 일본의 대학에 간 사람이 두세 명 있었던 것 같아요. 그리고 도청에 근무한 사람도 있긴 했지만 당시는 취업을 하는 여자가 적었었지요.

그 당시 조선에 있던 학교라고 한다면, 남자는 의과대학이 있었고, 사범학교도 있고, 전문학교도 있었지요. 그런데 여학교 오학년을 마치고 여자가 갈 만한 곳은 여자사범하고 적십자 정도입니다. 의전도 있었던 것 같네요. 여자 중에서 진학을 한 사람은 극히 일부였다고 생각합니다만, 그 정도밖에 학교가 없었습니다. 대구의전에는 여자가 없었을 겁니다. 저는 주사를 놓을 자신이 없다 보니, 적십자에서 간호사를 하는 것도 무리고 의사도 못한다고 생각을 하니, 진학할 만한 곳이 사범밖에 없었습니다.

여학교 오학년이 되면 각 학교에서 입학안내서를 보내 옵니다. 그러면 교실 뒤의 게시판에 전부 그것을 붙여 놓지요. 그런데 제가 오학년 무렵에는 연락선이 위험하다는 소문이 돌고, 바다에 기뢰가 있어서, 현해탄을 건너는 것이 위험하여 배를 탈 때 전부 구명조끼를 입던 시대였지요. 일본에도 학교는 있었지만, 그런 상황에 여자 혼자 현해탄을 건너는 것은 위험했고, 저희 집에서는 허락할 리가 없었지요. 그렇지만 일본에 간 사람도 있기는 있습니다. 십삼 도나 되는 그 넓은 조선반도에 여학교를 마치고 진학할 수 있는 학교가 경성여자사범과 의전 정도밖에 없었습니다. 나중에 공주에도 사범학교가 생기기는 했지만요.[76]

일본에는 전공과(專攻科)라든가 하는 게 있어서 여학교를 끝내고 일 년인가 얼만가 갈 수 있는 곳이 있었지만, 조선에서는 여학교를 마치고 갈 만한 학교가 없었어요.

경성여자사범에 진학

그 당시, 사범에는 연습과, 강습과, 심상과(尋常科)라고 하는 세 개의 과가 있었습니다. 여학교를 졸업해서 진학할 수 있는 과는 연습과와 강습과의 두 개로 연습과는 이년제였어요. 강습과는 일 년 만에 수료를 합니다. 어쨌든 선생님이 부족한 시대였으니까, 속성 재배 같은 식이었지만, 그런 과가 있었어요. 그리고 심상과라고 하는 것은 소학교 육 년을 마치거나, 혹은 심상고등과 일학년이나 이학년들도 시험을 칠 수가 있었고, 사년제였습니다.

저는 대구에서 시험을 보러 가서 이년제의 연습과 쪽을 선택했습니다. 강습과 일 년으로 일단 교원자격을 얻을 수는 있었지만, 저는 도저히 일 년 만에 교사가 될 자신이 없어서 이년제를 택했습니다. 또 사실, 연습과에는 만주여행이 있었습니다. 아주 불순한 생각이기도 하고 지금 생각하면 정말로 미안하기는 하지만, 만주여행을 갈 수 있다면 이년제 쪽이 좋을 것 같았거든요. 대구여학교에서 열 명이 응시했고, 연습과에 진학한 것은 두 명이었어요. 응시한 사람 중에는 떨어진 사람도 있었지만, 나머지는 모두 강습과를 희망했었지요.

열 명 중에 몇 사람이 경성여자사범 시험에 합격했습니까?

한 명만 떨어졌습니다. 떨어진 사람은 학급회에도 참가를 하지 않던 사람이었지요. 연습과를 선택한 것은 두 명으로 모두 합격했습니다. 그리고는 나머지는 모두 강습과를 선택해서 저보다 일 년 먼저 교단에 섰지요. 이월에 시험을 보고 금방 졸업을 했기 때문에 뿔뿔이 흩어졌지요.

사범학교에는 일본에서 사람이 많이 들어왔습니다. 그건 조선에 취직을 하면 외지수당인 가봉(加俸)이 있기 때문이었을 것 같습니다. 대부분 일본에서 여학교를 마치고, 경성여자사범으로 오는 사람들은 형제도 많고, 동생들 학비를 대야 하는 사람이었거든요. 지금처럼 모두 취직을 하는 시대는 아니었으니까요.

어머니의 반대

사범학교 진학을 어머니는 강하게 반대했습니다. 먼저 "여자아이가 바느질도 못하면서 또 학교에 간다는 게 웬 말이냐" 하면서 어머니의 반대가 아주 심했지요. 우리 어머니는 시골 사람이라서 '여자가 돈을 버는 것은 천한 일'로 생각하시던 분이었지요. 그래서 사범학교 진학하는 건 말도 안 되는 이야기였던 것입니다. 그렇지만 아버지는 "네가 하고 싶다면 해야지" 하면서 허락해 주었지요. 결국 담임선생님께 어머니를 설득해 달라고 부탁을 해서 사범학교에 시험을 칠 수가 있었지요.

교사가 되고 싶다고 하니까, 주위의 친구들도 "왜 선생 같은 것을 하려고 하니? 그렇게 촌티가 나고 시골 냄새가 풀풀 나는데"라며 반대를 할 정도였지요. 옛날에 여자 선생님이라고 하는 것은 모두 수수한 분위기였습니다. 아무도 게시판에 붙어 있는 사범학교 안내서를 보는 사람이 없었지요. 그래서 그 안내서를 떼어 내서 집으로 가지고 돌아갔습니다. 어머니가 반대를 하니까, 사범학교는 이런 거라고 보이기도 할 작정이었지요. 그랬더니 얼마 후 선생님에게 불려 가서 "네가 가지고 갔다고들 하는데 정말이니?" 하고 물어서 "네" 하고 대답을 했더니 "너만 보라고 붙인 것이 아니니까 다시 붙여 놔라"라고 하시더군요. 아무도 안 보는 줄 알고 필요 없다고 생각을 해서 가지고 갔는데, 사실은 모두 몰래 보고 있었던 거지요.

저는 이년제의 연습과를 선택했는데, 친구들이 일 년 만에 선생님이 될 수 있는데, 뭐 하려고 이년제를 가느냐고 말들을 했지요. 하지만 저는 굳이 선생님이 되고 싶어서 가는 것도 아니고, 이년제가 좋았습니다. 만주여행도 할 수 있고…. 그래서 이년제 연습과에 시험을 쳤지요. 나중에 공주에도 여자사범이 생겼지만, 연습과가 있던 곳은 경성여자사범뿐이었어요.

사범학교에 들어가기보다 여학교에 들어가는 게 더 어려웠군요.

사범학교에 진학을 하는 학생은 극히 일부이다 보니, 사범학교에 진학하겠다고 해도 입학원서를 써 주는 정도지, 특별히 걱정을 해주거나 하지는 않았습니다. 제가 오학년 이학기가 돼서 진학을 한다고 하니까 "왜 이제 와서 진학을 하겠다는 거지? 더구나 부모도 반대하는데"라는 식의 반응이었지요. 저희 집은 장사를 했는데, 장사를 하는 집안 딸이 사범학교에 가는 경우는 거의 없었거든요. 사범학교에 가는 일본인은 아버지가 관공리를 하든지, 형제가 많아서 동생들의 학자금을 벌기 위해 취직을 해야 하거나 하는 사람들이 많았던 모양입니다. 더구나 사범학교는 학비가 필요 없었으니까요. 그러니까 장사하는 집안에, 게다가 동생들도 없는 처지에 왜 사범학교에 가려고 하지라는 반응이었지요.

또 제가 사범학교에 시험을 치겠다고 말을 하니까, 선생님이 곤란해 했지요. 시험 준비 기간도 짧고, 시험을 위한 준비가 큰일이었기 때문 이었지요. 각 교과의 구두시험도 있고, 물론 필기시험, 작문 같은 것도 있었으니까요.

운명의 갈림길 – 친구와의 이별

왜 사범학교에 진학을 하려고 하셨나요?

정말 이상하지요. 저도 제가 왜 사범을 가려고 했는지 잘 모르겠어 요. 그런데 아마 친하게 지내던 친구가 도중에 오카야마(岡山)로 이사 를 간 것이 가장 큰 원인이 아닌가 싶네요. 졸업하면 둘이서 함께 책을 읽고, 똑같은 노란색 기모노를 만들어서, 그리고 날을 정해서, 아무리 떨어져 있더라도, 어떤 장애가 있더라도 꼭 만나자고 하면서 손가락을 걸었던 친구가 오카야마로 가 버렸습니다. 그 부모가 친척이 경영하는 군수공장에서 일을 돕게 되었다며 말이지요. 그 애를 떠나보낸 충격은 컸지요. 같이 전공과에도 가고, 또 시집도 가려고 했는데….

그래서 '이대로 있다가는 여학교 졸업하면 부모한테 요리를 배우거 나 재봉, 다도, 꽃꽂이 등을 배우면서 결혼 때까지 집에서 꼼짝도 못하 겠구나'라는 생각이 들더군요. 집에 있으면 안 되겠다고 생각했습니다. 그 당시는 일본으로 가는 연락선도 기뢰 때문에 위험하고, 일본으로 딸 을 보내려는 부모는 거의 없었기에, 결국 조선 안에서 도망을 칠 수밖에 없었는데, 그 장소가 사범학교밖에 없었습니다. 그래서 사범학교로 결 정을 했습니다. 인간의 운명은 모르겠더군요. 오카야마에 간 친구는 약

학전문학교에 갔는데, 패전 다음 해 봄에 결핵으로 죽었습니다.

경성여자사범의 시험 내용

소학교 선생은 뭐든지 할 수 있어야 하니까, 거의 전 교과에 걸쳐 시험이 있었습니다. 체육 시험에는 의자 위를 오르락내리락 하거나, 뛰거나 걷거나 하는 것이 있었고, 상급생이 시험감독을 했습니다.

그리고 공작 시험은 종이와 가위를 가져다 놓고, '가장 아름답다고 생각하는 항아리 모양을 만드세요'라고 쓰여 있었습니다. 그것을 읽고 종이를 반으로 접어서 잘라 만들었지요. 그리고 오가타 코린(尾形光琳)[77]에 대해 기술하라든지, 직각을 삼등분하라든지, 분도기를 사용해서 도형을 그리거나 하는 용기화(用器畵)도 있었습니다.

재봉 시험에는 바느질이 있었고, 이과(理科)에서는 비료의 삼요소라고 하는가요? 또 그 당시는 소학교에 사회과목이 없었는데도 시험에서 합격을 하면 보내는 전보문을 쓰는 문제도 있었지요. 탁점은 두 자가 된다든가, 우나전(ウナ電: 급전)[78]을 치면 요금이 비싸지지요. 그리고 조선 내에 [전보를] 칠 때하고 일본에 칠 때, 이것도 요금이 다릅니다. 그 전보 요금이라든지 하는 것도 전혀 몰랐습니다. 시험을 칠 때 친구 집에 묵었었는데, 돌아가니까 어땠냐고 묻기에 "모르겠더라"라고 하니까 "야, 토미 너 그럼 떨어져"라고 하더군요.

그리고 지리 시험에서는 '세계 이대 운하의 이름과 장소를 나타내시오'라든지, 역사 시험에서는 '천도(遷都)의 공(功)과 해(害)를 말하세요'라든지, 왠지 즐거웠어요. 그렇게 한 과목 칠 때마다 교실을 옮겨 가며 시험을 쳤지요. 교실 입구에는 선배들이 서서, 넥타이를 고쳐 주거나 하며 "침착하게 잘해"라며 응원도 해주고, 또 그 다음 교실에 가면 다른 선배들이 기다리고 있었지요. 이틀 동안에 전 교과를 다 치러야 했지만 즐거웠습니다.

음악 시험을 치르러가니까 칠판에 음표가 그려져 있고, '노래해 보세요'라는 문제가 있었어요. 음표만 보고 노래를 부를 리가 없었지요. 끝나고 나와서 "아까 그거 뭐뭐라는 곡 맞지 응"이라며 수험생끼리 말하기도 했지요. 그리고 짧은 것은 '〈바다에 가면〉이라는 곡을 혼자서 부르고, 음계를 오르간으로 연주하세요'라는 문제가 있었습니다. 오른손, 왼손으로 번갈아 연주를 하고, 손가락이 한 옥타브를 칠 수 있을 만큼 충분한지 검사를 합니다. 제가 시험을 치겠다고 담임선생님께 말씀을 드리러 갔을 때, "너, 오르간 연주한 적 있어?"라고 해서 "아니오, 만져 본 적도 없어요"라고 대답을 하니까, 담임선생님이 놀라서 나를 데리고 음악선생님한테 가서는 "얘는 사범학교 시험 치겠다고 하면서 오르간은 전혀 배운 적이 없다고 하니 특별히 지도해 주세요"라고 부탁을 하시더군요. 그렇게 해서 처음으로 손가락에 번호가 있다는 것을 알았습니다. 그래서 오르간을 칠 때는 '1·2·3, 1·2·3·4·5, 5·4·3·2·1, 3·2·1', 번호 순서대로 오른손과 왼손을 번갈아 치지요. 그런데 그때 배운 것이 시험에 나왔습니다.

그리고 구두시험을 칠 때는 반드시 나오는 질문이 왜 사범학교를 선택했는지 지원이유였습니다. 그래서 담임선생님이 "네 경우엔 어떻게 말하면 좋을까" 하고 고민을 하시다가, 결국 "아동교육에 관심이 있기 때문에"라고 말을 하라고 하셨지요. 아무튼 그런 시험이었습니다.

경성여자사범의 교육방침

그리고 사범에 합격을 하고 나면, 당시 대구에서 경성까지는 야간열차를 타고 꼬박 하룻밤이 걸리는 시대였으니까, 모두 기숙사에 들어갑니다. 대부분, 팔구할 정도의 학생들은 모두 기숙사생이었지요. 물론 나도 기숙사에 들어갔습니다. 당시의 사범학교라고 하는 것은 목적이 하나였어요. 졸업하면 반드시 교단에 서야 하는 것이었지요. 정해져 있었어요.

그 무렵 사범학교만은 조선인과 공학(共學)이었어요. 조선인들은 머리가 좋을 뿐만 아니라, 가정환경도 훌륭한 사람들이 모였어요. 당시 일본인과 조선인의 비율이 육대 사라고 들었지만, 그렇게까지 조선인이 많았을 리가 없었다고 나중에 말들을 했지요.

경성여자사범에 입학해서 엄청난 교훈이 있어서 놀랐습니다. 그 당시 사범교육의 목표를 알 수 있을 겁니다. 잠깐 읽어 보겠습니다.

"교훈 1, 우리는 은혜를 받아 황국에 태어났다. 군주는 민을 근본으로 하여 절대적으로 사랑하며, 백성은 군주를 근본으로 하여 받들며 절대적으로 믿을 것이다. 군민일체(君民一體), 상하조합(上下照合), 이것을 우리는 국체(國體)의 정화(精華)로 하여, 그 존엄, 만방에 견줄 바 없다. 우리는 더욱더 군주를 공경하고 나라를 사랑하여, 이로써 천양(天壤)무궁의 황실을 받드는 것, 이것이 우리들의 대의(大義)이다" 이게 첫 번째입니다.

두 번째는 "2, 우리는 서로 맺어져서 상근일체(桑槿一体)가 된다. 모두 같이 성지(聖旨)를 받들면, 두루두루 천황의 은혜가 닿아 평등하게 이슬을 적시게 될 것이다. 고난은 없을 것이다, 세간의 평가에도 연연하지도 말라. 동포끼리 더욱더 친화가 깊어져 보다 더 결맹을 굳건하게 하여, 이로써 동양 평화의 기초를 쌓아 올리자. 이것이 우리의 결의이다."

"3, 우리는 선택되어 이 학원에서 배운다. 학원은 인생의 도장. 배우는 것은 성스러운 스승의 길. 그 책무는 무겁고, 그 앞길은 드넓을 것이다. 우리는 성훈에 따라 더욱더 지덕(知德)의 병진(倂進)과 신체의 단련에 정진하여, 우아하면서도 강하고, 경건하면서도 온화한 부덕(婦德)의 함양에 노력하여, 이로써 초지를 관철할 수 있도록 노력해야 한다. 이것이 우리의 맹서이다."

이상의 세 개조로 되어 있습니다. 엄청난 교육이 그 당시 행해지고 있었던 거지요. 두 번째의 "우리는 서로 맺어져서 상근일체가 된다"라고 하는 게 아무래도 내선일체를 말하고 있는 게 아닐까 생각합니다. 당시는 의미에 대해서는 설명을 해주지도 않았고, 교훈의 의미를 생각해 본 적도 없습니다. 단지 외우는 것이 우선이었으니까요, 그 시대는….

나중에 생각해 보면, 일본과 조선, 즉 내선일체는 당시 조선의 시정방침이었습니다. 이런 것을 의미했는지 모르겠네요. '근(槿)'은 무궁화로 조선의 국화입니다. 그때는 그것조차도 몰랐지요. "그러면 일본은 뽕나무[桑]가 되는 건가?" 하면서 고개를 갸웃한 적은 있지요. 그때는 조선도 일본이었으니까, 앵근[櫻槿: 벚꽃과 무궁화]이라고 하면 대등한 관계가 안 된다고 생각했기 때문이었을까요? 아무튼 아직도 그 의문은 풀리지 않고 있습니다. 교훈에 대한 설명도 해설도 들은 적이 없지만, 그 정도는 알 것이라고 생각하고 있었겠지요.

단지, 정치나 일반사회는 어땠던지 간에, 학교에서는 교훈대로 일본인과 조선인의 차별, 편견은 전혀 느끼지 못했습니다. 지금 생각해도 마음이 후련합니다. 조선인 친구들은 당당하고 멋있고 두뇌가 명석하고 온정이 있었지요. 제가 존경하고, 좋아하고, 즐겁다고 생각하고, 동경하고, 사이가 좋아진 친구들은 대부분이 조선인이었습니다. 그런데도 교사가 되고 나서 가봉이라는 이름으로 본봉의 육할을 더 받는 것은 일본인뿐이었지요.

경성여자사범의 제복, 주번의 권위

여자사범에는 몇 개의 과가 있었지만, 제복은 같았어요. 선생님다운 정장 타입인데, 아래는 흰색 블라우스와 스커트입니다. 그런데 마게[79]가 정해져 있었습니다. 머리카락을 곱게 다듬어서 마게를 틀어야 했지요. 그것이 교칙이었어요. 저희들은 여학교를 마치고 금방 들어갔기 때문에, 마게를 묶는 게 처음이다 보니 "어! 웬 아줌마"라는 느낌이었지요. 단지 둥글게 말아 올릴 뿐입니다. 그런데 젊어서 머리카락이 많고 뻣뻣하다 보니, 핀을 꽂아 두어도 체육시간 같은 경우에는 금방 비뚤어져서 마게가 흐트러져 버리지요. 그러면 당시는 전쟁 중이다 보니, "아, 함락"이라고 말하곤 했지요. 그런데 어느 날 저희 반 조선인 친구가 마게를 두 개로 했습니다. 양쪽으로 나누어 작은 것을 두 개. 그렇게 하니 머리 다듬기도 쉽고 좋아 보였어요. 그래서 우리들은 귀엽고 좋아서 찬성을 했는데, 주번이 '두 개의 마게는 교칙 위반'이라고 흑판에 써 놓고 가는 바람에, 그 헤어스타일은 사라지게 되었지요. 그런 학교였습니다.

주번은 몹시 권위가 있었어요. 청소 때도 주번한테 검사를 받지 않으면 돌아갈 수가 없었습니다. 주번이 되면, 흰 바탕에 보라색 줄이 들어가고, 노리개 같은 큰 장식이 달린 어깨끈을 매고 생활했어요. 그러니까 교내에서 주번은 아주 위엄이 있었습니다.

여자사범학교에서는 교실이라고 하지 않고, 도장(道場)이라고 했습니다. 그러니까 강당은 대도장입니다. 예절실은 양성(養成)도장, 그리고 음악실은 음악도장, 모두 도장이지요. 청소가 끝나면 주번의 검사를 받아야 되는데, 주번이 앞에 서고 청소한 사람도 모두 줄을 서서 "제 무슨 무슨 도장, 청소 끝났습니다. 인원 몇 명, 청소도구, 이상 없습니다"라고 보고를 합니다. 그러면, 그 주번이 인사를 하고, 여러 곳을 검사하고, 흑판에 청소점수를 써 놓고 갑니다. 청소도구가 부족하거나 뭔가가 없어지면, 왜 없냐며 심하게 혼을 냈지요. 그런 식이었습니다.

경성여자사범 안의 내선일체

사범학교에서는 신경을 쓰고 있었다고 생각합니다. 적어도 이 학교만큼은 내선일체를 실현해야겠다고 말이죠. 옛날에는 언제나 교기를 가지고 분열 행진을 하는 일이 자주 있었어요. 그럼 반드시 교기가 선두에 섭니다. 그 교기를 드는 기수는 학교의 대표이며, 얼굴이지요. 그것을 매년 조선인과 일본인이 교대로 했습니다. 제가 일학년 때 RT라고 하는 조선인 상급생이 있었는데, 그 사람은 끝까지 성을 바꾸지 않았습니다. 그 RT 언니가 정말 멋있어서 동경을 했지요. 제복도 잘 어울리고, 거기에다가 장갑을 끼고 교기를 든 모습도 좋고 정말 멋있었지요. 예쁘고 자세도 좋고, 체격도 좋고. 우리와 같은 시골의 일반 백성들 자손과는 다르게 말이지요. 그래서 우리보다 어린 심상과의 아이들이 교실에 일부러 찾아가서 "RT 언니 있어요?" 하면서 "아, 저기 있다, 저기 있어!" 라며 돌아간 일도 있었지요.

그리고 다음 해는 우리 반에서 가장 뛰어났던 A 씨라는 일본인이 기수를 했고, 황기 이천육백 년[80]을 맞이해서 일본에서 축전이 있었을 때, 교장선생님과 학교를 대표해 A 씨가 황궁에 초대를 받아 갔지요.

몇 년 전까지 RT 씨한테 편지를 받았는데, 전후 어찌된 영문인지 모르겠지만, 도쿄에 살고 계셨지요. 매년 해외여행을 가는 것 같은데, 이탈리아의 피렌체에서 편지와 가죽으로 된 책갈피를 보내 주신 적이 있어요. 명경회(明鏡會:경성여자사범 동창회) 부회장을 했을 겁니다.

조선어 수업

내가 교사가 된 소화 십육년(1941)은 어떤 의미로서 하나의 전환점이었습니다. 소화 십육년부터 국민학교로 이름이 바뀌고, 그전까지만 하더라도 조선어도 어느 정도 허용되고 한 부분이 있었지요. 그러니까 저희들이 사범에게 입학했을 때에는 처음 한 학기 정도던가, 조선어 시간이 있었습니다. 조선어 시간이라고 하는 것이, 그러니까 그때에 배운 것은 '아가, 아가 우리 아가, 어서 어서 이리 오너라'라는 소학교 일학년 책이던가? 그걸 기억하고 있지요. '동서남북을 사방이라고 합니다'라는 것도 배웠습니다. 그때는 반에 조선인과 일본인이 함께 공부를 했는데요. 그러니까 배우는 게 같은 내용이 아니기 때문에 그때만은 일본인과 조선인을 따로따로 나누어서 다른 반하고 섞어서 합동교실이 되지요. 그 합동교실은 자리가 정해져 있지 않기 때문에, 자리를 잡으러 달려갑니다. 필사적으로 달리는 겁니다. 왜냐하면 조선어 선생님은 학생들 이름을 기억하지를 못했거든요. 일주일에 한 번밖에 수업이 없었으니까, 이름을 불러서 지명을 할 수도 없었지요. 가장 앞자리 학생을 지명하면, 그 줄을 쭈욱 지명해서 읽히는 거지요. 그러니까 저번에 이 줄이 지명을 당했으니까, 오늘은 이 줄에 앉으면 지명당하지 않을 거라고 생각해서 그 줄에 앉기 위해 열심히 달리는 겁니다. 그런데 선생님은 또 그걸 기억하고 있지 않아요. 그래서 "선생님 저번에 이 줄 읽었는데요"라고 하면, "상관없어, 오늘 또 읽어"라고 해서 실망을 하기도 했지요.

만약 시골 국민학교에 부임을 하게 되면 조선어가 필요할 때도 있을 것이라고 생각을 해서였던 것 같습니다. 그러다 보니 전혀 공부에 힘이 안 들어가요. 또 발음은 간단한 것 같으면서도 엄청 어렵고, 비슷하게 들리잖아요? "아야어여오요." 저에게는 모두 같은 발음이었습니다. 그래서 물론 열심히 하지를 않았습니다. 한 학기 정도 하고 조선어 수업은 없어져 버렸지요.

소화 십사년(1939) 무렵이었습니까?

그렇네요. 들어간 것이 그때니까 한 학기 정도까지는 배웠습니다. 그때 저는 발음도 전혀 못했지만, '여기는 큰길이올시다. 걸어가는 사람도 있고, 자전거를 탄 사람도 있습니다'라는 문장을 기억하고 있어요. 그 이상은 모릅니다.

배우지 않은 조선의 역사

향토교육 같은 형태로 대구의 역사라든지, 그런 것을 배운 적은 있습니까?

없습니다. 전후에 처음으로 만든 교과과목에는 사회과가 있었지만, 당시에는 지리역사라고 했습니다. 그러니까 나중에 사범학교 동창생인 한국 사람한테 "우리들은 학교 때, 우리나라 역사 같은 것은 하나도 배우지 않고 졸업했다"라는 말을 들었습니다. 그들의 역사, 즉 조선사는 거의 배우지 않다 보니, 그 사람들 입장에서 보면, 정말 조선의 역사라는 것은 배우지도 못하고 졸업을 했지요.

그것은 언제 들었습니까?

전후, 그러니까 저는 한국에 서른 번 정도 다녀왔을 겁니다. 가면, 저쪽에서, 사범학교 시절 함께 공부하던 친구라든지 제자들과 교류가 있어요. 그럴 때 조금씩 그러한 말들을 듣게 되지요.

경성여자사범의 선생님

그 무렵 선생님들의 말씀은 거칠었지만, 싫은 선생님은 없었습니다. 선생님들은 각자 개성적이고 정열적이며, 진지한 모습으로 다가왔었지요. 선택된 선생님들이었다고 생각합니다. 사범에서는 일단 모든 과목을 공부하지요. 뜀틀도 있었어요. 저는 뜀틀을 못했어요. 용기가 없다고 할까요. 운동신경이 전혀 없어서, 달려가서 뜀틀 위에 살짝 앉았다가 돌아오지요. 그럼 선생님이 "어이, 다시 한 번 해봐. 못 뛰면 졸업 안 시킬 거야"라고 하지요. 사범은 졸업 즉시 교단에 서는 것이 정해져 있기 때문에 걸핏하면 졸업을 안 시킨다고 겁을 주었지요.

한번은 앞자리에 앉는 것이 싫어서, 뒤로 옮겨 달라고 선생님에게 부탁을 하러 갔더니 "억울하면 커"라는 말을 들은 적도 있습니다. 말씀하는 선생님도 당당하게 말씀하시고, 저도 웃으면서 흘려 버렸지요. 그런데 저는 경쟁심이 별로 없었어요. 저희 어머니는 "뭐든지 남보다 앞서서 해야지, 너는 뭐든지 남이 다 한 다음에 하니 도대체 뭐하는 거냐, 명청하게"라고 말씀을 하셨지요. 경쟁심은 별로 없었습니다. 경쟁해도 이길 수가 없었으니까. 달리기도 못했고…. 어차피 지는데 경쟁한다고 생각하면 괴롭잖아요. 그러니까 경쟁은 하지 않았지요. 저도 좋다, 다른 사람 다음이라도 괜찮다, 뭐 이런 식으로 생각하고 있었지요.

사범학교 이학년이 되면, 교육관리법이라고 하는 과목이 있어요. 그때의 선생님이 부속학교의 WK라고 하는 주임선생님입니다. 교생 실습 이외에는 관계가 없는 분이셨는데, 그 강의 시간만큼은 부속의 주임선생님이 오셨지요. 그 선생님이 강의 중 "개인은 개인이기는 하지만 단순히 개인인 것만은 아니다"라는 말씀을 하셨지요. 그 말을 듣고 그때는 감동했어요. 이제 와서 생각하면 당연하고 별것 아닌 이야기이지만, 당시에는 망치로 얻어맞은 듯한, 눈이 번쩍 뜨인 듯한 인상을 받았지요. 좋아하는 선생님이었지요.

W 선생님은 제게 『새싹(芽生之)』을 읽히고 싶다고 말씀을 하셨지요. 그때 왜 저에게 그렇게 말씀을 하셨는지는 아직도 모릅니다. 처음에는 '새싹'이란 제목이었지만, 나중에 '신생(新生)'이라는 제목으로 완성된 소설을 두고 한 이야기인 것 같아요. 왠지는 모르겠지만, 그걸 읽히고 싶어 하셨지요.

당시 학생 때에 읽은 것은 시마키 겐사쿠(島木健作)[81]의 『생활의 탐구(生活の探求)』라든가 아베 지로(阿部次郎)[82]의 『산타로의 일기(三太

郎の日記)』가 있지만, 읽어도 잘 몰랐습니다.

경성여자사범학교 교가

제가 이학년 때, 처음으로 교가가 생겼습니다. 그 전까지는 교가가 없었어요. 왜냐하면, 원래 여자사범은 남자경성사범하고 같이 발족되었습니다. 도중에 나뉘어져서, 여자사범으로서 독립했기 때문에 교가가 없었어요. 그래서 우리가 이학년 때 처음으로 교가가 생겼고, 작사는 기타하라 하쿠슈(北原白秋),[83] 작곡은 야마다 코사쿠(山田耕筰)[84]였습니다. 뒷소문에 의하면, 많은 돈을 지불했다고 합니다. 당시 관립학교였으니까 목에 힘을 주고 부탁을 한 모양인데, 아마 기타하라 하쿠슈의 마지막 작업이 아니었나 합니다. 교가를 만들고 일 년인가 이 년 후에 돌아가셨으니까, 틀림없이 여자사범의 교가를 만든 것이 마지막 작업이었을 거라고 말들을 했지요. 그리고 "이건 농담이지만, 돈을 많이 지불해서 교가가 어렵다"고 음악 선생님이 좌담회에서 이야기한 적도 있습니다. 곡도 어려워서 '변마장조 팔분의 십이박자'라는 처음 듣는 박자였어요. 그리고 노래 속에 꾸밈음표도 붙어 있었지요. 물론 모두 노래 연습을 했었지만, 잘 부르는 사람을 뽑아서 발표회도 했었지요.

경성여자사범 시절의 신사참배

사범학교 때, 조선신궁은 매월 한 번 의무적으로 참배를 가야만 했습니다. 매월 초하루였던 것 같습니다. 그때는 학교에 등교하기 전에 신사에서 집합을 합니다. 그 많은 계단이 힘들었지요. 뒷길도 있다는 소리는 들었지만 학생은 '인고단련하여 힘을 길러…'야 하니까 계단으로

追 興 崇 靈（靈） 彫 雪

るのであった。

その朝鮮神宮がとう〳〵竣工を告げた。晴々とひろがる神域、長くつらなる玉垣の列、端然と立つ雪白の鳥居、その奥深く松の緑の中に、千木高知る神明造の神殿が浮彫のやうに見える。かけまくも畏き神靈を迎へて、敬神崇祖の風を興し追遠報始の誠を致さんとは半島全住民

사진 25. 조선총독부 발행 보통학교 『국어독본』(卷12, 1935)에 수록된
조선신궁에 관한 내용.

가라고 했지요. 신궁에서 집합을 해서 참배한 후에 학교로 갔지요. 기숙사에서 갈 때는 전차가 있었으니까, 전차로 가거나 했어요. 신사참배를 하는 날은 보통보다 일찍 일어나서 갔습니다. 소학교 학생은 수업의 일부로 줄을 지어서 가지만, 사범학교는 신궁에서 집합을 해서 끝나면 다시 학교에 가서 수업을 받았어요.

입학식 직후라든지 졸업식 직후에 간 적은 없습니까?

직후에는 없었습니다. 입학하고 얼마 있다가…. 잘 기억이 나지 않지만 신궁 앞에서 모두 같이 찍은 저희 연습과생 전체 사진은 아직 제복이 준비되지 않아서, 치마저고리를 입은 사람이라든지, 각 여학교 때 제복을 입고 찍었으니까, 입학하고 조금 있다가 참배했을 때 찍은 사진일 겁니다. 입학식 때 신사에 갈 수 있을 만큼 여유도 없었고…. 아마 첫 달 월례참배 때 찍은 것인지도 모르겠네요(사진 24). 졸업식 후에는 참배가 없었습니다.

처음의 구교사는 총독부 근처에 있었습니다. 종로 거리가 이초메(一丁目)부터 쭉 있고 동대문이 있잖아요? 그 이초메에서 총독부를 향해 가다 보면 안국정, 그 근처에 구교사가 있었어요. 후에 청량리 신교사로 옮겼습니다.

경성여자사범의 만주 수학여행

만주여행을 가려고 경성여자사범을 지원했다는 말씀을 하셨는데, 결국 만주여행은 다녀오셨습니까?

네, 갔습니다. 하얼빈까지 갔어요. 그리고 여순, 대련, 이공삼(203) 고

사진 26. 경성의 종로 거리, 1940

지 근처까지 가기도 했구요. 수사영(水師營)은 마차를 쭉 늘어 세워 놓고, 정원 입구에 대추나무가 한 그루 서 있었어요. 또 그 와라 지붕(초가집)도 그대로 남아 있고, 흰 테이블보로 덮은 테이블도 있고, 그 위에 스테셀 장군[85] 자리라는 팻말이 세워져 있었지요. 단지 그것이 다였지만, 그곳에도 갔습니다.

이공삼(203) 고지에서는 토치카[86] 안을 구경하고, 전적보존회 사람이 설명을 해주었습니다. 저희들이 갔을 때를 마지막으로, 그 후 전쟁의 상황이 격화되어 만주여행은 갈 수 없게 되었지요.

갈 때는 도중에 봉천(奉天: 심양)을 들렀지요. 당시 봉천에는 지금 구마모토(熊本)에 만들어져 일본에서도 찬반양론이 일고 있는 아기를 버리는 동선당(同善堂)이라는 곳이 있었어요. 골목 안쪽으로 들어가면 창이 있고, 거기에 바구니가 놓여 있었어요. 그 속에 갓난아이를 넣어 두면, 안에 벨이 울리거나 해서 알려 주지요. 그럼, 아 지금 누군가가 아이를 두고 갔구나 하며, 데리고 와서 기르지요.

그 옆에 직업훈련소가 병설되어 있어서, 그 직업훈련소도 보았어요. 그 당시 무순(撫順)에 동양 제일의 석탄 노천광이 있었는데, 거기에도 들렀습니다. 요양(遼陽)에서는 청년학교에도 들렀어요. 백탑이라고 하는 낡은 탑이 있고, 그 탑을 본 것이 생각나요.

그리고 신경(新京)에 들러서 하얼빈으로 갔습니다. 그 도중에는 충령탑에도 들러서 참배를 했어요. 하얼빈의 숭가리(송화강)던가요? 송화강 주변을 돌거나 거리로서는…. 음… 뭐라고 했더라…, 일본으로 말하자면 긴자(銀座) 같은 곳. 키타이스카야 거리라고 했던가? 거기에도 가 보았습니다.

역시 하얼빈에 가니까, 러시아계 사람이 많았어요. 그리고 찻집 들어가는 입구에는 손에 모자를 들고, 수염을 길게 기른 남자가 입을 다물고 서 있기도 했어요. 그걸 보고 저희들은 "저건 백계 러시아인 망명대령일지도 모른다"라든지, "모두 조금씩 돈 내자"고 재잘대며, 그 모자 안에 넣기도 했지요.

꽤 긴 여행이었어요. 하얼빈까지 가서 여순, 대련을 들러 돌아왔습니다. 그 무렵 대련은 동양 제일의 부두라고 했었지요. 호시가우라(星が浦)는 아름다운 곳이었어요. 당시 소문으로만 들었지만, 도둑맞은 것을 되찾으려면, 도둑시장에 가면 된다고 하는 말도 있었지요. 집에서 없어진 것을 찾으려면 도둑시장에 가면 나온다고 했지요. 그래서 도둑시장이라고 했는지 모르지만요. 별로 좋지 않은 말이기는 하지만 말이죠. 대련은 그런 도시였어요. 그리고 장빵이라고 합니까? 둥근 방석 정도로 크게 구운 만두로 속에 흑설탕이 들어 있는 건데, 그런 것이 가게 앞에 걸려 있기도 했지요. 길에 거적이 덮여 있는 걸 보았는데, 그건 길에서 죽은 사람이라고 하더군요. 또 당시만 해도 전족을 한 여자도 봉천에서 여러 명 보았습니다.

봉천은 해가 지면 성문을 닫기 때문에 성 밖에는 나가지 못했습니다. 중화요리의 전채로 수박씨가 나오더군요. 봉천 성내에서 그걸 봉투째 사서, 씨를 깨물어서 간 다음 속만 먹었지요. 그리고 나머지는 뱉어 버리지요. 그 씨를 까는 것이 재미있었어요. 별 맛이 있었던 것은 아니지만, 그 봉투를 가지고 다니면서 봉천 시내를 구경했습니다.

저희들보다 일 년 선배들은 신경까지밖에 못 갔어요. 그런데 저희 때 처음으로 하얼빈까지 간 거지요. 하지만 그것이 마지막 수학여행이 되

사진 26-27. 만주 봉천의 대북문(위)과 만주 지폐(아래).

었습니다.

만주여행에서 쇼핑

깜짝 놀랐어요. 만주에서는 일본 돈을 그대로 사용할 수 있었어요.
조선에서는 조선은행 발행의 조선 지폐와 일본 지폐 양쪽 모두를 사용
하고 있었습니다. 그래서 전후에 돌아올 때에는 큰일이었지요. 조선 지
폐는 쓸 수가 없어서…. 돈을 '암거래'로 바꿔서 돌아왔지요.

수학여행 때 아주 고급 물건을 샀다는 기억은 없어요. 그 무렵은 돌
아갈 때 세관에서 검열을 받아야 했고, 또 검열은 처음이었지요. 시멘
트로 만든 받침대가 죽 이어져 있고, 거기에 모두 트렁크를 열어 놓으
면, 세관 사람이 대충 보지요. 학생이기 때문에 그렇게 엄격하게는 보
지 않았지만, 그 당시는 트럼프도 한 개, 카르타도 한 개밖에 허용이 되
지 않았어요. 그것도 포장을 뜯어 놔야 했지요.

거기에서는 가격이 싸서 많이 살 수 있었어요. 일본에서는 각설탕이
구하기 어려운 시기였는데, 거기에는 아직 각설탕이 있었어요. 그리고
보석류라든지 칠보 같은 것을 만주에서는 싸게 살 수 있었습니다. 선생
님들도 반은 그게 목적이었을 겁니다. 어떤 남자 선생님은 양복저고리
를 여니까 안쪽에 브로치가 가득 걸려 있더라구요. 개중에는 뺏기면 안
되겠다 싶어서, 얼굴에 바르는 크림을 병에서 꺼내서 셀로판 종이 같은
데 싸기도 하고, 반지나 보석 등을 그 크림 속에 묻어서 들고 들어온 사
람도 있어요. 엄밀하게는 밀수이지요. 세관도 거기까지 보지는 않았으
니까요.

또 당시는 여우 목도리가 유행했을 무렵이었는데, 그런 것도 혼자서

여러 개를 가지고 들어올 수 없었기 때문에, 선생님 중에는 "이것 잠시 목에 두르고 있거라" 하며 학생들에게 부탁하기도 했지요. 고급품이었거든요. 조선에서 사면 비싸지만, 거기에서는 쌌습니다. 그러니까 당시까지만 하더라도 아직 자유롭던 때이기도 하고, 또 일본의 힘이 통하던 무렵이었거든요.

교생 여행

강습과는 만주에 안 갔습니까?

안 갔습니다. 강습과는 일년제이기 때문에, 들어간 그 해가 졸업반이 되거든요. 그래서 졸업반은 교생 여행이라고 하는 것이 있습니다. 지방의 학교를 방문하고, 사범학교 졸업생과의 교류, 그리고 실제로 선배들의 현장을 보지요. 그런 것은 있었습니다. 그러니까 우리도 일학년 때는 만주여행을 가고, 이학년 때는 교생 여행을 했습니다.

조선반도를 네 개로 나누는데, 서선(西鮮)지방과 금강산이 있는 동쪽지방, 전라남북도와 경상남북도 이렇게 네 개로 나누지요. 교생 여행은 좋아하는 지방을 선택해서 갈 수 있었어요. 저는 서선지방을 선택했습니다. 평양과 그리고 압록강을 걸어서 건널 수 있었어요. 또 신의주에서 안동(단동)까지 갈 수 있었어요. 거기에 매력을 느껴서 사실 금강산쪽에도 가고 싶었지만, 거기는 산뿐이고, 아무래도 그 무렵 평양은 조선의 고도라는 이미지였거든요. 기생학교에도 반드시 갑니다. 서화라든지 장구 연습을 하고 있는 수업을 참관도 할 수 있었어요. 그 당시는 대동강 위에 화려한 배를 띄워 그 위에 기생들이 타고 노래를 부르면서 유유히 흘러갔지요. 기생으로 유명해지면, 후원회 같은 것도 생겨, 지

© Noonbit Archive

사진 28-29. 평양의 야경(위)과 거리의 전차(아래), 1930년대

위가 높았었는지도 모릅니다. 그리고 인력거를 탄 예쁜 기생을 볼 수도 있었지요.

'평양 말고 어딜 간단 말이야'라고 생각할 정도였지요. 금강산은 산뿐이고, 목포 쪽은 특별히 아무것도 없고, 부산은 언제나 가던 곳이고. 해운대나 동래온천은 집에서도 갈 수 있으니까, 저는 서선 쪽을 선택했습니다.

창씨개명에 대해서

경성여자사범에 다녔을 무렵, 조선인 학생 중에 창씨개명을 하지 않은 사람도 있었나요?

네, 있었어요. 본명은 한자이지만 전부 일본식으로 읽기 때문에 결국 본명이 아니었던 셈이지요. 창씨개명을 하면, 물론 일본 이름으로 바뀌지만요. 그대로 끝까지 바꾸지 않았던 사람도 있었습니다. 이름을 바꾸는 것이 일본인이 생각하는 것만큼 간단한 일이 아니었어요. 단지 시대가 시대이다 보니, 친구들 이름이 매일처럼 바뀌었지요. 창씨개명을 하지 않은 사람들에게는 위에서 "이름 바꾸지 그래, 아직 안 바꿨나?"라고 재촉을 했고, 이름들이 많이 바뀌었어요. 아마 바꾼 사람이 많았을 겁니다. 성을 바꾸어도 이름을 바꾸지 않고 그대로 사용을 한다든지 했지요. 입학했을 때 이미 창씨개명을 한 사람들의 본명은 모릅니다. 그런건 주로 관청에서 주도를 하고 있었기 때문에, 학교는 창씨개명과 직접적인 관련은 없었습니다. 들은 적이 없어요.

그러니까 마지막까지 저와 사이가 좋았던 친구 중에 KH라는 사람이 있었는데, 당시에는 그 사람의 본명을 몰랐지요. 그런데 소화 사십육

© Noonbit Archive

사진 30. 창씨개명을 하기 위해 경성부청에 줄을 선 경성 시민들. 1941

년(1971)이었을 겁니다. 처음으로 그분이 일본에 왔었습니다. 경성여자사범의 선생님이었던 NM이라고 하는 분이 한국에서 초대를 받아 다녀오신 후에, 그분이 자신의 퇴직금 백오십만 엔을 내서, 한국 분들 열 명을 초대한 것입니다. 그때는 아직 자유롭게 외국여행을 할 수 없던 때여서, 국회의원에게 부탁했는지 어땠는지 온갖 방법을 다 써서 겨우 그분들이 일본에 오게 되었죠. 그때 오사카에 있는 고등학교의 강당을 빌려서 동창회를 했습니다. 그것이 전후 두 번째 동창회였어요.

그때 열 명의 한국 사람들이 치마저고리를 입고 조용조용 들어왔지요. 그 중에 어디선가 많이 본 듯한 사람이 있었어요. 몇 백 명의 동창생이 전국에서 오고, 그 열 사람은 내빈이란 형식으로 왔었는데, 시선이 마주쳤던 거지요. 그리고 저쪽도 반응을 보이고 저도 반응을 보였지요. 그런데 붙어 있는 이름이 전혀 다르더라구요. 그 사람의 진짜 이름은 KS라고 하는 것이 본명입니다. 그렇지만 제가 알고 있는 이름은 KH였지요. 종이에 방문한 사람들 이름이 적혀 있기는 했지만, 본명이 적혀 있으니, 설마 KH라고는 생각하지 못했지요. 그분의 원래 고향은 북쪽입니다. 그래서 그동안 소식을 전혀 몰랐는데, 그것이 전후 첫 번째 만남이었지요.

사범학교 시절에는 이름은 조선 이름을 그대로 쓰고 읽을 때는 일본식으로 읽었지만, 저희들은 기숙사도 함께 쓰고, 자고 일어나는 것도 같고, 물론 학교에서도 같이 있고 해서, 조선 친구들에 대해서 특별히 위화감을 가지고 있지는 않았습니다.

경성여자사범의 조선인 학생

당시, KH가 조선 사람이라는 것은 알고 계셨습니까?

기숙사에서는 일단 복장이 자유로웠지요. 학교에서는 제복을 입지만, 기숙사에서는 치마저고리도 입고 있었어요. 그러니까 저 사람은 조선 사람이라는 것을 금방 알 수 있었지요. 말투라든지 발음 같은 것은 소학교 때부터 전부 일본어를 사용하기 때문에, 우리들보다 깔끔한 일본어를 사용을 했어요. 그러니까 조선 사람이라고 말을 하지 않으면 이름도 일본식으로 발음을 하고 하니 모르지요. 동경할 만큼 예쁜 사람도 있었고, 머리는 좋고, 미인이고, 말하는 것도 논리적이며 설득력이 있고, 정말로 조선 사람을 동경했지요. 학교에서도 절대 차별을 하지 않는다는 것을 교훈 제이조로 내걸고 있었기 때문에, 조선인과 일본인을 구별하거나 하는 것은 전혀 느끼질 못했지요.

입학 비율도 일본인 육, 조선인 사 정도가 아니었나 생각합니다. 확실히 세어 본 적은 없지만요. 사범에 입학한 조선 사람들은 학교가 관립, 국립이다 보니, 우수한 사람들이 선발되었던 겁니다.

교육칙어의 암기를 거부한 조선인 학생

사범학교에서 어떤 일이 있었냐 하면, 심상과 학생이었기 때문에 저보다는 하급생이었는데, 어느 날 교육칙어를 암기하는 숙제를 냈답니다. 그런데 그 아이는 게으름 피워서 안 외워 갔는데, 운 나쁘게 지명을 당했지요. 전혀 안 외워 왔기 때문에 선생님이 캐물었습니다, 왜 안 외웠냐고. 그랬더니 그 학생이 "외우고 싶지 않으니까"라고 대답을 했다고 합니다. 그때 선생님의 동요와 분노는 지금도 눈에 생생합니다. 그 중시하던 교육칙어를 외우기 싫다고 안 외워도 되는 시대가 아니었어요. 다른 교실에서 일어난 일이다 보니 잘은 몰랐지만, 당시 실장을 하던 저도 불려 갔지요. 무슨 일로 불려 갔는가 하면, 그 학생의 평상시 기숙사 생활에 대해 물어 왔어요. 그 아이가 어떤 생활을 하는지 말이지요. 개인적으로는 정말로 발랄하고 아주 즐거운 학생이었지요. 귀엽기도 했구요. 저는 "결코 교육칙어에 대해서 불경스런 생각을 가진 것도 아니며, 더구나 사상적으로 반항하려는 의도로 말한 것은 아니라고 생각한다"라고 하며, "단지 게으름 좀 피운 것인데, 아직 어리고 뭘 모르기도 하고, 또 조선 사람들은 비교적 말을 직접적으로 하기 때문에 얼떨결에 그냥 말이 나온 게 아닐까 합니다. 평상시 기숙사에서는 그런 일은 없어요"라고 이야기를 했죠. 그리고 그 일은 아무 일도 없던 것처럼 끝이 났지요. 그렇지만 나중에 몇 년이 지난 뒤 제가 생각한 것은 '그때 그 학생은 그게 본심이 아니었을까' 하는 생각이 들더군요. 교육칙어를 암기해야 하는 사회적 가치를 무시하고 외우고 싶지 않았기 때문에 안 외웠을 것이라는 생각이 듭니다.

아주 머리가 좋은 학생이었어요. 그래서 어리지만 그 아이 나름대로 의연한 생각으로 그것을 무시하고 정면으로 부딪힌 것은 아니었을까 생각합니다. 본인에게 들은 것은 아니고 단지 저만의 상상이기는 하지만 말이죠. 그런 일도 있었습니다.

연습과와 심상과

저희들은 여학교 오 년을 마치고 일학년으로 들어갑니다. 그래서 신입생이지요. 그런데 우리가 입학을 했을 때, 심상과 졸업반은 이미 사년간을 재적하고 있는 상태입니다. 그런데 그 학생들이 졸업반이 되더라도, 여학교를 졸업하고 신입생이 된 우리보다 나이가 밑이지요. 저희들은 나이는 많지만 신입생이구요. 그래서 연습과 신입생들을 '언니'라고 부를지 말지가 문제가 되었어요. 그런 일이 있으면 일본인은 생각을 가지고 있더라도 별로 말이나 행동으로 나타내지 않지만, 조선 사람들은 생각한 것을 확실히 말을 하기 때문에 "왜 우리가 졸업반인데 지금 들어온 연습과 일학년한테 언니라고 불러야 되느냐" "아무리 나이가 많다고 해도 이 학교에서는 우리들이 선배니까, 나는 안 부를 거다"라며 어떤 조선 학생이 반대를 했습니다. 나이는 우리가 많은 것은 틀림없지만 생각해 보면, 학교에서는 분명히 저쪽이 졸업반이며 선배이고 우리들은 신입생이니까 언니라고 부르지 않아도 괜찮을 것 같다는 생각을 했었지요. 그런 일도 있었습니다.

그런데 일본식으로 읽으면 SS라는 이름의 아이가 저에게 살짝 와서 "저는 언니라고 부를 게요"라고 하더군요. 굉장히 귀여운 애였어요.

우리들이 연습과에 입학했을 때는 세 반이 있었고, 한 반이 오십 명이니까 백오십 명 있었지요. 우리들보다 일 년 선배들은 두 반이었어요. 우리 때부터 세 반이 되었지요. 그래서 한 해 선배들이 "니네들하고 같다고 생각하면 착각이야. 우리는 백 명 중 한 명이지만, 니네들은 백오십 명 중 한 명이잖아"라면서 "같은 여자사범이라도 질이 달라"라고 자주 말들을 했지요. 물론 반 농담이기는 했지만요.

남자들은 자꾸자꾸 전쟁에 끌려가고, 정말로 선생님이 부족해서…. 속성이랄까요? 아무튼 빨리 교사를 양성하려는 시대였지요. 그렇게 긴

박하게 사범교육이 행해지던 시대에 저희들은 여학교 오 년간을 느긋하게 놀면서 지내지만, 심상과 학생들은 소학교 육학년을 마치고 힘든 경쟁 속에서 선발이 되어 들어간 사람들이고, 들어간 순간부터 '선생님이 될 사람'으로 교육을 받고 있었지요. 그러니까 기숙사 같은 데서 이야기를 하다 보면, 심상과의 학생들이 "언니들은 좋겠네요, 여학교 오 년간 꽃같이 시간을 보냈잖아요. 저희들은 꽃도 피우지 않고 열매를 맺지요"라고 하면서, 화려한 시대도 경험하지 못하고 어려운 사범교육을 받고 있다는 것을 자주 이야기했지요. 그리고 "여학교는 어떤 곳이에요?" 하고 물어 오기도 했구요.

양잠 실습

사범학교에는 양잠 실습이라는 것이 있었어요. 학교에 뽕잎을 따 넣는 국방색의 배낭이 한 명당 한 개씩 있어서 뽕을 뜯어서 학교에 가지고 갔지요. 교내 한쪽 구석에 잠실이 있었어요. 알에서 금방 깨어난 유충은 시기에 따라 먹는 뽕잎의 양이 다르기 때문에, 뽕잎의 양을 달아서 주고, 또 어릴 때는 잘게 썰어서 줍니다. 그런 것을 전부 배웠어요. 밤에 누에한테 뽕잎을 줄 때는 당번이 정해져 있어서 언니들과 같이 기숙사에서 회중전등을 갖고 가지요. 야간 외출이 금지되어 있었기 때문에, 그때가 유일한 모험이었지요.

지방 실습이라고 하는 것도 있어서, 농가에 배속되고 나면, 일단 전부 지도를 받습니다. 지금은 올림픽경기장이 들어선 잠실에 갔을 때는 한강에서 배를 타고 갔는데, 격세지감이 듭니다.

김장

경성여자사범에는 '김장 담그는 날'이 있었습니다. 가을이 끝날 즈음해서 일 년에 한 번 있었지요. 그 김장 담그는 날에는 수업이 없고, 김치 속을 만드는 사람, 그리고 소금에 절여 둔 배추에 속을 넣는 사람 등, 하루 종일 걸려서 전교생 행사로 행해지지요. 만든 것은 기숙사에서 식사를 할 때 나왔습니다. 저도 김치를 처음으로 먹은 것이 여자사범 때입니다. 기숙사는 조선인도 같이 생활했으니까, 일단 채소를 절여서 만드는 반찬으로서는 김치가 중요했지요. 그, 냄새도 심하고, 맵기도 하고…. 흰 배추절임이라든지 단무지를 먹던 일본인으로서는 굉장히 강한 맛이었지만 그래도 익숙해지면 맛있잖아요. 식사 때는 조선의 묵도 있었는데, 주식은 역시 일식이었지요. 그렇지만 야채절임은 역시 김치였어요. 전교행사로 김장 담그는 날까지 정해 놓았다는 것이 조금 드문 경우이기는 하지요. 하지만 야채절임을 하려고 전교생이 참석을 한다고 하는 것은 그만큼 기숙사생이 많았다는 이야기지요. 팔구할이 기숙사생이었고, 조선 전체 십삼 도에서 오고, 또 일본에서도 유학을 와 있었으니까요.

기숙사 생활

제가 입학했을 때는 아직 교사도 기숙사도 제대로 된 건물[87]이 아니었어요. 그러니까 제가 입학해서 들어간 기숙사는 일반 민가를 빌린 것이었고, 제가 들어간 방은 따로 독립되어 있는 방이었죠. 옆방이 없었지요. 조선 가옥이니까 오시이레(押入: 벽장)가 없었어요. 그 무렵, 기

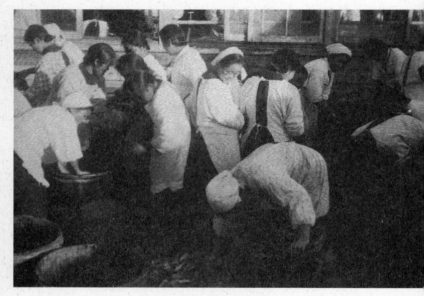

사진 31. 김장하는 경성여자사범학교 학생들. 경성여자사범학교 졸업 앨범에서. 스기야마 씨 소장.

숙사에서 한방을 쓰던 학생들은 후지무라 미사오(藤村操)의 '엄두지감(嚴頭之感)'[88]을 암송하면서, 방에서 이부자리를 높게 쌓아 놓고, 그 위에 올라가서 "이 얼마나 느긋한 일인가" 그리고 마지막에는 "비관이 크면 낙관도 크나니"라고 하면서 훌쩍 뛰어내리더군요. 처음엔 "애들 뭐하는 거야" 하며 놀랐는데, 첫 번째 기숙사의 방은 그런 분위기였지요.

　다음에 사감 옆방을 쓰게 되었지요. 당시 사감선생님께서는 다다미방과 온돌방, 방 두 개를 사용하고 계셨는데, 기숙사 방이 부족해서 온돌방을 학생들에게 양보하셨어요. 그 방에 저를 포함해서 세 사람이 들어가게 되었어요. 방과 방의 경계가 후스마(맹장지로 만든 얇은 미닫이문) 한 짝이었어요. 그래서 처음에 선생님께서 "이 문은 열리지 않는 문으로 하자"라고 선언을 하셨지요. 선생님께 용무가 있어도 복도로 일단 나와서 밖에서 노크를 해야 했지요. 그런데 이야기 소리도 웃음소리도 전부 다 들렸지요. 방문 한 짝이 벽인데, 저 쪽은 한 명이니까 조용하고, 아무 소리도 들리지 않지요. 그런데 이쪽은 세 명이나 있으니 시끌벅적시끌벅적. 묵학(默學) 시간이 일곱 시에서 아홉 시까지 정해져 있어서, 그 사이는 일단 이야기하면 안 되는 시간으로 책은 읽어도 되지만, 일단 묵학 시간입니다. 그렇지만 그 사이도 역시 말하고 싶어서 못 참는 거지요. 가만히 입 다물고 있을 수가 없어서 이야기를 합니다. 하지만 모두 사감한테 들리니까 제스처로 하지요. 근데 제스처가 잘 되지 않아서, 자주 실패를 하고 그럼 웃음을 참다 못해 풋 하고 웃음이 터져 버리죠. 그 무렵 유행가로 '문을 열면~ ♪'이란 게 있었는데, 그런 노래를 하면, 금방 불려 가서 "학생다운 노래를 부르세요"라며 주의를 받곤 했답니다.

새 교사가 생기고 나서 구교사 쪽이 기숙사가 되었어요. 교무실 자리에 만든 방은 스물 몇 사람이나 들어갔지요. 침상이 스물 몇 개 좍 늘어서서 다닥다닥 붙은 것처럼 됩니다. 새 기숙사도 제가 졸업하기 전에 한 동이 먼저 만들어져서, 졸업반을 우선해 준 덕분에 저도 들어갔는데, 한 방에 열두 명 정도였을 겁니다.

입학하면 책상 위에 반드시 부모님의 사진을 걸어 두는 것이 규칙이었어요. 기숙사에 들어가면, 신입생에게는 액자가 배부됩니다. 거기에 부모님 사진을 넣고, 반드시 책상 위에 놓아두는 것이 규칙이기 때문에 부모님의 사진을 가져오라고 했지요. 옛날에는 가족의 정이라든지, 효도라고 하는 것이 생활이라고 할까요? 인간으로서 중요한 것이었잖아요?

그리고 신입생 중에 대표를 한 명 뽑아서, 방에 있는 여러 가지 물건들을 늘어놓고 물건이 놓여 있는 위치를 외우게 하지요. 가방이나 책이나 화병 등을 놓아두고, 그리고 눈가리개를 씌우고 그 물건들을 밟지 말고 걷게 하면서 만약 밟으면 교원이 될 자격이 없다고 엄포를 놓지요. 눈가리개를 하기 전에 "외웠니? 이건 몇 발 정도 오른쪽으로 가지 않으면 밟히잖아"라고 말하면서, 바싹 붙어서 친절하게 가르쳐 주고 난 후, 눈가리개를 하게 하지요. 하지만 그 사이에 물건들을 모두 치워 버리고, 모두가 보고 있는 앞에서 신입생 대표가 걷습니다. 그러면 "아, 안 돼, 안 돼, 그쪽으로 가면. 책 밟아 오른쪽, 오른쪽" 하면서 와와 소란을 피우지요. 겨우겨우 끝까지 가서 눈가리개를 떼고 뒤를 돌아보면 아무 것도 없지요. 그래서 모두 와 하고 웃거나 했습니다. 기숙사 생활은 즐거웠어요.

저의 집은 여자아이 혼자였는데, 기숙사에 가니까 상급생들은 모두 언니가 되고, 하급생과 심상과 하급생들은 모두 스기야마 언니라고 불러 주고, 정말 즐거운 사춘기였습니다. 그런 기숙사 생활이, 저는 참 좋아했어요.

즐거운 휴일

기숙사 시절에 외출은 일요일밖에 없었어요. 봄방학하고 여름방학은 집에 돌아가 버리니까요. 일요일 외출도 오후부터입니다. 그러니까 그때가 되면 모두 거리로 나가서 간식을 잔뜩 사지요. '혼부라(本ぶら)'[89]라고 해서 혼마치 거리를 어정거리거나 조지야(丁字屋) 백화점에 가거나 미쓰코시(三越) 백화점에 가거나 했지요. 기숙사 문 닫는 시간에 늦으면, 그러니까 점호에 늦으면 아주 혼이 나기 때문에, 그때까지는 돌아오지 않으면 안 되었지요.

그때의 복장은 자유로웠습니까?

외출할 때? 말도 안 됩니다. 제복을 제대로 입어야 되고, 양말만 안 신어도 큰일 납니다. 또 기숙사 생활은 빨래도 스스로 해야 하기 때문에 휴일에 취사를 하는 아주머니들한테 몰래 부탁을 하지요. 저처럼 아무것도 못하는 사람은 몰래 서로 비밀을 지키기로 하고 말이지요. 아주머니들은 용돈 벌이가 되고, 저는 빨래하지 않아서 좋았지요.

규칙이 얼마나 엄했냐 하면, 옛날에는 가방 드는 것까지 규칙이 있었지요. 여학교 때는 손잡이가 붙어 있는 손가방이었는데, 손으로 들면 안 되었어요. 반드시 겨드랑이에 끼고 가방을 가슴에 착 붙도록 하지

사진 32. 일장기가 걸린 경성의 미쓰코시 백화점(현 신세계백화점).

않으면 안 되었지요. 가끔, 구석구석에 선생님이 서서, 등교 상황을 관찰하거나 했지요. 그 무렵에는 풍기를 관찰하는 스파이 같은 것이 있었던 것 같아요. 저는 한 적이 없기 때문에 잘 모르지만, 그런 사람들이 선생님한테 고자질을 한 것은 아닌가 생각됩니다. 책방에서 서서 책을 읽은 것이라든지, 양말을 안 신고 맨발로 다녔다든지, 외출할 때 제복을 안 입었다든지…. 외출할 때는 반드시 제복을 입어야 하는데, 그런 것으로 선생님게 불려 가 주의를 받기도 했지요. 선생님한테 들키지도 않았는데 어떻게 아는지 이상했지요. 헌병이 있었던 시대였으니까, 그러한 것은 크게 놀랄 일도 아닌지 모르지만요.

습관의 차이

학교 전체에서 조선인하고 일본인은 사대 육 정도라고 들었습니다. 물론, 인원수를 세어 본 적도 없고, 그런 일을 하는 사람도 없었고…. 같은 기숙사에서 생활을 했지요. 그 당시는 다 같이 일본인이라고 했고, 창씨개명을 하지 않아도 일본인이었지요. 더구나 사범학교이다 보니 차별이라든지 하는 것은 전혀 느끼질 못했습니다.

그렇지만 기숙사 안에서 같이 자고 같이 일어나고 하다 보면 여러 가지 습관이 다른 것을 알게 되지요? 어떤 습관이 다른가 하면, 예를 들어 누가 컵으로 물을 마시잖아요. 그럼 다음 사람은 그 컵을 씻어서 마시지요. 그런데, 조선에서는 남이 마신 컵을 씻거나 하지 않잖아요. 일본인은 거기에 저항감이 있어서…. 저항감이 있지요? 그래서 친구끼리인데 컵을 씻었다고 그 조선인 친구가 "내가 병이 있는 것도 아니고, 더럽지도 않은데 왜 씻는 거야?"라며, "같은 기숙사에서 살고 있으면서, 왜 그런 실례를 하냐?'라고 화를 냈지요. 그런데 일본인 입장에서는 컵을 썼었다고 그런 말을 들으니 놀랄 수밖에요. 일본에서는 당연히 그렇게 하는 것이라고 생각하고, 그것이 습관이기 때문에 당연한 행동을 했을 뿐인데, '왜 이 사람이 화를 내는 거지?' 하고 생각한 사건도 있었어요.

사감선생님의 가르침

사감선생님은 KU라는 선생님이었습니다. 제가 이학년 때, 사감선생님 옆방에서 생활을 하게 되었어요. 그 기숙사에는 다섯 개의 요(寮)가 있었고, 각 요에는 요생장(寮生長)이라고 하는 것이 있었는데, 처음에는 아직 요생장이 정해지지 않았었어요. 그래서 요생장이 정해질 때까지 그 일을 제가 하게 되었지요. 어느 날, 신입생들에게 배부할 액자를 가지러 본부로 가기 전에, 선생님께 "액자를 얻으러 다녀오겠습니다"라고 하니까 "얻으러 아니라 다른 말투는 없을까?"라고 지적을 하시던 그런 선생님이었어요.

방문 손잡이 부분의 종이가 조금 찢어져서 신경이 쓰였는데, 어떻게 할까 하고 고민을 하던 중에 선생님이 곤색으로 된 예쁜 종이를 주시면서, "이것으로 고치면 어떨까?" 하시더군요. 그래서 "알았다" 하고, 그것을 받아서 사각으로 잘라 붙였지요. 그랬더니 다음 날, "스기야마 씨, 좀더 생각해서 부칠 수는 없었을까?"라고 말씀을 하시던 그런 선생님이었지요.

결국 사감도 선생님이었으니까, 일상생활 속에서 그런 지도를 받았고, 그런 것이 많이 기억에 남아요. 기숙사에서는 언제나 반찬이 부족해서 모두들 김 같은 것을 가지고 와서 먹었어요. 그 김을 먹을 때, 그 무렵 일본은 지금처럼 간을 해서 먹는 것이 아니고 그냥 먹었지요. 그 김을 기숙사 아주머니에게 가지고 가서 구워 달라고 하지요. 김을 구울 때, 한 장씩 양면을 굽지 말고, 두 장을 포개서 번갈아 가며 양쪽을 구우 면 향기가 남는다는 것도 사감선생님께 배웠습니다.

또 김에 간장을 발라 밥 위에 올려 먹을 때는 간장이 묻은 쪽을 위로 해서 먹는 게 좋다고 하시더군요. 마른 부분을 위로 하면 입천장에 붙 어서 먹기 어렵기 때문이라는 게 이유였지요. 그런 것들이 의외로 기억 에 남아 있습니다. 나머지 중요한 것들은 모두 잊어 버렸지만, 오히려 그런 자질구레한 것이 강하게 인상에 남아 있습니다.

제가 취사반장이 되었을 때에, 한 방에 밥통 하나가 배당되었는데, 모 두 잘 먹어서 밥을 더 퍼서들 먹으니까 밥이 부족한 거예요. 모두들 밥 이 모자란다고 해서, 기숙사부장이신 H 선생님께 가서 "밥이 부족한 것 같습니다. 좀더 양을 늘려 주실 수 없을까요? 이건 모두가 바라는 바라 고 생각합니다"라고 말씀을 드렸지요. 그랬더니 알았다고 말씀을 하시 며, 기숙사생이 모두 모여 있는 자리에서 그때 말씀하신 것이 "오늘은 모두에게 할 이야기가 있다. 식사의 양이 적어서 배가 고플지 모르지 만, 나라에서 결정한 양이니까 자네들의 배에 맞출 수는 없다. 나라가 결정한 양에 자네들의 배를 맞춰라"라는 것이었습니다. 그것도 명연설 이었습니다.

선생님의 별명

학생과라는 것이 있었습니다. 지금 말하는 생활지도과 같은 것입니 다. 교칙에 조금이라도 어긋나거나 하면, 그 학생과에 불려 가서 마룻

바닥에 앉아 설교를 듣습니다. 마룻바닥에 꿇어 앉아 있는 것은 여자에게 힘이 드는 일이었지요. 그래서 다카미네 미에코(高峰三枝子)가 부른 노래에 가사만 바꿔서 "오늘도 차가운 학생과 마룻바닥에 한 시간 동안이나 앉아 다리의 아픔은 견디기 어려워~ ♪"라는 식으로 노래를 만들기도 하면서 분을 삭이곤 했던 기억이 있습니다.

그 밖에 기억하고 있는 것은 역사 선생님. 그 선생님은 "여자라는 건 왜 이렇게 어리석을까"라는 것이 입버릇이었지요. 그때는 그 말에 그렇게 반발하지는 않았지만요. 그런데 수학여행을 갔을 때, 사모님 주려고 옷감을 샀다고 합니다. 이후 학생들에게 "여자는 바보라고 입버릇처럼 깎아 내리지만 부인에겐 끔찍한 H 선생"이라는 말을 들어야 했지요.

그리고 논리 선생님은 말라서 호리호리한 분이었어요. "마르고 야위어도 남자랍니다. 확실선생 U 선생"라고 불렸지요. 전시 중이었으니까요.

KU 선생님은 앞니가 조금 나온 선생님이었는데, 별명이 산벚나무이었어요. 산벚나무라면 근사하잖아요. 그런데 꽃보다 먼저 잎이 나오는 특징이 있어요. 말하자면, 그 선생님 옆얼굴을 보면, 꽃(역주: 일본어로 '하나'라고 하는데, 이는 '꽃'이란 의미와 '코'라는 의미가 있다)보다도 잎(역주: 일본어로는 '하'라고 발음을 하는데, 이는 '잎'이란 의미와 '이빨'이라는 의미가 있다)이 앞에 나와 있다는 의미로, 말맞추기로 만든 별명이었지요.

여학교에서 인상에 남아 있는 별명이라고 하면, 습자 선생님. 얼굴에 구멍이 났다고 할 정도는 아니지만 조금 거칠었지요. 그 선생님의 별명은 '여름 밀감'. 그리고 도화를 가르치던 I 선생님은 머리카락이 쭈뼛쭈

뺏하고, 턱이 뾰족해서 역삼각형 같은 느낌이었지요. 그래서 '가분수'. 그러니까 분모보다 분자가 크다고 해서….

그리고 옛날에는 볼연지로 화장하는 사람이 별로 없었어요. 그런데 언제나 뺨이 붉고 둥근 선생님이 계셨어요. 그분 별명은 '일장기'. 그런 별명을 붙여 가면서, 조금이나마 쌓인 감정을 풀었는지도 모르겠네요. 지금처럼 정면으로 반항을 하거나 할 수도 없고, 그래서 뒤에서…. 그렇지만 친밀감은 있었던 것 같은 생각이 듭니다.

저도 교사가 되고 나서, 엄청나게 별명이 붙었습니다. 학생하고 다 퉜을 때는 '나막신'이라고 불렸지요. 네모난 얼굴이라서. 대구의 부속 소학교에 부임했을 때는 고등과에 남자반이 있었어요. 일학년에 한 반, 이학년에 한 반, 여자 고등과에는 없었지만…. 그 고등과 학생들이 저에게 붙인 별명이 '파리똥'. 얼굴의 주근깨가 딱 유리창에 붙어 있는 파리똥 같다고 해서…. 옛날은 파리가 얼마나 많았는지, 파리 잡는 끈끈이가 있을 정도로 파리가 많이 날아다녔지요. 그 파리들 똥이 유리창에 붙으면 까만 점처럼 되지요. 그게 주근깨를 닮았다고 해서 '파리똥'이라는 별명이 붙었어요. 별명에 하나하나 신경을 쓰는 것도 귀찮잖아요. 제 앞에서 별명을 부르는 것도 아니고…. 저는 그때 조선어를 몰랐기 때문에 "파리똥이 뭐지?" 하고 물으니까 "하에노훈(파리똥)입니다"라고 해서 웃어 버렸습니다.

관비지급생이 되다

제가 사범학교를 나와 취직할 즈음에는 처음 이삼 년 정도는 시골의 군(郡)에서 근무를 하고 나서 시내에 들어가는 것이 일반적인 경향이었지요. 그렇지만 제가 군부로 가게 되면, 어머니가 따라온다고 하고, 또 그렇게 되면 가게에서 일하고 있는 더부살이 점원도 있는데, 어머니가 집에서 나오면 집안일을 할 사람이 없어지잖습니까?

이학년이 되었을 때 관비지급생이 되었습니다. 관비는 그 당시 월 십 엔이었지요. 하지만 그걸 받으면 자유를 속박당하게 되고, 졸업하고 시골로 부임을 하게 되면 어머니는 가만히 안 있을 것 같아서, 그 관비를 거절하러 갔습니다. 그랬더니 선생님이 "받고 싶다고 모두 받는 것이 아니야. 모처럼 관비지급생이 되는데, 왜 거절을 한단 말이냐"라고 하시더군요. 그래서 제가 "우리 집은 제가 시골에서 근무하게 되면 난처하게 됩니다. 자유를 속박당하기도 싫으니 필요 없습니다. 관비 같은 것에 속박당하고 싶지 않습니다"라고 했지요. 그랬더니 "관비 지급이 되면, 더욱더 너의 실력이 인정을 받는 것이 되고, 또 좋은 곳에 근무할 수도 있어. 때가 되면, 나도 가능한 한 힘이 되어 줄테니까"라고 담임선생님이 말씀을 하시더군요.

졸업하고 근무지에 발령을 받을 때, 경성여자사범 졸업생 중에서 연습과생으로서는 저 한 명, 그리고 강습과 졸업생인 T, 이렇게 두 명만이 대구 시내에 발령을 받았지요. 그것도 두 명 모두 같은 학교에 발령을 받았습니다. 당시 달성국민학교는 점점 인원수가 증가하고 있었던 무렵이었지요. 그리고 나머지 사람들은 결국 모두 시골로 발령을 받았습니다. 그 무렵은 연줄이라든지 힘이 작용하던 시절. 그러한 힘들이 통했던 시대였지요. 제가 처음부터 대구에 근무할 수 있었던 것은 결국 그, WA 선생님의 덕분이 아닌가 싶습니다.

복무 의무연한과 수업료

사범학교에 이 년 다니게 되면 졸업 후 이 년간 근무를 해야만 하는 의무연한이 있었어요. 그 의무연한을 포기하면 국가에 배상금을 지불한다고 들었지요. 그러니까 강습과라면 의무연한은 일 년입니다. 의무연한이라는 게 수업료를 국가가 대신 낸 기간일 겁니다. 그러한 시스템도 전혀 모르는 시대, 졸업하자마자 그만둔 사람들의 소문도 풍문으로 들었지요. 그래서 의무연한을 포기하면 얼마나 돈을 내야 하는 건지 서로 이야기했던 것이 기억납니다. 어쨌든 이 년간은 근무를 하지 않으면 안 되었지요.

옛날에는 결혼을 빨리했거든요. 제가 졸업할 당시 결혼한 선배가 있었는데, 옛날에는 결혼을 하고 일을 한다는 것은 극히 드문 일이니까, 많은 배상금을 지불했다는 이야기를 들은 적이 있습니다. 그러니까 저도 의무연한 이 년 동안은 근무를 하지 않으면, 부모님이 많은 돈을 지불해야 되는구나 하고 생각을 했지요.

학비

학비는 전원 무료이고, 기숙사도 무료였습니까? 또, 그 중에는 관비 지급생도 있었다는 말씀이십니까?

학비는 공짜입니다. 그렇지만 기숙사비는 달랐을 겁니다. 모두가 기숙사생도 아니고, 많지는 않지만 경성 시내에서 통학을 하는 조선인, 일본인도 있었을 테니까요. 그러니까 기숙사비는 돈을 냈던 것 같습니다. 집에서 매월 돈이 송금되어 오면, 일단 기숙사 주임선생님이 금액을 파악합니다. 누구한테 얼마가 송금되어 왔는지 알고 있고, 그래서 사용한 금액은 전부 출납장에 쓰게 하지요. 그것을 월말에 검열을 합니다.

그래서 저는 몇 번이고 불려 갔지요. 왜 불려 갔는가 하면, 간식비가 너무 많다는 거였지요. 그게 너무 많아도 안 되었어요. 어쨌든 송금되는 금액을 알고 있으니 지출을 맞추기 위해서, 어딘가 사용했다는 걸로 해두지 않으면 안 되었기 때문에, 통신비라든지 잡비라든지 해서 어떻게든 쓰게 되지요. 그랬더니 "너 이 잡비는 구체적으로 뭐야?"라고 묻길래 "통신비입니다"라고 대답을 했지요. 그러니까 "통신비는 여기에 있잖아"라고 하시더군요. 저희 집은 장사하는 집이라 꽤 많이 보내 주셨어요.

그런데 여학교 때, 어느 아이가 "선생님, 아버지 월급날이 아직 안 되어서 어머니께서 조금만 더 기다려 달라고 하십니다"라고 선생님께 이야기하는 것을 듣고 "아, 돈을 못 내는 아이도 있구나"라고 어린 마음에 생각을 했지요. 장사를 하는 사람들이라고 꼭 재산이 넉넉하다고는 할 수는 없지만, 언제나 돈이 도니까요.

여자사범에 입학하기 전까지 가족과 떨어져 살아 본 적도 없고, 아직 철도 없는 딸이 혼자 먼 곳까지 가서 생활을 하고 있으니 걱정이 많으셨을 겁니다. 그 무렵은 야간열차의 침대차를 타고 다녔는데, 대구에서 경성까지 하룻밤이 걸렸습니다. 저의 부모님은 아버지와 어머니 모두 먼저 한 번 결혼에서 얻은 자식을 양보한 채 재혼을 하신 분이고, 나이가 들어 새로 얻은 자식(아들 하나, 딸 하나)이다 보니, 그냥 응석을 받아 주었지요.

© Noonbit Archive

사진 33. 경성공립여자보통학교 학생들의 자수 시간. 1922

여자사범부속소학교에서의 교육실습

여자사범부속소학교에서는 몇 번 실습을 하셨습니까?

교육실습은 졸업반 때 한 번뿐입니다. 이학년이 되어 처음으로 교육실습이 있었고, 교생 기간 동안은 부속소학교에 다니게 됩니다. 저희들이 이학년이 되었을 때에는 이미 신교사가 완성이 되어, 같은 부지 내에 부속교가 있었어요. 구교사와 구기숙사는 그야말로 가건물이었지요. 그리고 부속소학교도 떨어져 있었습니다.

교생 실습은 삼 개월 정도 했었지요. 실습록을 매일 적고, 연구수업 같은 게 있을 때에는 그 상세한 내용을 몇 페이지에 걸쳐 전부 기록하기 때문에, 시간에 쫓겼지요. 기숙사에서는 교생실습을 하는 교생만큼은 소등시간을 한 시간 연장해 주었고, 그때는 기숙사 사무실에 모여서 일을 했지요. 교생은 힘드니까 배려를 해준 것이지요.

부속학교는 조선인 아이들입니다. 또 경성여자사범의 부속학교엔 여자애들만 있었지요. 아주 드물었어요. 소학교인데 여자애들만 있는 학교는….

경성여자사범의 동창회

경성여자사범은 동창회가 있습니까?

있었습니다. 한국 사람도 물론 들어가 있습니다. 처음에는 한국에서 일본에 오는 게 좀처럼 쉽지 않았어요. 그런데 나중에는 올 수가 있었지요. 삼 년에 한 번 정도 했는데, 후쿠오카 대회를 마지막으로 해서, 이제 모두 나이가 많기도 하고, 뒤를 이을 후배들이 없잖아요. 그래서 일

사진 34. 경성여자사범학교 졸업 기념사진.

단 본부는 그대로 두고 동창회는 그만두자고 해서 없어졌지요. 도호쿠(東北) 지부가 담당할 때는 센다이(仙臺)에서 하고, 시코쿠(四國) 지부는 도쿠시마(德島), 주고쿠(中國) 지부는 시모노세키(下関)와 오카야마(岡山), 긴키(近畿) 지방은 오사카와 교토, 간토(関東) 지부는 아타미(熱海)와 요코하마, 규슈 지부는 벳푸와 구마모토, 이렇게 두 개씩 지부를 두고서 두 번씩 했지요. 츄부 지방에서는 안 했어요. 거기에는 할 만한 곳이 없어요. 많을 때는 대충 육백 명 정도 모이니까요. 아주 큰일입니다. 오카야마에서 했을 때는 숙소를 나눴습니다. 아무리 찾아봐도 한곳에 숙박할 만한 곳이 없었지요. 전국에서 몰려드니까요. 관광코스도 세 코스 정도로 나누어서 짜지 않으면 안 되었지요. 구마모토에서는 시에서도 지원을 해주었지요. 개막식 때는 처음에 이런 산 같은 것이 나타나, 갑자기 깜깜해지더니 그 산 꼭대기에서 붉은 빛이 번쩍하더라구요. 구마모토의 아소산(활화산)을 나타낸 것이었지요. 그리고 쾅 하더니 음악이 나오더군요. 그게 구마모토 동창회 개막식의 시작이었어요.

동창회지도 발간이 되었지만, 저는 모두 신변정리를 해서 처분해 버렸습니다.

6. 국민학교 교사가 되어

사진 35. 달성국민학교 재임 시 간호사 복장을 한 학예회 4학년생 부원들과
함께 찍은 기념사진.

대구 달성국민학교[90]로 부임

스기야마 씨가 교사가 된 것은 언제입니까?

제가 교단에 선 것은 소화 십육년(1941), 그 태평양전쟁이 시작된 해가 사회로 나와 교사로 출발한 첫 해였지요. 그 당시는 헌병이 귀를 쫑긋 세우고 눈을 번득이던 시대이니까, 교단에 선 이상 군국(軍國)교사가 되지 않을 수 없는 그런 시대였습니다.

처음으로 근무한 곳은 여기 지도에 있는 달성, 중심가에서 건널목을 건너 원대동(院垈洞)이라고 하는 시골입니다. 국민학교가 되기 전에 조선인 학교는 소학교가 아니라 보통학교라고 했습니다. 국민학교로 이름이 바뀐 것과 전쟁이 시작된 해와 제가 졸업을 하고 부임한 해가 모두 소화 십육년이었습니다. 원래 지명 중에 달성이라는 곳이 있어서 대구에서 달성국민학교는 조금 이름이 알려져 있었지요. 달성국민학교는 큰 학교였어요. 종전이 될 무렵에는 이천 명 가까이 있었을 겁니다.

그 무렵은 교사가 부족해서, 제가 오학년을 맡고 있을 때는 한 반이 백이십 명이었지요. 지금 생각하면 참 터무니없는 일이었지만, 지금의 두 반을 혼자서, 더구나 교실에 다 들어갈 수가 없었기 때문에 체육관에 칸막이를 세워서 교실을 만들어 수업을 했습니다. 겨울에 추울 때는 난로 하나로는 턱없이 부족해서 모두 오버코트라든지 목도리라든지, 뭐를 걸쳐도 괜찮았어요. 또 장갑도 끼라고 하고, 그런 모습으로 수업을 했었지요.

조선인 학교에 부임하기로 결정됐을 때, 어떤 기분이 들었습니까?

조선 사람과는 사범학교에서도 함께 생활했기 때문에 특별한 느낌은

169

없었어요. 처음부터 어느 쪽으로 가도 괜찮다고 생각했고, 아무 생각도 없었지요.

소풍을 가면, 선생님들은 당신들끼리 함께 모여 점심을 먹습니다만, 저는 언제나 학생들과 함께 먹었습니다. 계란구이도 어머니께 많이 만들어 달라고 해서, 아이들에게도 먹으라고 했지요. 그랬는데 소풍을 간 어느 날, 어떤 아이가 생오이를 한 개 주더라구요. 그래서 그걸 어떻게 하면 되느냐고 물으니까, 먹으라는 거예요. 당시는 지금처럼 야채를 생으로 먹는 시대가 아니었어요. 오이는 얇게 썰어서 무치거나, 식초로 절여서 먹든지 했지, 생으로 먹는 습관은 없었지요. 그런데 그것을 받아들고, 이 아이는 이것을 간식으로 가져왔구나 하고 생각을 하니 가슴이 찡하더군요.

조선인 아동의 국민학교 입학연령

달성학교에서, 입학식 때에 만 여섯 살 넘는 아이들도 많았습니까?

그곳은 의무교육이 아니기 때문에 만 육 세에 모두 학교를 가는 것은 아니었지요. 한두 살 나이 차이가 있었던 것 같습니다. 저는 그 나이 차이를 그렇게 의식한 적이 없었지만, 아이들 사이에서는 저 사람은 나이가 나보다 위라고 한다든지 했어요. 여학교에서는 생년월일 순으로 출석번호가 매겨지거나 아이우에오(가나다라) 순으로 하기도 했었지만, 조선 아이들은 생년월일 순서가 아니었을 겁니다. 그래서 생년월일을 그렇게 의식한 적은 없지만, S 같은 경우에도 한두 살 다른 아이보다 나이가 많았던 것 같아요. 어른스러웠거든요.

그러니까 연령은 별로 크게 신경 쓰지 않았고, 그야말로 하나둘쯤은

'괜찮아요'라는 분위기였던 것 같아요. 일본 같으면 확실하게 정해져 있어서 하루 차이로 학년이 달라지거나 하잖아요. 사월 일일까지가 빠른 생일로 취급되고, 이일부터 늦은 생일이 되잖아요. 같은 사월인데 왜 일일이 거기에 들어갔는지 아직도 모르겠어요. 아무튼 일본인은 그런 선을 엄격히 가르지만, 제가 있었을 무렵의 조선인의 교육연령은 나이가 많더라도 다닐 수만 있다면 다행이었지요. 그때는 아직 소학교 교육마저 받을 수 없는 아이가 많이 있던 시대였거든요. 그 KJ의 여동생조차 소학교도 안 다녔어요. 그런데 S(주: KJ와 같은 스기야마 씨의 제자. 나중에 KJ와 결혼)는 여학교까지 나와서 농촌에 시집을 갔지요. 여동생은 소학교도 나오질 못했어요. 머리는 몹시 좋다고 들었어요. 그런데 S는 고생을 한 것 같더군요. "선생님, 저 결혼하고 나서 당분간은 화장도 못했습니다. 여학교 나왔다고 얼굴에 분 바르고 다니냐는 소리 들을까 봐서 화장도 못했어요"라고 하더군요.

국민학교 입학시험

경성이나 개성에서는 조선인이 국민학교에 입학하려면 시험을 치뤘다고 교사를 하신 분한테 들었는데, 대구에서는 어땠습니까?

대구에서는 그렇게까지는 하지 않았습니다. 달성국민학교는 입학시험이 없었어요. 달성국민학교 학생 중에서 부모가 일본어를 할 수 있는 집은 몇 집 되지도 않았어요. 그래서 가정방문을 할 때도 반드시 상급생을 통역으로 데리고 갑니다. 시험이 있었던 곳은 사범부속소학교였지요. 그 학교는 인원수 제한이 있어서, 한 학년에 남자가 사십 명, 여자는 복식학급으로 해서 이십 명밖에 뽑지 않았기 때문에 가정환경이라든지 하는 것들을 조사한 다음, 시험에 합격한 아이들만이 부속에 입학할 수 있었어요.

전시체제하의 교육

긴박하게 전운이 감도는 시기였습니다. 제가 처음에 부임했을 때, 교장실에 신단이 있어서, 그 신단 앞에서 매일 교직원 조례를 했지요. 그때는 "천황을 위해 몸 바치라 가르치고, 앞장서 폭풍에 돌격하는 사쿠라이 마을"이라고 하는 역사 속의 충신 구스노키 마사시게(楠木正成)[91]를 주제로 한 노래를 선생님 전원이 부르지요. 운동장에서는 전교 조례 시간에 아이들이 반드시 〈바다에 가면〉을 부르는 것은 어디에서나 볼 수 있는 풍경이었지요. 달성국민학교에는 고적대가 있어서, 그 반주에 맞추어 아이들은 "천황의 방패가 되려면 단련을 하고 연마하고…"라는, 누구 노래인지는 잊었습니다만, 그것도 모두 부르던 그런 조례였어요.

수기신호라는 지도도 했습니다. 모르스 신호도 가르쳤는데, 이(イ)는 이토(伊藤)로 ·—, 로(口)는 '로조호코(路上步行)'로 ·—·—, 이런 식으로 모두 외우곤 했지요. 적백색 깃발은 교재였기 때문에 매일 학교에 가져갔습니다. 송신, 발신, 수신신호 등을 교외에 나가서 실습하기도 했습니다. 주로 체육시간에 했지요.

분열 행진

한 주에 한 번 정도 분열 행진이 있었습니다. 대열을 만들어 "보조를 맞춰"라는 구령과 함께 행진이 시작되지요. 그리고 지휘대에는 교장선생님이 서 있고, 그 양쪽에 위병처럼 두 사람이 서 있습니다. 거기까지 오면 "위로 봐"라는 구령이 들리지요. 그럼 교장선생이 경례를 합니다. 모두 고개를 오른쪽으로 돌린 채 행진을 합니다. 모두가 그 앞을 통과하면 "바로"라는 구령이 떨어지고, 행진을 계속해서 이천 명 가까운 학생이 운동장을 빙 돌지요. 저학년생들은 그 모습을 그냥 보고 있었지만, 어느 정도 고학년이 되면, 그러한 분열 행진을 하게 되지요. 저희들 교사들도 교련이 있어서 그 시간에는 장교가 특별히 지도를 하러 왔어요. 아마 한 달에 한 번 정도였던 것 같아요. 그리고 구령을 내는 방법, 예령과 본령의 구별법 등을 배웠지요. 소리가 작다고 혼이 나던 것이 기억납니다. 아무리 소리를 질러도 소리가 작다고 혼이 났지요.

그건 황민화교육의 일종이라고 생각합니다. 달성국민학교에는 물론 처음에는 운동장 전체를 써서 보통 때처럼 종대로 열을 만들어 조례를 했었지요. 그런데 전시 중에는 증산, 증산을 강조하고 국방헌금[92]이라는 것이 있어서, 운동장을 밭으로 만들었지요. 그래서 모두 복도에 이열횡대로 줄을 섭니다.

그런데 삼학년 이상을 횡대로 만드는 것은 별 문제가 없지만… 그러니까 일이학년도 횡대를 만드는 것뿐이라면 큰 문제는 없지만, 조례 때에는 반드시 궁성요배라는 것이 있었는데, 황궁 쪽을 향해 절을 할 때, 이열횡대의 형태로는 앞사람하고 부딪쳐서 절을 할 수가 없었지요. 그래서 이대로는 궁성요배를 할 수가 없으니 일이학년을 이열횡대에서 지그재그 형의 사열횡대로 하자는 의견이 나왔지요. 근데 일이학년을 그렇게 사열로 만드는 것은 힘들지 않겠냐? 아니다, 가능하다 하면서 의견이 갈라지게 되었지요. 지금 생각하면 이열에서 사열로 만드는 것

사진 36. 황민화교육의 하나로 궁성요배 중인 선생님과 학생들.

가지고, 뭘 그렇게 복잡하게 구느냐고 생각할 수도 있지만, 그 당시는 문제가 되었지요. 왜냐하면 이열에서 지그재그 형의 사열을 만들 때, 한 번호 건너서 열을 맞추어야 하기 때문에 홀수와 짝수를 구분해야 되지요. 그런데 당시의 일이학년은 짝수도 홀수도 모르는데, 지그재그 형의 비스듬한 사열을 만들 수가 있느냐 하는 문제를 놓고, 된다, 안 된다 하며 선생님들이 말들이 많았지요. 그러던 것이 생각이 나네요. 아무튼 힘든 시대였습니다. 운동장이 전부 밭이 되었으니, 체조를 할 때도 횡대로 할 수 있는 것이라야 했기 때문에, 교재도 거기에 맞춰서 골라야 했지요.

예절 교육

일본식 예절 교육을 조선인 아이들에게 가르친 기억은 없습니까? 수신(修身)시간 중이라든가.

국민학교에는 예절 시간이 없었어요. 하지만 생활 속에서 필요한 예의는 일단 아이들에게 가르쳤습니다. 간단한 인사는 십오 도, 정중한 인사는 사십오 도였을 겁니다. 그런 인사법은 엄격하게 가르친 기억이 있어요. 그건 기념식을 위해서도 필요했어요. 기념식을 아주 중요하게 생각하고 있었으니까요. 멋대로 행동하는 것을 싫어했지요. 모두 통일, 모두 같게 한다는 것이 대전제가 되다 보니, 행동을 통일시키는 것에는 엄격했습니다. 제가 다녔던 소학교에는 예절 교실[作法室]이 있었지만, 제가 가르치고 있던 달성국민학교에는 없었습니다. 숙직실은 다다미 방이었지만, 거기는 학생들이 들어오는 방이 아니었고, 학생이 들어가는 방에는 다다미가 없었어요.

놀이 지도

공기놀이라든가를 사범학교에서 배우거나, 국민학교에서 가르친 적이 있습니까?

놀이 지도는 없었던 것 같아요. 사범학교에 입학할 무렵은 부모들이 애들에게 이래라 저래라 하는 것이 거의 없었어요. 그래서 아이들은 자기들끼리 모여서 재잘거리며 놀고, 또 어른은 먹고 살기 위해서 열심히 일을 했지요. 놀이 지도를 한 기억은 없군요. 교재에 있는 것 중에서 사학년 남학생들에게 '수뢰구축(水雷驅逐)'이라는 놀이를 가르쳤습니다. 남학생이 열네 명밖에 없어서 지도하기도 쉬웠고, 또 시국도 그랬구요. 하지만 그런 것을 가르친 선생이 저 혼자뿐이었는지도 모르겠습니다.

신사참배

신사참배는 어떻게 했습니까?

대구에서는 매월 있었습니다. 매월 정기적으로 무운장구를 기원합니다. 일본에서는 일반 가정에서도 그러한 것이 어느 정도 생활화되어 있지만, 조선은 달랐으니까, 신사참배, 무운장구 기원은 중요한 행사였어요.

달성국민학교에서 신사까지 전교생이 줄을 서서 갑니다. 조선인을 데리고 간다는 생각은 거의 없었습니다. 당시는 모두 일본인으로 교육을 하고 있었으니까요. 또 당시는 지금처럼 종교가 따로 있는 사람은 드물었고, 또 신사참배는 국교라고 알고 있었습니다.

인솔하던 날은 아마 매달 초하루가 아니었나 싶습니다. 그날은 신사참배의 날로 정해져 있어서 아침에 갑니다. 사람이 많기 때문에 안에 들어가거나 하는 일은 없었어요. 배전 앞에서 정렬해서 "최경례(最敬禮)"라는 구령에 따라 절을 하고 돌아가지요. 중요한 것은 마음을 다해 무운장구를 기원하는 것이었지요. 어쨌든 신국[신의 나라]이라고 했으니까요. 싫든 좋든 해야만 했지요.

얼마 전, 기독교 신자가 된 당시의 제자들과 여기저기 관광지를 돌다가 어떤 절에 들어갔어요. 그런데 기독교를 믿는 아이가 절 안에 들어오지 않는 겁니다. 그래서 왜 안 들어오냐고 물으니까, 자기는 기독교인이기 때문에 안 들어간다는 거예요. "아, 그렇구나"라며 조금 놀랐지요.

그러니까 당시는 혹시 그런 아이가 있었다고 해도 싫다는 말도 못하고…. 개인의 자유라는 것은 일체 통하지 않는 시대였어요. 십인 일색으로 함께 참배하러 가는 겁니다. 모여 줄지어서 참배를 하고, 끝나면 수업이 있기 때문에 또 학교에 가는 거지요. 다른 학교 학생들도 가기 때문에 서로 지나치거나 하면, 참배행렬은 북적거리게 되지요.

어떤 아이 이야기로는 가면 뭔가, 그러니까 요즘 학생들이 라디오 체조에 참가하면 도장을 받는 것처럼, 도장 같은 것을 받을 수 있고 또 칭찬을 받을 수 있어서 가기는 갔지만, 나막신 끈에 발이 스쳐서 피가 나고 아주 아팠다고 하더군요. 신사에 가면 제주가 기도를 해주는 것도 아니고, 단지 최경례만 하고 돌아올 뿐입니다. 어디까지나 신비로 둘러싸인 공간이었지요. 그렇지만 명예롭다는 감각이 아이들에게는 있지 않았나 생각됩니다.

우리 교원들은 단지, 학교에서 정한 날에 무운장구, 그러니까 우리들을 위해서 생명을 바쳐 싸우고 계시는 군인아저씨들의 무사를 빌고, 싸움에 이기도록 빌기 위해서 간다는 식으로 아이들에게 설명을 했지요. 그렇지만 장려는 많이 했습니다. 그 무렵 잘 쓰는 단어로 '무운장구' '필승기원'이라고 하는 것이 있었고, 자주 사용했지요.

자주 신사에 가는 아이한테는 개인적으로 수신 점수를 좀더 준다든지 하는 것은 없었습니까?

그런 것은 전혀 없었습니다. 그렇게 자주 갈 수도 없을뿐더러 같은 교구 내에 대구신사가 있기는 해도, 저희들도 그렇게 자주 가는 것도 아니었구요.

봉안전과 사대기념일

그런 가운데 일본보다 더 엄격했던 것은 아이들에게 일본인이라고 하는 의식을 심어 주기 위해서, 일본에서는 생각도 할 수 없는 정도로 이른바 황민화교육이 아주 엄격하게 시행되고 있었다는 것이었지요. 제가 지금도 마음 아프게 생각을 하는 것은 봉안전 속에는 천황 천후의 사진과 교육칙어가 들어 있었지만, 기념식 때에는 그것을 강당에 옮기지 않으면 안 되었어요. 교장선생님이 흰 장갑을 끼고 그 봉안소를 조심조심 열어서 거기에서 꺼내서 강당으로 옮겼지요. 옮기는 도중은 아직 식이 시작되기 전이기 때문에, 아이들이 운동장에서 놀고 있지요. 그런데 그 옮기는 동안에는 전교생이 동작을 멈추고 머리를 조아리고 있어야 되거든요. 대체로 봉안전은 교정에 있기 때문에, 거기에서 강당으로 옮기는 동안은 그렇게 하고 있어야 하는 거지요. 그런데 어린 조

사진 37-38. 달성국민학교의 학예회 다이난코(大楠公).

선 아이들 입장에서는 왜 그렇게 해야만 하는지, 왜 움직이면 안 되는지, 왜 머리를 조아리지 않으면 안 되는지 그 이유를 모르는 거지요. 하지만 그것을 강제로 시켰습니다. 그리고 아이들이기 때문에 도중에 장난을 치면서 웃음을 참지 못하고 웃음보를 터뜨리거나 장난을 치거나 하거든요. 그럼 그때에는 혼을 낼 수밖에 없었어요. 지금 생각하면, 왜 그렇게 했을까 정말 싫었던 것 같아요.

학예회

그런 식으로, 사대기념식이 거행되었습니다. 학예회 등도 있었는데, 내용, 소재가 되는 것은 전부 전쟁과 관련된 것입니다. 제가 사학년을 맡으면서 처음으로 한 것은 다이난코(大楠公)였습니다. 무용극 같은 것이었는데, 구스노키 마사시게(楠木正成) 부자의 이별을 테마로 한 것이었지요. 그리고 이것은(사진 참조) 적십자의 간호사. 그리고 이것은(사진 참조) 일본에는 〈벚꽃, 벚꽃〉이라는 아름다운 노래가 있습니다. 일본의 진수라고 해서 기모노를 입히고, 물론 조선의 아이들에게도 입히지요. 기모노를 입혀 그런 무용극 같은 것을 지도한다든가 하던 시대였습니다.

'황국신민서사(皇國臣民誓詞)'에 대해서

저학년용과 고학년용이 있었어요. 그 무렵은 사대절과 같은 기념식이 있었고, 조례 때에는 매일 아침 외우게 하지요. 사범에 다닐 때 우리들 역시, "우리들은 황국신민으로서 충성을 다해 군국에 봉사하자"라고 매일 아침 조례시간에 외웠지요. 교훈은 길기 때문에 매일 아침 외우지는 않았지만, 황국신민서사는 매일 아침 외우고, 그리고 어제(御製)[93]도 매일 낭독을 했지요.

"1. 우리들은 황국신민으로서 충성을 다해 군국에 봉사하자." 2는 뭐였더라? "인고단련(忍苦鍛鍊)하여 힘을 길러, 이로써 군국에…" 같은 내용이었던 것 같아요. 삼 개조였지요. 거기에 삼엄한 교훈. "우리는 은혜를 받아 황국에 태어났다. 군주는 민을 근본으로 하여 절대적으로 사랑하며, 민은 군주를…"이라고 하는 것이 또 삼 개조 있었지요. 한 사람 한 사람 지명해서 외우게 한 적은 없었습니다. 그러나 집단의 힘이라고 할까요? 또 매일매일 축적이 되다 보니 전부 외웠었지요. 아이들이 뒤에서 어떤 고생을 하든, 마음이 괴롭든 말든 선생님들은 상관이 없었지요.

'황국신민서사'에 '인고단련'이라고 하는 것이 있었으니까요. 즉 신체를 단련하고 참는 것 또한 천황에 대한 충성이라는 시대였습니다.

국방헌금

제가 부임한 첫 해에 맡은 것은 사학년 남녀 학급이었는데, 전교에서 하나뿐인 남녀 학급이었지요. 왜냐하면 그 무렵은 한 반의 재적 인원이 육십 명이었는데, 의무교육이 아니다 보니 남학생은 취학하는 애들이 많지만, 여학생은 취학하는 애들이 남학생보다 조금 적었지요. 그래서 여자 마흔여섯 명으로 먼저 반을 만들고, 나머지 열네 명을 남자로 보충해서 채웠지요. 그래서 남학생과 여학생이 섞이는 변칙적인 반이 되었고, 전교에서 하나뿐이었지요.

그 무렵은 자주 국방헌금을 냈습니다. 가막조개를 잡으러 가서, 그

가막조개를 팔아 그 돈은 국방헌금으로 냅니다. 그리고 사학년을 맡고 있었던 때에는 대구는 사과의 명산지고, 사과 과수원이 많아서 그 사과 과수원이나 농림시험장에 잡초를 뽑으러 갔습니다. 그러면 한 명당 얼마인가 보수가 있었는데, 그 보수는 물론 국방헌금으로 냈었지요. 그리고 우렁이를 주워서 팔아도 국방헌금으로 냅니다.

학교 정원이나 운동장도 밭으로 만들었고, 그 밭에서 수확한 야채를 팔아 국방헌금으로 내기도 했지요. 저의 반에서는 농기구 창고에서 콩나물도 키워서 팔았습니다.

그리고 조선에서는 온돌 아궁이나 난로의 불쏘시개로 솔방울을 사용하지요. 그 솔방울도 산에 따라 가고, 그것도 팔아 국방헌금. 그건 전교생이 주워 오기 때문에 학급별로 모은 솔방울이 운동장에 몇 개의 산처럼 쌓였습니다. 나중에는 학급별로 구획을 만들어서, 낙엽이 떨어질 무렵에는 매일 학교에 갈 때에 낙엽을 모아서, 그 구획 안에 낙엽을 모아 두었습니다. 그리고 길에 떨어진 소똥도 모아서 농가에 비료로 팔고 해서 그걸 돈으로 바꿔 국방헌금을 내곤했습니다.

그 무렵은 소화 십육년(1941)년부터 전쟁이 시작되고 있었던 터라 택시고 뭐고 차라고는 거의 없었습니다. 그러니까 움직일 수 있는 동력이라고 하는 것은 달구지 정도로, 사람은 모두 걷고 트럭도 전부 군용으로 빼앗기기도 하고, 어쩔 수 없는 시대였지요. 소똥이라든지 그러한 것을 자주 모았어요.

오학년 여자반을 맡았을 때, 그 무렵은 사대절 기념식이 있었는데, 그 전날쯤에 아이들은 이발을 했지요. 그런데 그때는 집집마다 이발소에 갈 돈도 없고, 집에서 이발할 시간도 없이 바쁘고 궁핍한 시대이다

사진 39. 식량난으로 학교 운동장의 일부를 콩밭으로 만든 전남 광양서국민학교 교정.
1945. 8. 17 이경모 사진

보니, 오학년 여자 학생들에게 하급생들 이발하는 방법을 가르쳤습니다. 그리고 기념식 전날 방과 후에 학교에서 하급생들의 이발을 해주기도 했지요. 그 무렵 십 전이나 오 전 정도의 돈을 받았습니다. 그래서 집에 있는 면도칼이라든지 가위 등을 전부 학교에 가져가서 아이들에게 가르쳤습니다. 그 무렵의 아이들은 사학년 정도가 되면, 집안일도 돕고 동생들도 잘 돌보고 생활력이 있었거든요. 익숙하게 이발을 해주고 그 돈은 국방헌금으로 냈습니다. 임업시험장에서 잡초를 뽑고 있을 때, 담당자로부터 "비행기 한쪽 날개가 생겼습니다"라고 감사의 말을 듣고 기뻤지요.

아무튼 우리 반 국방헌금은 점점 늘어갔습니다. 교장선생님은 시간적으로 여유가 있다 보니, 반별로 헌금액을 전부 그래프로 그렸지요.

당시 사학년이 교외에 나가서 야유회를 하는 것은 도저히 생각도 할수 없는 시대였는데, 교장선생님이 하루 다녀오라고 하셔서 하루 아이들과 야외에서 즐겁게 보냈습니다. 전교에서 남녀학급은 제가 담당하던 반뿐이었기 때문에 특별히 재미있었던 것 같아요.

국민학교 일학년을 맡고

그리고 이 년째에 제가 맡았던 것이 일학년 남자였어요. 한 반에 육십 명씩 세 반이 있었고, 그것을 두 명의 담임이 이부제로 맡았지요. 이부제는 수업일수 관계로, 저학년에 해당하는 일이학년만 실시했어요.

오전에 두 반이 등교하여, 각각 교실에서 수업을 하고 정오에 돌아갑니다. 오후부터 나머지 한 반이 등교하면, 두 명의 선생님이 교대로 맡는 것이 이부제입니다. 일주일에 한 번씩 교대로 해서 담당을 하지요.

사진 40. 교실에서 소리내어 책을 읽고 있는 국민학교 학생들.

결국 우리들로서는 세 반 백팔십 명의 담임을 한 것입니다. 입학한 아이들은 일본어로 "네"도 못합니다. 그리고 저는 조선어를 한마디도 모릅니다. 그런데도 맡아 했지요.

입학식이 큰일이었습니다. 남자 백팔십 명, 여자 백팔십 명, 합계 삼백육십 명의 신입생과 그 보호자들로 운동장은 가득 찼지요. 조선인 선생님이 지휘대에 올라 조선 이름으로 이름을 부르지요. "BH" 하고 말이지요. 일본어로는 HK라고 하는데…. 그럼 "예" 하고 나온 아이의 가슴에 서둘러 일본 이름을 쓴 헝겊을 달아 주지요. 본명과는 너무 다르지요. 이 작업이 끝없이 계속되고, 입학식은 뭐가 뭔지도 모르는 사이에 땀투성이가 되어 끝이 납니다.

다음 날부터, 드디어 육십 명의 일학년 남학생과 저와의 전쟁이 시작되지요. 아이들은 일본어를 한마디도 모르고, 저는 조선어를 한마디도 모르니까 말로는 아무것도 통하지 않고, 도대체 어떻게 해야 될지 난감했습니다. 물론 당시는 금방 교실에 들어갈 수 있는 상황도 아니고, 당분간은 야외교실이었지요. 줄서기도 집단생활도 모르는 길들이지 않은 사내아이들은 마치 까마귀 떼 같았어요. 육십 명의 일학년 남자애들이 나를 둘러싸서 북적거리고, 가끔은 정말 울고 싶었어요.

이름을 일본어로 불렀으니까 아이의 입장에서는 자기 이름도 아니고, 창씨개명을 한 아이와 하지 않은 아이가 뒤섞여 있어서, 대부분의 아이는 자신의 일본식 이름을 몰랐지요. 그러니까 출석도 체크가 안 되죠. 가슴에 단 명찰에 의지할 수밖에 없었지요. 아무튼 저는 백팔십 명의 아이들 이름을 모두 외웠습니다. 같은 성이 얼마나 많은지…. 하루라도 빨리 가능한 한 많은 일본어를 배우게 하지 않으면 안 되었지요.

교내에서 조선어 사용은 절대금지였으니까요.

처음에는, 제가 말하는 일본어를 아이들이 앵무새처럼 따라하는 것 뿐이었어요. 지시하거나 설명하거나 하는 말은 통하지 않고, 혼란의 연속이었어요. 앉게 하려고 "앉으세요"라고 양손을 조금 내리는 제스처로 말을 하면, 아이들도 나와 같은 동작으로 선 채로 "앉으세요"라고 했습니다. 무심코 웃어 버렸습니다. 웃기기도 하고, 안타깝고, 왠지 슬퍼서, 갑자기 눈물이 났어요. 젊었으니까 더 그랬는지 모르겠어요. 넓은 운동장에서 야외학습을 하면서 가끔은 허무하고 기운이 빠지면서도, 큰소리로 목이 타들어 가도록 일본어를 가르쳤습니다.

그렇지만 어린 아이들 입장에서 보면 학교라는 익숙하지 않은 집단 생활 속에서, 더구나 어려운 교칙에 많이 힘들었겠지요. 일본어를 할 수 있는 학부모도 거의 없었어요. 등교도 오전이 되었다가 오후가 되기도 하고, 그때마다 교실도 선생님도 바뀌고, 게다가 이름도 본명이 아니고, 무엇보다도 필요로 하는 자기들의 말을 금지시켰으니 얼마나 불안하고 힘들었겠어요.

한번은 "선생님, 나, 신발, 없다"라며, 필사적으로 자신의 의지를 일본어로 호소해 왔습니다. 저는 얼떨결에 와락 어깨를 끌어안고 말았어요. 뜨거운 것이 복받쳐 올라왔어요. 같이 고생한 일본어였으니까요. 그 일본어에 이제 생명이 붙은 것 같은 생각이 들었어요. 그렇게 아이들은 새싹처럼 씩씩하게, 많은 것들을 흡수해 가며 성장해 갔습니다. 그렇게 일본어 교육을 해왔습니다.

한 학기가 끝나기 전에, 간단한 단어는 나열을 할 수 있게 되었어요. 그러니까 두 줄로 설 때도 큰 아이를 데리고 와서, "큰 아이"라고 하면,

모두가 "큰 아이"라고 합니다. 이번엔 작은 아이를 데리고 와서, "작은 아이"라고 하면, 모두 "작은 아이"라고 하고. "큰 아이는 뒤"라고 하면서 뒤쪽으로 데려가고, "작은 아이는 앞"이라고 하고 앞에 데려가요. 줄세우는 것도 숨이 차죠. 모든 말이 상황과 관련된 것이었지요. 근데 명사는 기억을 하는데, 동작이나 그런 것들은 어려웠어요. 아이들이 정말 열심히 잘 따라 주었어요. 그때를 생각하면, 지금도 가슴이 뜨거워지는 것을 느끼지요.

첫 소풍

일학년 담임을 맡고, 첫 소풍날이었습니다. 돌아가려고 집합시간이 되었는데, 아무리 찾아도 한 명이 보이질 않는 겁니다. 선생님들도 같이 찾았지만 찾지를 못했지요. 혹시 집에 갔을지도 모른다는 말에 가슴이 무너질 것 같은 마음으로 그 아이의 집으로 내달렸습니다. 말도 잘통하지 않고, 겨우겨우 사태를 설명했지만, 그 아이는 집에 없었지요. 부모님의 놀라움과 상심. 금세 호기심 많은 마을 사람들이 몰려들어, 웅성웅성 조선말의 소용돌이. 그 속에 단 한 명 일본인인 저는 꼼짝달싹 못하고 있었지요. 하지만 울지도 못할 형편이었어요. 다시 한 번 더 소풍 간 장소에 가서 찾아보기로 했지요.

나와 부모님은 마을길을 달리고, 그 뒤를 몇 명의 마을 사람들도 따라왔어요. 이윽고 소풍 간 곳에 도착할 즈음에 "아! 저기 있다! 저 애다" "무사해서 정말 다행이다"라며 모두 애한테 달려갔지요. 그때였습니다. 갑자기 아이 어머니가 그 아이의 뺨을 짝! 하고 때리는 거였습니다. 생각지도 못한 일에 순간적으로 그 애를 감싸듯이 안아 버렸지요. 뜨거운 눈물이 한없이 흘러나왔습니다. 여러 가지 생각이 한꺼번에 밀려 와서…. 그 아이는 소풍 장소에서 우연히 만난 친척 아이가 가자고 해서, 다른 곳에 갔다 왔다고 했습니다. 끝없이 사과하는 부모님. 내 어깨를 두드리면서 아마도 '다행이다, 다행이다'라고 했겠지요, 그 마을 사람들의 따뜻한 조선말. 말은 통하지 않아도, 서로 마음이 통했던, 그리고 제가 죽을 만큼 가슴이 내려앉았던 소풍의 추억입니다.

가정 방문

가정 방문은 큰일이었습니다. 상급생을 한 명 통역으로 데리고, 태양이 내리쬐는 길을 걷고 또 걸었습니다. Y 선생님과 두 명이서 반씩으로 나누어, 구십 명의 집을 돌아야만 했지요. "아이고! 선생님" 하며 어머니가 따뜻하게 맞이해 주었습니다. 그리고 최고의 대접이었겠지요. 사이다가 나왔지만, 저는 마시지 않았습니다. 그러자 곤란해진 어머니는 이번엔 찐 감자를 내놓았지만, 저는 그것도 먹지 않았습니다. 곤란해 하던 어머니에게 통역을 하던 아이가 "선생님은 익힌 감자는 좋아하지 않는 것 같아요"라고 말을 했다고 합니다. 그랬더니 그것을 들은 어머니가 갑자기 맨발로 앞밭으로 내달렸습니다. 아마 서둘러 파 왔을 겁니다. 잠시 후, 흙이 잔뜩 묻은 감자를 양손에 움켜쥐고 돌아왔습니다. 그리곤 그걸 서둘러서 흰 옷감에 싸서, 가져가라고 몇 번이고 몇 번이고 끊임없이 권했습니다. 너무도 소박하고 한결같은 어머니의 모습을 보고 저는 가슴이 뜨거워졌습니다. 저처럼 미숙한 사람을 그렇게 따뜻한 마음으로 대해 주시다니, 정말 송구스럽다고 생각하게 한 가정 방문이었습니다.

그림일기

드디어 아이들에게 그림일기를 쓰게 했어요. 말이나 문자로는 충분한 표현을 할 수 없어도, 그림으로는 뭔가 할 수 있을지도 모른다고 생각했지요. 그래서 저도 아이들과 같이, 제 자신의 그림일기를 써서, 가끔 아이들에게 읽어 주고, 서투른 그림도 보여 주며 모두 자주 웃었지요.

제 그림일기는 언제나 책상 위에 두고, 아이들이 언제라도 자유롭게 손에 들고 볼 수 있도록 했었습니다. 그림책 같은 것이 한 권도 없었던 전쟁시기였기 때문에, 제 서투른 그림일기도 나름대로 아이들에게는 사랑을 받는 것 같았어요.

어느 날, 어떤 아이가 포플러 나무에 앉아 있는 까치 이야기를 썼습니다. BH라는 애였습니다. 그것을 보고 정말 잘 썼다고 칭찬을 하며, 저는 빨간 동그라미를 여섯 갠가 일곱 개 정도를 그려 주었다고 합니다. 저는 기억을 못했는데…. BH는 그때 칭찬 받았던 것이 기뻐서 자기는 장래에 꼭 작가가 되겠다고 결심을 했다고 합니다. 교사의 한마디가 그렇게도 크고, 아이의 마음에 동기를 제공했다는 것에 재차 놀랐습니다.

저는 그 후, 부속국민학교에 전근을 가게 되었고, BH는 사학년이 되어, 태어나서 처음으로 들은 바이올린 연주에 감동을 했다고 합니다. "이 얼마나 아름다운 음색인가! 이 얼마나 훌륭한 악기인가!"하고 말이지요. 그래서 그게 너무 갖고 싶어서, 집에 돌아가서 어머니께 졸랐다고 합니다. 그랬더니, 어머니는 "우리 집에는 바이올린을 살 돈은 없단다. 하지만 새끼 돼지라면 줄 수 있으니, 그걸 키워서 사도록 해라"라고 하셨답니다. 그 당시 농가에서 바이올린을 산다는 것은 꿈도 꾸지 못할 일이었습니다. 그렇지만 BH의 바이올린에 대한 꿈은 새끼 돼지와 함께 자라나게 되었지요.

조선인의 일본어 학습

몇 년 전, 아사히 신문사의 어떤 기자가 도야마에 인터뷰를 하러 왔었는데, 그분은 한국에 가서 우리 제자들도 만나 여러 가지 당시의 솔직한 이야기들을 들었다고 하더군요. 그 이야기 중에는 이런 것이 있었다고 합니다. 어느 날 교장선생님이 강당에서 "무엇 때문에 일본어를 사용하는지 아는 사람?" 하고 질문을 했지만, 아무도 손을 드는 학생이 없었다고 합니다. 아마 그 이야기를 들은 선생님들 입장에서는 그토록 힘을 써서 황민화교육을 했는데, 그것마저도 아이들은 모르고 있었단 말인가 하고 실망을 했을 겁니다. 그 후 저도 교실로 돌아가서 아이들에게 똑같은 질문을 했고, 역시 아이들은 아무도 대답을 하는 사람이 없었다고 합니다. 그랬더니 마지막에는 제가 아이들에게 손바닥을 내게 하고, 한 사람씩 돌아가며 회초리로 때렸답니다. 그러다가 갑자기 도중에 회초리를 내려놓고 제가 울기 시작했다고 합니다. 그런데 저는 전혀 기억에 없습니다. 때린 사람은 원래 기억을 못하잖아요. 맞은쪽은 기억하지만 말이죠. 그런 일도 있었습니다.

지금 생각하면, 그렇게 열심히 황민화교육을 했는데, 일본어를 사용하는 목적조차도 아이들에게 전해지지 않았다는 사실에 제 지도력의 미숙함이 슬펐던 것일지도 모르고, 아이들 손바닥을 때린다는 그런 원시적인 짓을 자기가 하고 있다는 것이 한심해서 끝까지 때릴 수가 없었

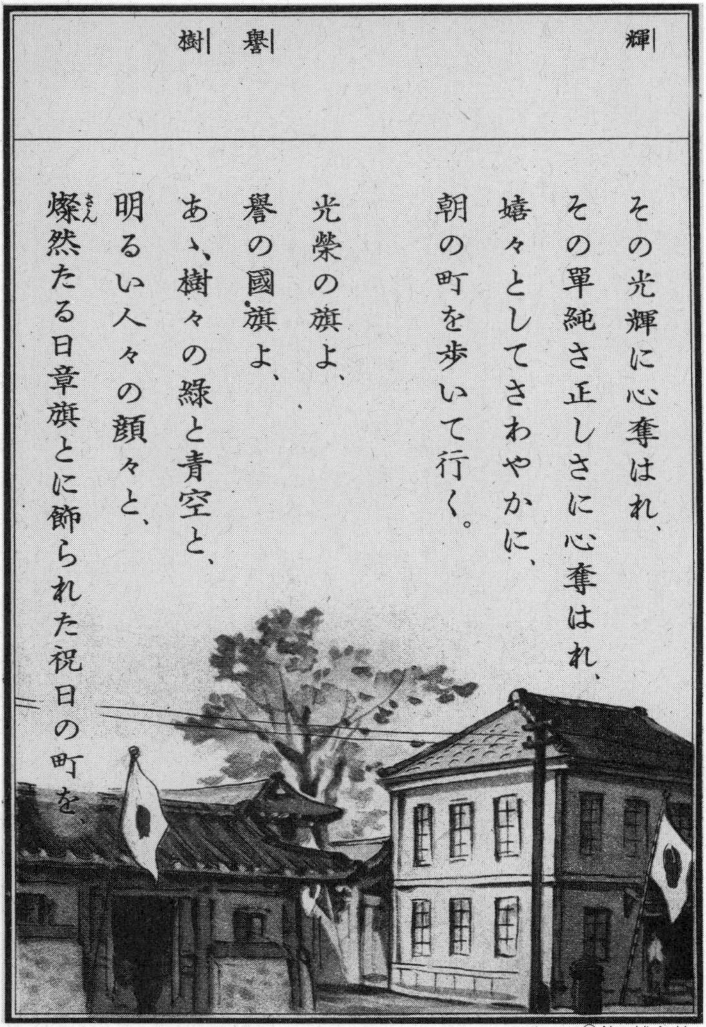

その光輝に心奪はれ、

その單純さ正しさに心奪はれ、

嬉々としてさわやかに、

朝の町を歩いて行く。

光榮の旗よ、

譽の國旗よ、

あゝ、樹々の綠と青空と、

明るい人々の顔々と、

燦然たる日章旗とに飾られた祝日の町を

© Noonbit Archive

사진 41. 조선총독부 발행 보통학교 『국어독본』(卷12, 1935)에 수록된 일장기 관련 내용.

に用ひ、局に當る者また精勵
よく國土の開發と民衆の福
利増進とに努む。かくて制度
整ひ文物備り、人文日に進み、
各種の産業また長足の發達
を遂げ、施政わづか二十餘年
にして、よく昔日の面目を一
新し人をして隔世の感にた
へざらしむ。
試に其の一面をうかゞはん

사진 42. 보통학교 『국어독본』(卷12, 1935)에 수록된 조선총독부 관련 내용.

는지도 모르겠어요. 그리고 울어 버린 뒤에는 도중에 때리는 것을 그만 두었다고 합니다. 지금 한 이야기는 아사히 신문에도 쓰여 있습니다. 그런 교육이었습니다. 그런데 제 자신은 그것을 기억하지 못하고 있었습니다. 정말 미안할 따름입니다.

국어의 집

원래 CS라는 이름이었지만, TM이라고 창씨개명을 한 아이의 집은 아버지 어머니가 모두 일본어를 할 수 있다고 해서 '국어의 집'이라고 표창을 받았던 가정이었지요. 부모님이 일본어를 할 수 있는 집은 우리 반에서는 그 집밖에 없었던 것 같군요.

'국어의 집'이란 것은 어디에서 표창을 합니까?
관공서였을 겁니다. 창씨개명을 진행시키는 것도 관공서이고, 학교에서는 성을 바꾸는 것에는 관여하지 않았거든요.

재봉 시간

사학년 때부터는 재봉 시간이 있었어요. 별로 기억은 없지만, 아이들 이야기로는 버선, 조선의 버선을 재봉 시간에 만들게 했다고 합니다. 그런데 그게 정말 교재 속에 있었는지 어땠는지는 모르겠어요. 저는 자주 틀에서 벗어난 일을 하기는 했지만, 아무리 생각을 해도 그 당시 교재에 버선을 만드는 방법이 있었을 리는 없을 겁니다. 그런 것을 제가 했다고 합니다. 저는 기억을 못하지만 아이들이 기억을 하고 있었어요. 하지만 제 자신이 버선을 꿰맨 적도 없고, 가르칠 수도 없었을 텐데 말이지요.

그런데 아사히 신문사 기자가 저를 만나서 말씀을 하시더군요. TM의 어머니는 일본어를 할 수가 있어서, 그 아이의 어머니를 교실에 모셔서 가르쳤던 모양인데, 저는 그것 또한 기억을 못합니다. 제자가 "그때 TM의 어머니께서 오셔서, 선생님과 함께 가르쳤어요"라고 말을 합디다만, 저는 "전혀 기억을 못하겠다"라고 대답을 했지요. 아마 그때는 이왕 재봉을 하려면 생활에 도움이 되거나, 모두가 하고 싶은 것을 하는 게 좋겠다는 단순한 생각이 있었는지도 모르겠습니다.

덧대기(짜깁기)도 가르쳤습니다. 일본의 경우에는 천을 뒷면에 대잖아요. 그래서 아이들에게 그렇게 가르치니까, 어떤 아이가 조선에서는 뒤에 안 대고, 앞에 댄다고 하더라구요. 저는 조금 어리둥절했지요. 근데 애들이 조선식이 좋다고 말하길래 그러냐고 물으니까, 일본식 덧대기는 그 구멍 모양에 맞추기 때문에 예쁜 모양이 나오지 않는다면서, 조선식은 앞에서 덧대기를 하기 때문에 처음부터 모양을 둥글게 하든지 사각으로 하든지 해서 예쁘게 꿰맬 수 있다고 하더군요. "정말 그렇구나. 조선식이 좋구나" 하면서 아마 조선식으로 꿰매게 했을 겁니다.

조선인의 복장에 대해

일반 사람들은 거의 한복을 입었어요. 학교에 오는 아이들조차 한복을 입고 오는 아이가 있었습니다. 그 고름이라고 하나요? 긴 끈 같은 것···. 그것 대신에 거는 단추였지만요. 대부분 검은색 복장에 색깔 있는 옷은 거의 없었지요.

사진 43. 달성국민학교 제22회 졸업 기념사진.

언제까지 그런 복장이었습니까?

남자아이의 민족의상은 학교에서는 본 적이 없어요. 소화 십구년 (1944)의 졸업 사진에는 몇몇 여자아이는 민족의상을 입고 있군요. 학생들은 뭐를 입든 자유였어요. 교복을 입을 만큼 여유가 없을 때이기도 하구요. 집에 있는 것을 입었지요. 선생님들조차 몸빼[94]입니다. 천이 없으니까 기모노를 잘라서 몸빼를 만들기도 하고, 커다란 무늬가 있는 몸빼를 입고 오는 선생님도 계실 때였거든요. 학교에서 복장에 대해 말한 기억은 없습니다. 하지만 흰색의 치마저고리를 입고 오는 아이는 없었어요. 왜냐하면 아이에게 흰색 옷을 입히면 하루가 아니라 한 시간도 안 돼서 더러워져 버리기 때문이지요. 바지는 검정색이었지요. 민족의상을 입고 오는 아이는 검정색 옷을 입었어요. 그러니까 아이들이 제일 예쁜 옷을 입는 것은 추석. 그때가 되면 집에서는 노란색이라든지 분홍색이라든지 초록색으로 된 예쁜 옷들을 입었지요. 모두 새 옷을 장만해서 입고 있었어요.

추석 때, 학교는 쉬지 않았을 겁니다. 그런 조선의 전통문화를 가능한 한 피하고, 일본식으로 바꾸려고 하던 시대였기 때문에 추석을 휴일로 하지는 않았다고 생각합니다. 그렇지만 집에 돌아가면 친척들은 모여 있고, 맛있는 음식이 가득 있고, 새로 만든 옷을 준비해 두든가 하니까, 아이들에게는 즐거운 추석이었을 겁니다.

조선인 교사와 일본인 교사

세 반을 두 분이서 담당하셨다고 했는데, 그 파트너가 된 분도 일본인이셨습니까?

저 같은 경우는 조선인 남자 선생님이었습니다. 결혼을 하셔서 자녀도 있는 Y라는 선생님이었어요. 본명은 모릅니다. 저는 겨우 이 년째 접어든 신참교사여서 아무것도 모를 때니까, 지도를 받으라는 생각으로 편성을 했을 겁니다. 윗사람들은 여러 가지를 생각해서 조를 편성했을 겁니다. 아무것도 모르는 신출내기 교사로 조를 편성하면, 보조가 맞지 않아 큰일일 거 아닙니까? 그러니까 오후부터 오는 학급도 두 시간씩 교대로 담당을 했기 때문에, 진도라든지 "나는 여기까지 했다"라든가, "여기는 했지만 여기는 못 했다"라든가 하는 것을 자주 상의했지요. 아무튼 연락은 아주 자주하면서 수업을 진행했지요. 그 선생님은 정말 상냥하고 기품이 있는 좋은 선생님이었어요. 그래서 아주 고마워하고 있습니다.

그 선생님은 "나는 일본어의 탁음을 아직 잘 모르겠어요. 그건 아무리 공부해도 좀처럼 외울 수가 없어서 어려워요"라고 말씀하시곤 했지요. "왜 큰 대자를 '다이'로 읽기도 하고, '타이'라고도 읽는지. 두 번째 글자로 쓰이면 탁음이 되는 건 알겠는데, 첫머리 글자로 쓰일 때도 탁음이 되는 경우와 안 되는 경우가 있다는 것은 잘 이해가 안 됩니다. 같은 음독인데, 왜 그렇습니까?'라고 물어 오셨지만, 저도 왜 그런지 몰랐지요. '대신(大臣)이라고 할 때는 '다이진'이라고 하는데, 대장(大將)이라고 할 때는 왜 '다이쇼'가 아니고 '타이쇼'라고 하는지? 또 대국(大國)은 '다이코쿠'라고 하지 않고 '타이코쿠'라고 하잖아요"라고 하면서 계속 물어 오셨지만, 설명을 할 수가 없었지요. 그 무렵에는 교과서를 서로 읽고 맞춰 본다든지, 악센트를 붙이는 방법 등, 지금은 별로 신경 쓰지 않는 것들이지만, 그 당시는 악센트도 매우 엄격하게 가르쳤지요.

그러니까 부속에 전근을 갔을 때, 한 아이가 책을 읽으면서 "미도리(녹색)"라고 읽으니까, 다른 아이들이 일제히 "미도리(미에 악센트를 두어서 읽음)"라고 고치더군요. '뭐가 다른 거지? 같은 것 같은데…' 하고 생각을 해보면 악센트가 달랐습니다. 그렇게 해서 보고 있던 아이들이 낭독할 때에 고쳐 주기도 했습니다. 그 정도로 엄격했지요.

그 당시의 교사용의 책에도 국어의 전문이 들어 있고, 악센트를 주는 곳에는 표시가 되어 있었습니다. 그리고 짧은 단어일 경우에는 악센트가 첫마디에 옵니다. 물론 일반적이라고 이야기할 수는 없지만 말이지요. 근데 그게 숙어로서 사용되면 이번엔 악센트를 주지 않고 평탄하게 발음을 하거나 하지요. 이네(벼)라고 하면 악센트가 처음에 오지만, 이네카리(벼베기)라고 하면, '이'에는 악센트를 주지 않지요. 정말 악센트 하나만으로도 어렵지요. 비탁음 같은 경우에도 일본인들은 자연스럽게 발음이 되지만, 저희들은 의식하지 않으면 안 됩니다. 그러한 것들도 둘이서 서로 맞춰 보거나 했습니다. 두 명이 서로 다르거나 하면 아이들은 혼란스러울 테니까, 아주 세밀하게 연습을 하지요.

그 선생님은 아주 좋은 사람이었어요. 저는 다행스럽게도 좋은 조선 사람들에게 둘러싸여 생활한 것 같은 생각이 듭니다. Y 선생님도 사범을 나오셨을 겁니다. 남자사범은 한 도에 한 개씩 정도는 있었거든요.

조선인 교사와 일본인 교사의 대우 차이

급료를 받을 때가 아주 괴롭습니다. Y 선생님은 아이들도 있는데, 본봉 정도지요. 그런데 우리들 일본인 교원은 거기에다가 육할의 가봉(加俸)이 붙었습니다.

사범학교 시절, 저는 아무런 차별을 느끼지 못하고 생활했지만, 조선인 학생들의 진짜 속내는 어떠했을까 하는 생각이 듭니다. "같은 교육을 받아 졸업하고 같이 교원이 되는데, 가봉이란 차이는 왜 있는 거야?"하며 직접적으로 이야기 하는 학생도 있었습니다. 봉급 이야기가 나오면 일본인은 거기에 대해 대답할 방법이 없었지요. 그러니까 지금 생각하면 제가 반대 입장이라도 역시 거품 물면서 말을 했을 것 같아요. 일시동인(一視同仁)이라고 강조를 했지만, "실제는 그렇지 않잖아"라고 말하고 싶어질 것 같아요. 우위의 입장에 있는 것과 반대의 입장에 있는 것은 받아들이는 데 있어서 검은색과 흰색만큼 차이가 있다고 생각합니다.

일본인 남자 선생님들에게는 숙소수당[95]이라는 것도 나왔던 것 같아요. 고향에 집이 있지만, 조선에서 새롭게 집을 마련하지 않으면 안 되기 때문에 숙소수당이 있다고 들은 것 같아요.

부속국민학교로 옮기고 새롭게 알게 된 것은 부속은 경상북도가 아닌 총독부에서 월급이 나오더군요. 또 거기에서는 교생지도도 하기 때문에 교생수당도 있고, 그러니까 아주 젊은 계집아이가 가정이 있는 조선인 남자 선생님보다 훨씬 급료가 많았지요.

저는 급료를 부모님에게 맡기지도 않았고, 부모님이 네 마음대로 쓰라고 해서 일 엔도 집에 돈을 준다거나 맡긴다거나 하는 것은 생각해 보지도 않으면서 생활을 했습니다. 저는 본봉 사십이 엔부터 출발했습니다. 거기에 가봉이 육할 붙고, 부속 때에는 또 교생수당이 붙고 하여, 상당히 많았었지요. 그러나 그것은 전부 내 용돈이었습니다. 그 무렵은 경제적으로 풍족했습니다. 결국 마음의 한구석에서는 '아이들과 생활하면서 번 돈이니까 아이들에게 돌려주는 것이 당연하다'라는 생각도 하고 있었습니다.

일본인 교장선생님의 예능과 지도

교장선생님은 예능과가 전공이었던 것 같습니다. 교장선생님은 오륙학년 아이들에게 작은 도화지를 나눠 주고, 거기에 각자 자기가 좋아하는 나뭇잎의 정밀 묘사를 시켰지요. 줄기까지 전부 그리고 벌레 먹은 잎은 그런 벌레 먹은 자리까지 그리지요. 정말 아이들은 예쁘게 잘들 그렸어요. 다 그리면 그것을 교장선생님이 평가를 했습니다. 교장선생님의 예능과 지도는 매년 열리는 행사가 되어 있었습니다. 그것은 담임선생님은 관여를 하지 않고, 교장선생님이 혼자서 지도를 했습니다. 두 장을 나눠 주고 한 장에는 나뭇잎을 정밀 묘사를 시키고, 또 한 장의 도화지에는 오 센티(센티미터)의 정방형을 그리게 했습니다. 도구는 분도기를 사용하든지 컴퍼스를 사용하든지 어떤 것을 사용해도 괜찮았고, 어떠한 방법을 사용해도 좋으니까 정확하게 그리도록 지시를 했지요. 그런데 정방형은 거의 대부분이 정확하게 그려 내지 못했습니다. 하지만 교장선생님께서는 선의 아름다움이라든지 느껴지는 힘까지 평가를 하셨지요. 그 두 가지는 매년 오학년 이상의 아이들을 대상으로 해서 지도를 했습니다. 어떻게 평가를 하는지 구체적인 것은 모르겠지만, 그 일로 교장선생님이 상을 주거나 하는 학교였어요. 그건 지금 생각해도 대단한 일이라고 생각을 합니다. 아무튼 그런 교장선생님이었어요.

그러니까 제가 부임을 해서 삼 년째 되던 해, 그 무렵 예능과라는 말이 처음으로 한 장르로서 인정을 받았을 때, 달성국민학교가 경상북도

지정 예능과 연구발표학교로 지정을 받았습니다. 저는 이학년 남자를 맡고 있었는데, 도내에 많은 학교가 있었기 때문에 그런 도지정의 연구 발표라고 하는 것은 백 년에 한 번 있을까 말까 한 일이니 모두 최선을 다하자고 해서, 선생님들은 학교 환경정비부터 시작하여 여름방학도 반납하고 준비를 한 것이 생각납니다.

그 무렵은 시대적 사상도 그랬었지만, 모두가 성실하고 모두가 열심히 하려고 하는 열정이 넘치는 사람들뿐이었던 것 같습니다. 일본에서 온 선생님들도 그냥 놀기 삼아 온 것이 아니라, 일단 목표나 각오를 가지고, 외지에서는 가봉도 붙고 했으니까, 열심히 하려고 온 선생님이었고, 또 저기(한반도)에서 자란 사람도 물론 같은 마음이었다고 생각합니다. 시대가 시대였기에 서툴거나 게으름이 용서되지 않는 시대였으니, 모두가 열심이었다는 생각이 드는군요.

교장선생님께 배우다

졸업과 동시에 사범동창인 TH 씨와 함께 달성국민학교에 부임해서 아주 사이좋게 지냈습니다. 그 TH 씨와 영화라도 보러 가려면, 늦게까지 학교에 남아 있다가는 못 보게 되니까 빨리 퇴근을 해야 했지요. 교장선생님 방에 명찰걸이가 있어서, 각자가 출근을 하면 출근이란 곳에 명찰을 걸고, 퇴근을 하면 퇴근이란 곳에 명찰을 걸게 되어 있었지요. 그래서 출장, 조퇴, 지각 등을 한눈에 알아볼 수 있게 되어 있었어요. 그 것이 교장실에 있었습니다. 그 무렵은 지금과 달리 퇴근 시간이 정해져 있지 않았기 때문에, 돌아가고 싶을 때에는 명찰을 바꾸어 걸고 퇴근을 하면 되었어요. 물론 교장실에 들어가야만 했지요. 교장선생님이 있으면 역시 퇴근하기가 민망했습니다. 그런데 그날 교장실에 들어가니 아직 교장선생님이 계셨어요. 그래서 TH 씨에게 "교장선생님 아직 있어요!"라고 말을 했는데 들렸던 거지요.

무슨 일로 교장실에 불려 갔을 때, 교장선생님이 말씀을 하시더군요. "무언가 소곤소곤 하는 것은 좋지 않습니다. 빨리 돌아가고 싶을 때는 당당히 '먼저 실례하겠습니다' 하고 가도 좋으니까, 지금부터는 그런 태도를 보이세요. 살짝살짝 훔쳐 보러 오지는 마세요"라고 하시더군요. 그런 말투로 주의를 듣다 보니, 뭔가 꾸중을 들었다기보다는 충고나 가르침을 받은 기분이 들더군요.

그 무렵의 설날은 물자가 충분치 못해서 어려운 시대였습니다. 그래도 조선은 일본보다 아직 여유가 있어서, 설날에 일본인 선생님과 조선인 선생님들이 함께 교장선생님 댁에 인사를 갔습니다. 정말 평범하고 집이 그렇게 넓지도 않아서 같이 간 선생님들이 앉으면 무릎이 맞닿을 만큼 좁았지만, 음식을 대접해 주셔서 맛있게 먹었던 기억이 납니다.

헌병에 연행된 조선인 교원

달성국민학교에서 함께 근무를 하던 Y 선생님과 T 선생님이라는 두 명의 남자 선생님이 계셨어요. 본명은 모릅니다. 그때 이미 창씨개명을 해서 일본 성을 쓰고 계셨는데, 어느 날, 직원실에 들어가려고 하니까 어떤 선생님이 "안 돼요, 지금 들어가면 안 돼요"라고 해서서, "왜 그러세요? 무슨 일이 있나요?"라고 물으니까, "큰일났어요. 저기 보세요"라고 하시더군요. 그때 학교에서 그 두 명의 선생님이 헌병에게 끌려가셨지요. 그런 일도 있었던 시대였지요. 행동이 의심스럽다고 귀에 들어가면, 직장이든 어디든 다짜고짜로 찾아와서 끌고 가던 시대였어요.

두 명 모두 젊은 선생님이었고, T 선생님은 독신이었을 거예요. 정말로 열성적인 좋은 선생님으로 『민족 내핍(民族耐乏の書)』이라는 책을 저에게 읽으라고 하며 빌려 주시거나, 제가 꽃무늬가 그려져 있는 옷을 입고 학교에 가니까 다가와서 서양 거지 같은 모습으로 학교에 오지 말라고도 했습니다. 그렇게 정말 열심이고, 열혈한이던 선생님이, 왜 갑자기 학교에서 끌려가게 되었는지 그때는 몰랐었지요.

Y 선생님은 음악을 담당하던 선생님이었어요. 고적대 지도 같은 것도 모두 Y 선생님이 하셨지요. 정말로 훌륭한 지도력을 가지고 계셨어요. 달성국민학교의 자랑으로 음악이 뛰어나다는 것을 꼽을 수 있었는데, 그건 전적으로 Y선생님 덕분이었지요. 그러니까 Y 선생님도 T 선생님도 학교로 봐서는 중요한 젊은 선생님이셨는데, 왜 그렇게 되셨는지 …. 거기에 대해서는 일절 언급도 없었고, 화제로 삼지도 않던 힘든 시기였기에 자세한 것은 몰랐습니다.

그런데 전쟁이 끝나고 돌아오기 직전까지, 우리 집은 장사를 계속하고 있었는데, 어느 날 가게에 T 선생님이 오셨지요. 모자를 사러 왔는지 어땠는지 거기까지는 기억에 없습니다만, 어쨌든 가게에 오셨습니다. 그때에 T 선생님이 완장을 차고 있었는데, '독립준비위원'이라고 쓰여 있었어요. 그때는 종전 직후이고, 정신이 없는 상황이다 보니 T 선생님께 그 일에 대해 물어보지는 않았습니다. 그러나 그 팔의 완장이 모든 것을 이야기하고 있지 않았나 싶네요.

지역 청년단의 지도

달성국민학교에 근무하고 있었을 때, 수업 시작 전에 마을의 조선인 여자청년단원들에게 도로 위에서 나기나타(薙刀)[96]를 가르쳤습니다. 나기나타를 쥐는 자세를 비롯해서 상단자세, 중단자세, 하단자세, 물레방아, 풍차 등과 같은 자세를 제가 가르쳤지요. 그리고 밤에는 또 청년단을 상대로 일본어를 가르치거나 했습니다. 그러니까 근무시간이 어쩌고저쩌고 할 수 있는 시대가 아니었지요. 매일 하는 것도 아니었구요. 아무튼 그 즈음엔 이미 전쟁교육이 철저하게 진행되고 있었지요.

우렁이 우동

그리고 부임해서 사 년째 되던 해에 제가 맡았던 것은 오학년 여자애들이었어요. 당시 오학년은 이미 두 학급 되어 있었습니다. 그러니까 백이십 명을 제가 맡게 된 거지요. 백이십 명이 한꺼번에 들어갈 만한 교실이 없어서, 길고 큰 칸막이로 강당을 막아서 두 반 백이십 명을 합쳐서 한반으로 해서 제가 담임을 했지요. 지금이라면 생각할 수도 없는 일일 겁니다. 그렇지만 당시는 그렇게 하는 것 이외에 방법이 없었지요. 취학아동은 자꾸 증가하는데, 선생님과 교실은 부족한 상태였지요. 근데 오학년 백이십 명을 담당했을 때, 지금은 겨울 기온이 그렇게 내려가지는 않지만, 당시 대구는 몹시 추웠습니다. 영하 십 몇 도는 대수롭지 않게 내려갔지요. 복도에서 머리카락을 풀어 빗으로 빗으면, 빗에 사각사각 얼음이 어는 정도였고, 특히 대구는 분지이다 보니, 한서의 차가 심했지요. 겨울은 아주 추워서, 난로 하나 정도로는 난방을 할 수가 없었기 때문에, 저는 아이들에게 목도리, 외투, 장갑을 끼게 하고 수업을 했습니다. 지금의 아이들은 손이 곱는다는 감각을 모를 겁니다. 옛날에는 손이 곱아서 손에 연필을 잡을 수 없을 정도인 시대였습니다. 그런 모습으로 수업을 했지요.

그렇지만 아이들은 아주 잘 따라 주었습니다. 방과 후 봉사활동으로 국방헌금을 내기 위해서 여러 가지를 했습니다. 그래서 그 아이들을 위해서 제가 학교에서 우동을 만들었지요. 저의 집은 장사를 하는 집이다 보니, 어떻게든 물자도 유통이 되는 상황이었고, 학교에 우동을 가지고 가서, 당시 우렁이는 논에서 주우면 되기 때문에 우렁이를 넣은 우동을 만들었습니다. 우렁이는 그 전날 주워 두었지요.

그런데 학교에는 우동을 만들 만한 충분한 시설이 없었어요. 당시 학교에는 물을 끓이기 위한 커다란 가마솥이 두개 있었는데, 그걸 사용할 수밖에 없었습니다. 인원수가 많다 보니, 작은 냄비 정도로는 어림도 없었지요. 그런데 가마솥을 사용해서 우동을 만들면, 냄새가 배이게 되고, 다음 날 더운 물을 끓이기 위해서는 깨끗하게 씻어야 되는데, 그게 보통일이 아니다 보니 급사들이 싫어했습니다. 솥이 커서 뒤집어 씻을 수도 없고, 그냥 놔둔 채로 씻어야 되는데, 그러면 손이 많이 가니까 급사들이 절대 안 된다고 반대를 했어요. 사정사정해서 그 물 끓이는 가마솥에 우렁이를 넣고 우동을 만들었지요.

그것을 방과 후, 추운 날씨에도 불구하고 아이들이 봉사활동에서 돌아왔을 때, 모두 같이 우렁이 우동을 먹었습니다. 그랬더니 어떤 아이가 우동을 먹으면서 갑자기 울기 시작했어요. 그러니 그 무렵의 순진한 아이들이다 보니, 그 우는 모습을 보고 하나둘씩 울기 시작해서 교실이 울음바다가 되었지요. 그렇게 울다가 웃다가 하면서 그 우렁이 우동을 먹었습니다.

아이들에게 사탕을 만들어 주다

그 무렵 일본인들에게조차 설탕 배급이 줄어들고 있었는데, 어느 날 조선인에게는 이미 설탕 배급이 끊겼다는 이야기를 듣게 되었죠. 그래서 아이들에게 "설탕 배급은 되고 있지?" 하고 물으니까, "아뇨, 선생님 없습니다. 우리 집에서는 설탕을 본 적이 없습니다. 배급은 이미 끊겼습니다"라고 대답을 하더군요. 왜 그럴까 하는 마음에, 집에 설탕을 배급하러 오는 사람에게, 왜 조선인에게는 배급이 없느냐고 물으니, "조선 사람들은 별로 설탕을 사용하지 않기 때문이 아닐까요?"라고 하더군요. 그래서 "그렇지만 집에 아이가 있지 않습니까?"라고 다시 물으니 자기도 그런 건 잘 모르겠다며 어물쩍 넘어가더군요. 그런 장면도 있었지요. 저는 집에 있는 설탕을 학교에 가지고 가서 사탕을 만들었습니다. 사탕은 급사에게 부탁하지 않아도, 집에서 가져간 작은 프라이팬에 설탕을 얹어서 졸이면 사탕이 됩니다. 그리고 단단해지면 그것을 늘려서 도마 위에 올려놓고 탁탁 토막 내거나 가위 같은 걸로 자르면 사탕이 되었지요. 빨리 먹으라면서 아이들에게 모두 사탕을 한 알씩 먹인 적도 몇 번인가 있었습니다.

몇 년 전에 대구에서 제자들이 모였을 때, 그걸 기억하고 있던 여자아이가 "그때 선생님이 만들어 준 사탕이 보석처럼 보였어요"라고 해서, "그런 걸 기억하고 있다니, 대단하구나" 하며 웃었지요. 그랬더니 그 여자아이가 다시 "집에 돌아가니, 이미 사탕은 없어졌지만, 다시 생각을 하니 입이 화해지면서 단맛의 느낌이 남아 있었어요"라고 하더군요.

아이들에게 제멋대로 우동이나 사탕을 만들어 먹였다는 것이 발각되거나 하여 혼이 난 적은 없었습니까?

발각되면 큰일이었을 겁니다. 멋대로 한 일이었기는 하지만 열심히 하는 아이들을 생각해서 한 일입니다. 당시 교장선생님은 굉장히 이해가 깊으신 분이었어요. 그러니까 선생님들도 열심이었고, 교장선생님도 고압적인 태도로 주의를 준다더나 화를 낸다거나 하는 선생님이 아니었어요.

교장선생님한테는 아무런 꾸중도 듣지 않았습니다. 사학년 때는 야외 취사를 간 적도 있습니다. 솥이라든지 도구를 가지고 가서 밥을 해 먹는 것이었는데, 그런 것도 허락해 주셨지요. 아주 관용적이라고 할까요? 선생님들이 가지고 있는 한 사람 한 사람의 개성이라든지 정열이라든지, 열의도 따뜻하게 지켜봐 주셨습니다. 그러니까 그렇게 조금 색다른 일을 하더라도 "좋아요, 가고 싶으면 다녀오세요. 아이들도 기뻐하겠지요"라는 정도의 교장선생님이었지요.

종이 연극의 이용

그 무렵은 그림책은 물론 없었고, 그림이라고 해 봐야 지도용(指導用)으로 교과서에 딸려 있는 괘도 정도가 고작이었지요. 학생들은 그림이라고는 그 정도밖에 볼 수가 없었어요. 학교에도 그림 연극은 비치해 두질 않았었는데, 저는 개인적으로 종이(그림) 연극을 가지고 있었습니다. 그림 연극을 할 수 있는 작은 무대는 아버지가 만들어 주셨고, 경성

그림 8. 일본 어린이들을 위한 종이(그림) 연극. ⓒ 佐藤加代 畫

에 그림연극협회라는 것이 있어서, 새로운 그림 연극이 들어오면 소식이 오니까, 주문을 해서 살 수가 있었지요. 그 많은 인원과 학급이 있어도 학교에는 그림 연극이 없었지만, 저는 개인적으로 그림 연극을 가지고 있어서, 그것을 아이들에게 보여주곤 했지요. 아이들은 대단히 좋아했습니다. 〈아기돼지 세 마리〉라든가 〈원숭이와 게의 싸움〉 같은 것을 했습니다. 같은 것을 몇 번이나 보여주었지만, 그때마다 아이들은 즐거워하곤 했지요. 다른 학급에 빌려 주기도 하고, 또 제가 직접 가서 하기도 하곤 했습니다.

여자정신대의 권유

지금 생각하면, 달성국민학교는 이천 명 가까이 되는 큰 학교인데, 여자정신대로 간 아이는 한 명이었지요. 더구나 남쪽인데도…. 그러니까 결국 보내려고 하는 열의라든지 힘의 차이가 학교마다 다르지 않았나 싶습니다. 교장선생님은 아주 느긋한 분으로, 역시 미술 같은 것을 하셔서 그런지 마음이 너그러웠던 것 같아요. 저는 소화 십구년(1944) 일월부터 삼월까지, 경성여자사범에 본과 연구과라는 것이 새로 생겨서, 경상북도의 명령으로 연수 같은 형식으로 들어가 있었지요. 그러니까 그해 아이들 졸업식에는 참가를 못 했습니다. 연수를 끝내고 학교로 돌아오니까, '여자정신대라고 해서 학생들을 권유하는 것 같아요'라는 소문을 들었습니다. 저희들 같은 아랫사람에게는 직접적인 이야기는 없었지요. 그리고 육학년 담임이셨던 선생님이 그해 졸업한 아이들에게 권유를 하고 있었던 것 같습니다. 결국 한 명이 지원을 해서 도야마로 가게 되었는데, 제가 도야마 출신이었다는 것이 머리에 있어서, 그러니까 도야마에 대해 친근감을 가져서 가기로 결정한 것은 아닌지, 그것이 제일 마음에 걸리더군요.

육학년 담임을 하셨던 남자 선생님이 여자정신대를 권유하고 다니신다는 말을 듣고, 그 선생님께 "너무하지 않습니까? 소학교 육학년을 졸업했다고는 하지만, 아직 애가 아닙니까? 저조차도 도야마에는 한 번도 갔던 적이 없는데, 그 먼 곳, 눈도 많이 오는 곳에 있는 공장에 이제 갓 졸업한 그 어린애를 보낸다는 것이 말이 됩니까?"라며 화를 낸 적이 있습니다. 그랬더니 "아니, 그래도 일손이 부족하기도 하고, 홍보영화를 보면 도서실이나 식당도 굉장히 시설이 좋은 것 같던데 뭘 그러십니까?"라며, "거기는 받아들이기에 충분한 시설도 갖춰져 있으니 문제없을 겁니다"라고 하시더군요. 하지만, 그 M 선생님 자신도 들었을 뿐이지, 실제는 어떤 상황인지 알고 계시지는 못했지요. 그 정신대에 가게 된 아이는 저에게 아무 말도 하지 않고, 훌쩍 가 버렸습니다.

교장선생님은 너그러우신 분이셨다고 말씀을 하셨는데, 그런 학교 분위기에서 육학년을 담당한 그 선생님만 그런 노력을 하셨나요?

아닙니다. 그 해 졸업한 여학생 반은 한 반밖에 없었습니다. 그 반은 제가 사학년 때 담임을 했는데, 그때는 여학생이 마흔여섯 명밖에 없어서 나머지 열네 명은 남자로 채워 한 반을 만들었지요. 그런데 오학년이 되면서, 남학생들은 모두 나누어서 남자 반으로 이동을 시켰어요. 그래서 오학년, 육학년은 마흔여섯 명의 여학생만 남게 되었지요. 그 반을 오학년 때에는 K 선생님이 담임을 하고, 육학년 때에는 M 선생님이 담임을 했어요. 그래서 결국 육학년 담임을 하시던 선생님이 권유를

하게 된 것입니다. 그리고 그 해 졸업한 마흔여섯 명 중에서 한 명만이
가게 되었지요. 먼저 담임을 한 사람이 아니라, 졸업반을 담당한 선생
님에게 삼월말부터 사월에 걸쳐 권유를 시킨 거지요. 그게 처음이었고,
제일회였을 겁니다. 그 전까지는 들은 적이 없었으니까요. 그러니까 이
천 명에 가까운 전교생 중에서 혼자였으니, 그 아이에게도 확실히 다짐
을 받았겠지요. "아무도 없습니다. 저 혼자뿐입니다"라고 하더군요. 결
국 남쪽지방인 데다가 학생도 많은 학교에서 그 여자애만 가게 되었어
요. 그러니까 결국 권유의 강약도 상당히 좌우하지 않았나 생각합니다.

그럼, 교장선생님이 육학년을 담임한 선생님에게 정신대를 보내라
고 하셨단 말이죠?

물론 그런 일은 정부의 지시가 교장선생님께 전달이 되고, 또 교장선
생님은 그 해 졸업한 애들이 대상이 되다 보니, 육학년 담임선생님에게
일단 말을 했을 것이고, 또 그 선생님은 아이들을 모으기 위해 집집마다
돌면서 권유를 했겠지요.

대구사범학교 부속국민학교로 이동

오학년 여학생 백이십 명을 맡고 나서, 이학기가 끝나갈 무렵이었습
니다. 갑자기 부속학교로 가라는 이야기가 나왔습니다. 제가 왜 부속으
로 가야 하는지 사실 많이 당황했습니다. 당시 부속에 근무하시던 일본
에서 온 여선생님이 도중에 사정이 있어 갑자기 그만두게 되었고, 그 후
임으로 지목이 되었던 거지요. 이학기까지는 그 선생님이 계시니까, 결
국 삼학기, 그러니까 일월부터 전근을 하라는 것이었어요. 저는 절대

거기에는 못 가겠다는 생각으로 계속 거절을 했지요. 왜냐하면, 부속은 국립이기 때문에, 조선총독부 관할이었기 때문이었지요. 저희들은 경상북도의 교원이기 때문에, 부속에 가게 되면 파견이 되는 것입니다. 그러한 것도 있고, 부속에 가게 되면 반드시 남자사범학교 학생의 교생 지도가 있습니다. 그때 제 나이 스물세 살이었고, 스물세 살에 그야말로 아저씨 같은 사범학교 학생을 지도한다는 것은 생각도 할 수 없는 일이어서 계속 거절을 했습니다. 부속은 상동이라는 곳에 있었는데, 제가 살고 있던 곳에서 정말로 멀었지요. 통근하기도 멀고, 교생 지도도 해야 하고, 경상북도에서 파견이라는 형식이며, 전근이라고 해도 교사의 조직 자체가 부속은 전혀 별도였지요. 경상북도 훈도가 아니기 때문에, 다른 학교 선생님들과의 교류도 일체 끊기게 되고, 또 그리고 여자 선생은 한 명뿐이었지요. 남자사범학교니까 사실 여자는 필요가 없었습니다. 단지 부속국민학교에 여학생이 있으니까 하나 정도 여자를 채용할 뿐이었지요. 그런 곳에 스물세 살인 제가 왜 가야만 되는 것인지? 게다가 백이십 명의 오학년의 아이들과 겨우 마음이 하나가 되었고, 그 아이들을 졸업시킬 때까지 결혼도 안 하겠다고 마음을 먹고 있었는데, 도중에 아이들을 내팽개치고 어떻게 가겠냐고 한 달 정도를 끈질기게 거절했지요.

그런데 대구사범의 주임 선생님도 몇 번이나 찾아오고, 또 모두 자기가 책임을 진다고 하면서, 삼학기의 교생 지도는 면제를 해 주고, 모르는 것이 있으면 뭐든지 지도해 주겠다고 해서, 더 이상 도망갈 수도 없고 변명도 못 하겠고 해서, 드디어 일개월 정도 후에는 승낙을 할 수밖에 없더라구요. 그리고 당시 근무하고 있던 학교에서는 제가 맡고 있던 반을 주위에서 쌍둥이냐고 할 정도로 친하게 지내던 동료 선생님께 맡길 테니까 부속으로 가 주었으면 좋겠다, 승낙해 주었으면 좋겠다라는 분위기였습니다. 그래서 어쩔 수 없이 승낙할 수밖에 없는 입장이 되어 소화 이십년(1945) 일월에 부속으로 갔습니다.

부속도 학생은 모두 조선인이었습니다. 학교는 상동이라고 하는 마을 입구에 있었습니다. 그러니까 집에서는 아주 떨어져 있었지요. 한 시간은 충분히 걸렸지 않았나 싶습니다.

대구사범학교 부속국민학교

부속에 가니까, 중간에 전근을 온 유일한 여교사다 보니, 선생님들은 개인적으로 상냥하고 친절했습니다. 아무것도 모르고 전근을 오기도 했구요. 그런데 학급 경영이라든지 학교 운영이라든지, 혹은 교과 지도 같은 것은 더 이상 의지할 수가 없는 분위기였습니다. 모두 독립적이라고 할까요? 완벽하다고 할까요? 이것 좀 가르쳐 주세요라든지 할 수 있는 분위기가 아니었습니다. 모두들 자신에 가득 찬 모습들이었습니다.

부속국민학교는 일학년부터 육학년까지 사십 명 정원의 남자 학급이 육학급입니다. 그리고 여자는 일이학년의 복식학급, 삼사학년의 복식학급, 오륙학년의 복식학급으로 되어 있어서 여자는 모두 복식학급이었지요. 복식학급이 세 반 있었습니다. 제 담당은 매년 정해져 있어서 일이학년의 여자 복식학급 담임과 오륙학년 가정과, 그리고 그때는 나기나타(薙刀)라는 무술도 여학생들의 정식 과목이어서 그 과목을 담당하고 있었지요.

그런 학교였습니다. 부속학교다 보니 고등과 남자 일학년과 이학년도 있었으니까, 전부 열한 개 학급의 소규모 학교였습니다. 그 무렵 부속에는 징집을 피하기 위해서 온 학생들도 있어서 나이가 많은 학생도 꽤 있었습니다. 교생실습이 시작되면, 화장실 위로 담배 연기가 올라오기도 했습니다.

교직원끼리의 관계는 뭐라고 할까요? 가족적, 가정적이라고 할까요? 아무튼 따뜻하고 좋았지만, 부속교의 직원 조례에서는 그 무렵 도쿠토미 소호(德富蘇峰)[97]라고 하는 작가가 쓴, 그 사람은 순수한 일본 황국주의자이지요. 아마 『필승 독본』이라고 하는 책을 매일 아침 직원 조례 때에 윤독을 했습니다. 다른 선생님들이 모두 책을 보고 있으면, 한 명이 소리를 내어 차례로 읽기 때문에, 읽는 것도 미리 연습하지 않으면 안 되었습니다. 그런 것이 직원 조례였습니다.

방공 연습

직원회의 중에서 인상에 남아 있는 것은, 소화 이십년(1945)이다 보니, 벌써 일본에서는 폭격도 몹시 심해지고 있었고, 전세가 기울어진 시기였습니다. 그래서 아이들의 흰 블라우스와 셔츠가 폭격의 목표가 되지 않도록 물을 들여야 하지 않겠는가라는 의견이 나왔습니다. 그런데 염료는 이미 바닥이 난 시대였으니, 풀물을 들이자거나 진흙염색으로 하자거나 하는 것을 의논하기도 했지요. 학교에서 저는 매일 일이학년의 여자아이들을 데리고, 공습경보가 있을 때, 대피하는 연습을 했어요. 엄지손가락으로 귓구멍을 막고, 나머지 네 개의 손가락으로 눈을 가리는 연습이라든지 방공호에 들어가는 연습, 그리고 적기가 출현해서 기총소사를 하면 그늘에 숨는 연습 등. 이야기가 길어졌습니다만 저

사진 44. 미군기의 공습을 피해 방공호로 대피한 도쿄 시민들. 1945

쪽에서 날아오면 여기 숨고, 여기에서 날아오면 이쪽에 숨는다 등등, 그런 훈련을 어린 아이들에게 시켰지요.

그런데 나중에 들은 이야기이지만, 미군은 조선 공습은 하지 않는다는 소문이 조선 사람들 사이에서는 돌았다고 하더군요. 정말 조선에서는 미군의 공습이 없었습니다. 하지만 그러한 것을 저희들은 모르고 있었지요. 모두 열심히 아이들을 보호하기 위해서 어떻게 하면 좋을지를 고민하고 있었지만, 결국은 공습을 받지 않고 패전을 맞이했지요.

오빠의 입대와 전사

오빠는 언제 입대하셨습니까?

날짜까지는 기억나지 않지만, 소화 십칠년(1942)이었어요. 제가 달성국민학교에 근무하고 있을 때였습니다. 일본으로 돌아가서, 본적지에서 소집영장을 받았을 겁니다. 육군입니다. 본적지인 도야마 현에 가서, 그 후의 행선지는 비밀이었는데, 나중에 남지나[98]쪽에서 처음으로 편지가 왔습니다. 그러니까 배치를 받기 전에 징병검사를 하고, 훈련기간이 있잖아요? 그게 없이 바로 투입이 된 것 같았습니다.

오빠는 대륙에서 전사하셨습니까?

통보가 온 것은 소화 십구년 구월이었던 것 같습니다. 이미 이월에 뉴기니아에서 전사했다는 건데…. 그런데 일본에 돌아와서 공식적인 통보를 받았는데, 그때는 남태평양으로 되어 있었습니다. 당시 수송선이었는지 뭐였는지 도중에 침몰을 해버렸으니, 나라로서도 정확히 파악할 수가 없었겠지요. 하지만 일단 유골 전달은 있었습니다. 제가 갔었습니다. 그리고 흰 천을 내리는 형식은 취했지만, 뼈는 들어 있지 않았습니다. 달그락거리는 명패만 들어 있었지요. 오빠는 태어난 자기 아이의 얼굴을 보지도 못하고 전사했습니다.

7. 패전 이후

'종전'의 날

스기야마 씨가 패전을 아신 것은 언제입니까? 팔월 십오일이었습니까?

확실히 안 것은 그날 저녁때였습니다. 팔월 십오일, 오빠가 전사한 후 처음 맞는 오봉(お盆: 죽은 사람의 넋이 돌아오는 날) 법요를 집에서 하고 있었습니다. 동내 사람들도 참배를 오고, 그날은 그것을 오전에 했지요. 왜냐하면 정오에 중대 방송이 있으니, 반드시 라디오를 들으라고 해서 오전에 우리 집에서 법요를 하고, 참가하신 동내 사람들이 삼삼오오 돌아가셨습니다. 저희들은 무슨 방송인지 전혀 상상도 못 하고 있었습니다. 라디오를 들어야만 한다고 해서, 아버지와 둘이서 라디오 앞에 앉아서 들었는데, 라디오 소리가 잡음이 많아서 무슨 말인지 전혀 알아들을 수가 없었습니다. 그 당시 천황은 신이기 때문에 들릴 리가 없는 소리가 라디오에서 흘러나왔던 것입니다. 소리가 선명하지 못해서 '견디기 어려움을 견뎌'라고 하는 부분 정도만 귀에 들어왔지요. 그리고 자세한 것은 몰랐습니다.

결국 한반도는 공습도 받지 않았고, 대본영의 발표를 믿고 있었기에 '전쟁에 질지도 모른다'는 소문은 당시의 일본 사람들에게는 전혀 실감나지 않는 이야기였고, 저는 손톱만큼도 생각하지 않았습니다. 어쩌면 일부러 생각을 안 한 것인지도 모르겠습니다.

방송의 내용을 확실히 이해하지 못한 채, 저는 오후에 팔십 연대에 있던 당시 알고 지내던 군인에게 직접 만든 만두를 가지고 병영을 방문했습니다. 그때 처음으로 '전쟁에 졌다'는 것을 확실히 듣게 되었지요.

사진 45. 천황이 낭독하는 항복조서 방송을 듣고 있는 도쿄 시민들. 1945. 8. 15

패전을 확실히 알게 된 저와 아버지는 저녁 식사도 모래를 씹는 기분이었습니다. 한반도에 살고 있는 저희들에게 패전은 한순간에 살고 있는 땅이 이국이 되며, 일본인이라고 생각한 사람들이 한국인으로 되돌아가는 것을 의미했지요. 그때까지는 어디까지나 여기는 일본, 우리들의 나라, 그리고 같은 일본인이라고 믿고 있었으니까요. 아니, 믿게 되어 있었지요. 그 큰 낙차, 심한 변화에 저희들은 바로 순응하지 못하고 무엇을 어떻게 하면 좋을지 몰랐습니다. 평소에도 과묵하시던 아버지였는데, 굳게 입을 다물고 등을 돌리고 앉아 있는 아버지의 어깨가 눈물을 참고 있는 비통한 느낌이었던 것이 기억됩니다.

부모님은 애시당초 조선에 건너갔다가 고향으로 돌아갈 생각은 없었습니다. 조선에서 뼈를 묻을 생각으로 가신 거지요. 그런데 전쟁에 졌으니, 도대체 어떻게 해야 되는지, 앞길이 막막했겠지요. 어떻게 하면 좋을지 아무 생각도 안 났던 거지요. 개중에는 이미 알고 있었는지 일본 쪽에 뿌리나 기반을 만들어 놓은 사람들도 있었지만, 부모님은 전혀 그런 것이 없었습니다. 그래서 어쩌면 좋을지 몰랐지요. 저는 내 나라라고 생각하고 있었고, 더구나 조선에서 태어났고, 도야마에는 한 번도 간 적이 없고, 아는 것도 없고, 어떻게 하면 좋을지 전혀 생각이 떠오르질 않았습니다.

단지 저나 아버지나 전쟁에 졌다고 하는 대국적인 슬픔보다, 우선 피난처에 있는 네 명의 가족이 걱정이 되었어요. 오빠가 전사를 한 후, 우리가 지키지 않으면 안 될 책임이 있다고 생각했었지요.

그때, 우리 집에서는 어머니, 전사한 오빠의 쌍둥이 딸들과 올케, 이렇게 네 명이 피난을 하고 있었지요. 우리 집은 시내 중심가에 있었고,

역 근처였기 때문에, 혹시 폭격이 있기라도 하면, 올케나 어린 오빠 딸들이 위험하다고 해서 어머니와 올케 그리고 두 어린 조카는 피난을 시키고 있었지요. 저는 학교가 있기 때문에 갈 수가 없었지만요. 소화 십구년(1944), 가을부터 이미 피난을 가 있었지요. 아버지 입장에서 보면, 미망인이 된 올케나 오빠의 두 딸들을 꼭 지키고 싶다는 생각이 강했을 겁니다.

그런데 당시 일본인들은 별로 피난을 하지 않았습니다. 왜냐하면 피난 갈 곳은 대부분 시골인데, 시골은 모두 조선 사람들뿐이어서, 피난하는 것도 용기가 필요했지요. 그런 곳에 가서 생활을 할 수 있을까? 말도 모르고 기반도 없는데 하는 걱정도 있고 해서 한반도에 사는 일본인은 별로 피난을 하지 않았던 것 같습니다. 동명이라고 하는 마을이었는데, 어느 정도 떨어져 있었을까요? 아무튼 아주 시골이었지요. 그 마을 공민관을 마을 주재소장의 도움으로 빌려서, 거기에 말도 모르는 여자만 네 명이서 피난을 하고 있었지요. 주재소장의 도움으로 마을 공민관에서 살 수 있었던 덕분에, 초가집이 아닌 기와집이었고, 동제 때 쓰는 물건들을 넣어두는 그런 건물에 피난하고 있었어요. 그런데 전쟁이 끝났으니 데리고 와야만 했지요. 주위는 일본인이 없는 조선인 마을이었고, 그 네 사람을 데리고 오는 것이 우리 집에서는 종전을 맞이해서 우선적으로 하지 않으면 안 될 일이었지요.

KJ와의 우연한 만남

패전 다음 날, 피난처인 동명에 아버지는 자전거로, 저는 버스로 가게 되었습니다. 버스 정류장에는 일본인으로 보이는 사람이 한 명도 눈에

사진 46. 해방 축하행진에 나선 하는 전남 광양군 목성리 주민들. 1945. 8. 17 이경모 사진

띄지 않았습니다. 버스를 기다리려고 줄을 서 있었는데, "너 일본인이지? 여기는 한국이니까, 일본인은 꺼져"라며, 젊은 남자가 끼어들어 왔습니다. 뒤통수를 얻어맞은 듯한 느낌이었습니다. 그리고 금세 줄 밖으로 밀려났지요. 그래서 버스를 타는 것은 포기하고, 동명까지 걸어가기로 했습니다.

그러자 뒤에서 "끼이익" 하고, 자전거의 브레이크 소리가 났습니다. 사범을 졸업하고 달성국민학교에서 담임을 할 때, 가끔 집에도 놀러 오던 KJ였습니다. "선생님, 여기는 무슨 일로 오셨습니까?"하고 KJ 군이 물어 와서, 설명을 하려고 하는데, 자꾸 감정이 복받쳐서 말이 잘 안 되는 거였습니다. "나는 조선에서 태어나고 조선에서 자랐어. 지금까지 기쁨도 괴로움도 함께 했잖아! 그런데 왜 이런 대우를 받아야 하는 거야"라고 말을 다 끝내기도 전에 땀과 눈물로 얼굴이 뒤범벅이 되어 버렸습니다.

KJ는 교사인 저의 흐트러진 모습을 보고 어떻게 받아 들여야 할지 당황하고 있었습니다. 그리고 KJ는 "도저히 걸어갈 수 있는 곳이 아니니까, 제가 선생님을 지켜서 데려다 드리겠습니다. 자전거 뒤에 타세요"라고 하며, 나를 태워 피난처까지 데려다 주었습니다.

"일본말 하지 마라"

자전거로 피난처를 향하는 도중에, 한복 입은 사람들은 대구로 향하고 있었습니다. "뭐 하러 가는 걸까?" "대구가 어찌 되었나 보러 가겠지요. 미군이 진주한다는 유언비어도 있습니다"라며 이야기도 다 하기 전에, 그 중의 한 명이 우리를 향해 고함을 쳤습니다. 그렇지만 저는 한국어를 모르기 때문에 무슨 말을 하고 있는지 몰랐지요. KJ에게 뭐라는 거니냐고 물어도 "선생님은 모르는 게 좋습니다"라는 것이에요. 왜 모르는 것이 좋다는 것이냐고 되물으니 "선생님이 신경을 쓰시기 때문입니다"라고 하더군요. 그렇게 말하면 원래 더 알고 싶어지잖아요. 그래서 재차 물었지요. 그러니까 사람들이 "일본말 하지 마라, 한국말로 해라"라고 합니다라며 우물거리면서 말을 해 주었습니다.

저는 갑자기 슬퍼져서 '나는 한국어를 모른단 말이야. 너하고 어떻게 이야기하라는 말이야. 일본말 하는 게 왜 안 돼? 왜!'라며, 페달을 밟는 KJ의 등에다가 저도 모르게 소리를 질렀지요.

피난처에서 – KJ의 도움

피난처에 도착했을 무렵, 이미 해는 서쪽으로 기울고 있었습니다. 피난처는 주재소장의 도움으로 빌린 마을의 공민관이었지요. 그런데 대문에 들어가자마자 다리에 힘이 빠져 버리고 말았습니다. 한국인들이 모여서 집을 둘러싸고 있었어요. 불길한 예감에, 무심코 KJ의 눈을 쳐다보았지요. KJ는 아무 말도 하지 않고, 군중을 밀어 헤치고 안으로 들어갔고, 저도 당황해 하면서 그 뒤를 쫓아갔습니다. 가재도구가 발 디딜 곳도 없을 만큼 널려져 있고, 그 속에 허둥대는 부모님과 올케, 어린 아이들이 있었습니다. 많은 사람들이 피난처의 물건을 손에 넣기 위해서 모여 있다는 것을 알 수 있었지요. 말도 통하지 않고, 군중심리도 작용해서 아주 이상한 분위기였습니다. 그래서 KJ에게 이 순간을 어떻게 좀 진정시켜 달라고 했습니다. 그러니까 KJ가 "저는 이 선생님의 제자로 가족을 대신해서 이야기하겠습니다. 마을 공민관을 빌린 은혜는 결코 잊지 않겠습니다. 답례는 충분히 하고, 가재도구도 마을에 기부할 생각입니다. 그러니까 정리가 끝날 때까지 돌아가 주십시오"라며 한국어로 운집한 군중을 향해서 이야기를 했지요. 정말로 믿음직하고, 반할 정도였습니다. 군중의 반응도 호의적이고, 이윽고 돌아갔습니다.

주재소장은 위험을 느끼고 이미 전날 밤에 자취를 감춰 버렸습니다. 우리는 그 공민관을 나가야 했지만, 짐을 옮기는 달구지도 구할 수 없는 처지였지요. 그것을 들은 KJ가 자신이 준비하겠다고 하더군요. 우리를 돕다가 KJ가 피해를 보지 않을까 걱정을 했지만, 그는 우리를 배려해서 오히려 따뜻하게 이야기를 해 주더군요. 그리고 불안한 우리 가족을 격려하고, 집으로 돌아갔습니다.

불안한 마음으로 밤을 새우고 아침이 되니, KJ가 친척한테 빌린 달구지를 가지고 와서 우리는 짐을 실어 그 위에 탔습니다. 완전히 피난민 형상이었지요. 대구 집에 도착했을 때에는 이미 밤이 되어 있었습니다.

'종전'에 대한 학교의 대응

피난처에서 돌아와, 얼마 뒤 근무하던 학교에 갔습니다. 일단 부속학교는 본교에 부속된 것이어서 교장은 거기에 있고, 부속에는 제일 위에 주사(主事)라는 것이 있었지요. 그렇게 가장 높은 사람은 대체로 일본인이었지요. 그리고 부교장에 해당하는 것이 교두(校頭)였는데 조선인 선생님도 물론 계십니다만, 일단 학교를 움직이는 것은 일본인이 주도권을 가지고 있었던 거지요. 종전 때까지 그랬습니다. 조선인 선생님들은 말하고 싶은 것, 가슴에 묻어 둔 것이 산더미처럼 쌓여 있었을 겁니다. 그러나 일절 말을 하지 않았어요. 이러쿵저러쿵 말하는 것은 전혀 없었지요. 현실이 현실인 만큼 ….

종전이 팔월이었기 때문에 여름방학이었습니다. 아이들은 모두 방학이었고, 선생님도 방학이었지만, 소집이 되어 학교에 갔습니다. 일본인 선생님도 조선인 선생님도 모두 오셨고, 일이 그렇게 되었으니 미국에서 금지를 하는 것과, 소각하도록 명령이 내려진 여러 가지 물품들을 정리하게 되었지요.

팔월 이십일 정도가 지난 무렵이 아닌가 합니다. 그때까지도 조선에 있던 일본인들은 종전 자체를 믿을 수가 없었지요. 별로 긴박한 상황도 아니었고, 한 번도 공습을 받은 적이 없었고, "전쟁에 이긴다, 이긴다" 하며 그것을 믿게 만들었으니까요.

신을 모시는 카미타나(神棚)라든지, 황국과 관련된 것들을 전부 소각하라는 지시를 받고, 운동장 한구석에 테두리를 둘러서, 거기에 신주라든지 민주주의에 반하는 황민화교육과 관련된 서류라든지 서적 등, 그러한 것을 모두 차례로 가지고 와서 불 속에 던지면, 불길이 훨훨 올라 타올랐지요. 선생님들은 한마디도 하지 않고, 꾹 입을 다물고 다시 가지고 와서 불 속에 던져 넣으면 그때마다 운동장에 불길이 오르던 것이 아직 생생하게 기억 속에 남아 있습니다. 천황과 천후의 영정도 태웠을 겁니다. 저희 같은 조무래기들은 들여다볼 수도 없는 장소였기에 확실한 것은 모르지요. 패전이 되었으니, 그 일은 이렇게 하기로 했다는 둥 조선인 선생님에게 설명할 것도 없고, 그리고 조선인 선생님들이 일본인 선생님들에게 이러쿵저러쿵 이야기할 것도 없었던 거지요. 말이 필요 없었지요. 필요 없는 것은 모두 소각 소멸을 시키고, 새로운 민중, 국가, 그리고 한국을 만드는 것이었지요.

이것은 어떤 아이가 제게 준 육십 몇 년 전의 편지입니다. 근데 여기를 보면, "선생님께, 저의 진심을 담아 마지막 작별을 고하려고 합니다. 그냥 붓이 나가는 대로 쓰는 것이니 이해하십시오. 모든 것을 다 솔직히 말하겠습니다. 조선이 독립한 것은 조선의 국민으로서 당연히 기쁩니다. 고락일체(苦樂一體)라는 것을 이제야 깨닫게 되었습니다"라고 쓰여 있습니다. 그러니까 한국 사람들 입장에서는 대단히 기쁜 일이었지요. 그때까지 독립을 위해서 흘린 수많은 피는 그만큼 한국 사람들이 독립을 마음속으로 바라고 있었다는 말이겠지요. 당시의 저는 그런 것은 손톱만큼도 생각해 본 적이 없었습니다.

해방 후의 대구-〈애국가〉 소리

일상생활에서는 불안한 가운데 이미 무장해제도 시작되어, 역시 치안이 걱정이어서 별로 시내에는 나가지 않게 되었지요. 밤에 나간다거나, 시장을 보러 간다거나 하는 것들이 어려웠기 때문에 먹을거리가 가장 귀하던 상황이었지요. 그런데 KJ 군 집은 농가였어요. 쌀은 배급제였기 때문에 가져올 수 없었지만, 보리라든지 감자라든지 그 외의 야채라든지, 사과 등을 우리 집에 몇 번이나 가지고 왔어요. 그러니까 생명의 은인인 셈이지요. 사학년 때 단 일 년밖에 담임을 맡은 적이 없었는데 KJ가 그처럼 저희들 일가를 지탱해 주었습니다. 처음에는 가게도 문을 닫고, 물론 점원들도 해고시켰지요.

밤이 되면 노랫소리가 들려왔습니다. 그 노랫소리의 멜로디가 〈반딧불〉(〈올드 랭 사인〉의 일본식 버전)이었어요. 그때는 물론 한국어를 모르기 때문에 몰랐었지만, 현재 한국의 〈애국가〉였던 것입니다. 길거리에 모여서 그 노래 지도를 하고 있었던 거지요. 그런데 아직 곡이 완성되지 않아 〈반딧불〉 멜로디로 부르고 있었지요. 듣고 있자면 〈반딧불〉은 작별의 노래, 그러니까 일본인은 작별할 때 부르는 것이니까, 왜 작별의 노래를 부르는 걸까? 설마 우리를 보내기 위한 노래일까 하고 생각을 했지요. 멜로디밖에 알 수 없었으니까요. 그래서 KJ에게 도대체 무슨 노래냐고 물으니까, "우리들 노래입니다"라고 하더군요. '너도 알고 있었니?'라고 재차 물으니까, '네, 알고 있습니다'라고 대답을 하더군요. 일본인들이 모르는 사이에 모두가 알고 있었던 모양입니다. 아직 멜로디는 완성이 되질 않아서 〈반딧불〉의 멜로디에 가사를 실어서 길거리에서 노래 지도를 하고 있었던 것 같습니다.

그래서 KJ에게 "내게도 가르쳐 줄래?"라고 하니까, "아니, 선생님한테 어떻게…"라며 처음에는 거절을 했지만, 몇 번이고 부탁을 하니까, 가사를 한글로 적고 옆에다가 일본어로 토를 달아 주었습니다. "동해물과 백두산이 마르고 닳도록…"이라고 죽 가사를 쓰고 일본어로 토를 단 것을 풍금으로 연주하면서 둘이서 부르기도 했지요. 멜로디는 〈반딧불〉이었으니까요.

군대는 물론이고, 이미 그때는 무장해제되어 있었던 터라, 어느 날 그동안 도와준 것이 고마워서 KJ의 집에 인사를 간 적이 있어요. 아주 시골이었지요. 인사를 갔다가 둘이서 가까운 산에 올라갔지요. 산 아래에는 대구천이 흐르고 있고, 아득한 저편으로 비행장이 보였습니다. 비행기에 새로 색칠을 하고 있었지요. 그리고 그 대구천에서는 병사들이 물고기를 잡고 있었어요. 그때 폭약을 사용을 했는지, 펑 하는 둔탁한 소리와 함께, 물고기가 뒤집어져서 하얀 배를 위로 하여 물위에 떠 있었지요. 그런 것들이 종전 무렵에 볼 수 있는 풍경들이었습니다.

그때 KJ에게, "너는 장래 무엇이 되고 싶니? 선생님이 될 거니?"라고 물으니까, "아뇨, 저는 선생이 될 생각은 없습니다"라고 하더군요. 왜 그러냐고 다시 물으니까, "선생님이 불쌍했습니다"라고 말하더군요. 제가 왜 불쌍한지, 그 다음 말은 물어 보지 않아서 그 구체적인 내용은 모르겠지만, 그런 이야기를 들었습니다.

인형을 선물로

내가 무엇을 가장 걱정했는가 하면, 제가 모으고 있던 인형입니다. 케이스 안에 인형이 가득 있었습니다. 일본으로 돌아오려는 준비를 하면서, 뭐를 가져올까 고민을 했지만 결정을 하지 못하다가, 모아 둔 인형이 마음에 걸려 인형을 가지고 오려고 마음먹고 있었지요. 하지만, 전부 가지고 돌아올 수는 없기 때문에, 그 중에서 어느 것을 가지고 갈까 고민을 하고 있으니까, KJ가 "선생님, 그런 인형 같은 것은 아무래도 좋지 않습니까?"라고 합디다. 사내아이이고, 그때 중학교 이학년이다 보니 인형에는 관심이 없었겠지요. "하지만, 나한테는 중요한 거란다"라고 말을 하며 S가 생각이 났습니다. '아, 그렇지! 내가 가지고 돌아갈 수 없는 것은 S가 내 대신 가져 주면 좋을 것 같다'라는 생각으로 그 인형들을 S에게 선물로 건네주면 좋겠다고 KJ에게 말을 했지요. 그런데, 유교적 사고를 중시여기는 한국이니까, 남학생과 여학생이 이야기를 한다는 것은 말도 안 되던 시대였습니다. KJ는 "안 됩니다, 아무리 선생님의 소원이라고 해도, 그것만큼은 들어 드릴 수가 없습니다. 여학생한테 어떻게 이야기를 할 수 있겠습니까? 집도 모릅니다. 더구나 이런 물건을 건네주는 일은 도저히 할 수가 없습니다"라고 하며 아주 강하게 거절을 하더군요. 그렇지만 시간도 없고, 저쪽은 전화도 없어서 연락도 할 수 없고, 그렇다고 만날 수도 없었지요. S는 자주 집에 놀러도 왔었고, S가 여학교를 졸업하면 기모노를 한 벌 만들어 주려고 생각할 정도로 친한 아이였는데, 만나지도 못하고 떠나야 한다는 것이 너무 마음에 걸려서 사정사정을 했지요. 그러니까 KJ는 마지못해 "그럼, 어쩔 수가 없네요. 건네줄 수 있을지 없을지는 모릅니다"라고 하길래, 인형을 맡겼습니다. 그것이 인연이 되어 그 두 사람은 나중에 결혼을 했습니다. 거짓말 같은 이야기지만 진짜입니다. 그들은 그렇게 만난 부부입니다.

KJ와의 이별

KJ는 일본에 돌아오는 날도 우연히 찾아와서, 짐까지 싸 주고, 학교를 쉬면서 부산까지 배웅을 나왔지요. 그 무렵은 학교를 빠진다는 것은 아주 큰일이었어요. 개근상이라든지 정근상 등도 있어서, 결석을 한다는 것은 아주 불명예스러운 일이었어요. KJ는 밤을 새워 짐 꾸리는 것을 도와주고, 그 다음 날 학교를 빠지고 부산까지 따라왔습니다. 생각해 보면 사실은 해서는 안 되는 일이었고, 그런 일로 학교를 빠지게 해서 미안했지만, 그 아이는 부산까지 우리를 배웅해 주었지요. 대구는 사과의 명산지여서 그때 책가방 속에 교과서 대신 사과를 가득 채워서 가지고 왔지요. 그게 이별의 선물이었습니다.

부산에 도착해서도 금방 배를 탈 수 있는 것은 아니었기 때문에, 저희들은 일단 절에 머물게 되었고, KJ는 혼자서 돌아갔습니다. 그의 멀어져 가는 뒷모습을 보니 눈물이 한없이 흐르더군요. 조선에서 태어나고 자

사진 47. 본국으로 귀환하는 일본인 가족. 부산항, 1946

란 이십사 년간, 내가 근무한 학교에서의 추억은 무엇이었으며, 태어나고 자란 고향을 떠나 다시는 이 땅에 돌아올 수 있으리라고는 꿈도 꾸지 못하며 부산에서 슬픈 이별을 해야만 했습니다.

부산에서 발이 묶이다

그날 밤은 배를 탈 수 없어서 노숙을 했지요. 그런데 우리 집엔 쌍둥이가 있었잖아요. 햇수로 세 살이 되던 때였는데, 아직도 걷지도 못하고, 팔조의 다다미 방을 기어다닐 만한 체력도 없는 아주 허약한 애들이었지요. 그렇지만 어떻게 해서라도 그 애들을 데리고 돌아오지 않으면 안 되니까, 어머니가 한 명을 업고, 언니가 다른 한 명을 업고 있었지요. 그러다 보니 어머니와 언니는 짐을 거의 들 수 없는 형편이었고, 아버지가 약간의 식량이 든 배낭을 짊어지고, 저는 애들 갈아입을 옷이나 기저귀를 넣은 짐을 들었지요. 그렇게 여섯 명이 여행을 한 셈입니다.

그 당시는 대구에서 부산까지 기차로 두 시간 정도 걸렸을 겁니다. 부산에 도착을 하니 그야말로 수많은 일본인이 대기하고 있었지요. 무장해제 된 병사들도 부산까지는 오더라도 거기부터는 배를 타야 하니, 좀처럼 바다를 건널 수 없어서 발이 묶여 있는 상태였지요. 다른 귀환자들도 부산에 도착해서 발이 묶여 많은 사람들이 우글거리는 상태였고, 배를 타는 것이 아주 어려운 형편이었습니다. 저희 가족도 하룻밤 부산항 시멘트 바닥 위에서 야숙을 했습니다.

오빠가 전사를 해서 우리 가족의 귀환[引揚]을 담당하던 곳은 군 관계를 담당하던 병사부라는 단체였습니다. 그 병사부가 전사자 가족, 이른바 유가족의 귀환을 마지막 업무로서 담당하고 싶다고 해서 우리들은 병사부의 결정으로 귀환이 정해졌습니다. 저녁때쯤 갑자기 연락이 왔습니다. 모레의 아침에 출발입니다라고 하더군요.

삼십 몇 년간 정든 부모님 입장에서는 정말 한순간에 찾아온 귀환 연락이었습니다. 귀환할 때 부동산은 처분할 수도 없는 입장이었지요. 동산이라고 한다면, 그 무렵은 한반도에서 사용되고 있던 조선은행이 발행한 조선 지폐가 전부였지요. 일본 지폐도 병행해서 함께 사용되고 있었지만, 일본으로 돌아가면 조선 지폐는 아무런 쓸모가 없기 때문에 일본 지폐로 교환해야 했어요. 그것은 암거래로 교환되기도 했지요. 그리고 조선은행은 돈을 인출하기 위한 사람들로 장사진을 치고 밤을 새워 환전을 했지요. 이미 집에서 근무하던 점원들은 해고가 된 상태였고, 귀환하기 전날 밤에 어쩔 수 없이 아버지가 조선은행 앞에 줄을 서서 밤을 새웠지요.

그리고 귀환하기 전에, 아버지는 잔무 정리를 위해서 남을까라는 이야기도 있었지만, 아버지가 남게 되면 남자라고는 아버지 한 명밖에 없는데, 나머지 다섯 명의 여자가 일본에 연고가 있는 것도 아니고, 얼마 안 되는 재산 때문에 그렇게까지 할 필요가 없다는 판단과, 또 나중에 병사부의 도움을 받지 못하면 일본으로 돌아올 수도 없을지도 모른다는 생각에 귀환을 결정했지요.

그런데 갑자기 연락이 와서, 모레 아침 여섯 시에 출발이라고 하면서, 내일 저녁에 짐을 가지러 오겠다는 것이었어요. 그것도 짐을 정식 루트가 아니고 뒷거래로 배에 실으니까, 무사히 고향까지 도착할지는 보증할 수 없다. 그리고 한 개의 짐이 오십 킬로그램을 초과하면 배에 실지 않겠다. 그런 무거운 짐은 처리가 곤란하다. 또 다섯 명 이상의 세대라도 짐은 다섯 개로 제한한다. 자기들은 여기까지밖에 도움을 줄 수 없다. 이것이 자기들로서는 최선이다라고 하면서 모레 아침 역에 집합하라는 것이었어요.

사실, 부모님들은 돌아오지 않겠다고 마음을 먹고, 처음에는 거기서 뼈를 묻을 생각을 했고, 우리도 거기에서 살 작정이었지만, 그렇게 할 수 없는 상황이 되었다고 들었습니다. 그때 돌아오지 않으면 그 병사부의 도움을 받을 수 없게 되고, 그렇게 되면 언제 돌아올 수 있을지 모르는 상황이었지요.

그 당시, 여러 가지 유언비어가 있었습니다. 어떤 것이냐 하면, 일본인이 일본에 돌아가기 위해서는 정식 루트가 없기 때문에 암거래선을 탈 수밖에 없다. 그런데 암거래선이니까 낮에는 출항할 수 없다고 하여 밤까지 기다렸다가 밤이 되어 출항을 했다. 그리고 얼마간 배가 가다가 멈추더니 일본에 도착했다고 하며, 자, 빨리 내리세요라고 해서 내렸더니 조선이었다, 라든가 하는 유언비어가 있었지요.

그리고 또 얼마를 주면 일본까지 배를 태워 주겠다고 해서 탔는데, 도중에 기뢰가 있어서 너무 위험해서 못 가겠다고 하며, 돈을 더 내지 않으면 더 이상 앞으로 못 간다고 해서 돈을 줄 수밖에 없었다라는 등의 여러 가지 유언비어가 귀에 들어왔습니다. 그러니까 개인적으로 가는 것은 굉장히 어려웠고, 배도 잘 빌릴 수 없었으며, 연락선도 사람이 많다 보니 좀처럼 탈 수 없다고 해서 처음에는 일본에 돌아올 생각을 별로 안 했지요.

그런데 병사부에서 연락이 와서, 갑자기 모레 아침에 출발이라고 해서 당황을 했지요. 그때도 KJ 군은 그 전날에 우연히 찾아왔습니다. 짐

정리를 도와주었는데, 남자아이다 보니 믿음직하더군요. 짐을 싸서 이름표를 붙이더라도 허술하게 하면 금방 찢어지니까 안 된다고 하면서 카마보코(반원주형 어묵) 밑에 있는 작은 나무판에 구멍을 뚫어서 먹으로 행선지를 쓰고 묶어서 짐을 꾸렸습니다. 근데 당시, 줄이라든지 도구가 갖추어져 있는 것도 아니어서, 그러한 물건을 조달할 때도 KJ 군은 많은 활약을 했지요.

8. 일본으로 돌아와서

도야마로 가는 길

일본으로 돌아와서 도야마로 갈 때, 어떤 기분이 들었습니까?

부모들로서는 조국 일본에 도착하면 어떻게든 될 것이라고 생각했는지 모르지만, 나 같은 경우에는 일본이라고는 수학여행으로 잠시 다녀왔을 뿐, 도야마가 어떤 곳인지도 몰랐고, 단지 부모님의 고향이라는 정도로만 알고 있었지요. 우선 도야마를 목표로 해서 기차는 탈 수 있었지만, 그 해 일본에 홍수가 나서, 산양선(山陽線)도 산음선(山陰線)도 불통이 되었습니다. 그래서 군데군데 배로 가지 않으면 안 되는 곳도 있었지요. 우리들은 어린애들도 있고 기차도 복잡하고 해서 근처의 여관에서 일주일 정도 묵었어요.

그런데 그 여관에서 나오는 밥이라고 하는 것이 쌀 안에 콩이 들어 있는 것이 아니라 콩 안에 쌀이 조금 들어가 있는 것 같은 식사였어요. 그리고 식권이 있어야 했지요. 점심때 식권을 가지고 죽 서 있으면 식권 한 장에 호박 삶은 것 한 접시가 나오는 어려운 시대였어요. 그것도 귀환증명서가 있어야 받아먹을 수가 있었지요.

그런데 우리 집에는 어린 아이들이 있었기 때문에, 체재하고 있는 동안에 몰래몰래 식료품을 사지 않으면 안 되었고, 한번은 시골 할머니한테 고구마를 샀습니다. 그런데 그걸 익혀야 되는데…, 그 지금 후쿠오카 시내의 큰 공원, 오호리 공원입니까? 그 공원에서 마른 나뭇가지를 모으고, 가지고 있던 반합으로 고구마를 삶으려고, 돌을 이렇게 쌓고, 나뭇가지 같은 걸로 불을 지피고 있었지요. 그랬더니 저쪽에 있던 젊은 남자가 와서, 그분은 한국인 군속으로 일본에 와 있던 분입니다. 종전

241

이 되어, 이제 본국으로 돌아가는 참에, 일본인 처녀가 무언가 서툰 손놀림으로 반합을 걸어서 불을 지피고 있으니, 그걸 보다 못해 반합이 제대로 안정되도록 고쳐 주었지요. 그리고 안을 슬쩍 들여다보고 고구마가 들어 있으니, "자, 조금 기다리세요" 하면서 동료들이 있는 곳으로 갔다가 돌아와서는 종이봉투에 든 쌀을 내밀었습니다. 그리고 "이것으로 밥을 해 드세요. 나는 한국 사람으로, 군속으로 와 있었지만 한국으로 돌아가기 때문에 이제 쌀은 필요 없어요. 그러니 이걸로 밥을 하세요"라고 하며 젊은 청년이 쌀을 주었습니다. 주르륵 눈물이 흐르기 시작했습니다. 그리고 저쪽에 있는 청년들은 이제 돌아간다는 것이 기뻤는지, 아주 의기양양하고 우렁차게 '안녕 라바울' 같은 노래를 부르고 있었지요. 그 청년이 이것저것 친절하게 해준 덕분에, 그 무렵은 '은밥'이라고 했던가요? 그 흰밥을 조카들에게 먹일 수가 있었습니다.

그때 그 한국 청년은 정말 생명의 은인이라고 생각하고 있습니다. 아직까지도 잊지 못하고, 가슴에 뜨겁게 남아 있습니다. 산양선을 탈지 산음선을 탈지 선택해야 했는데, 결국 산음선을 타기로 했지요. 근데 열차 타는 일도 보통이 아니었어요. 열차 창문으로 사람들이 내리거나 타거나 하고 또 물건을 싣거나 내거나 하는 가운데, 사람 위에 사람이 타는 형상으로 열차에 올라탔지요. 짐 위에 타는 것은 당연하고, 화장실 안에도 사람이 있어서, 화장실도 자유롭게 사용할 수 없는 상황이었지요. 완전히 녹초가 된 사람들, 귀향하는 군인들은 이렇게 큰 짐을 짊어지고 있었지요.

그 기차를 타고 가다가, 도중에 조카딸 하나가 "오줌"이라고 하더군요. 그런데 화장실은 갈 수가 없었습니다. 화장실 안에도 녹초가 된 사람이 자고 있고, 더 이상 발 디딜 곳도 없을 정도였지요. 사람 위에 사람이 겹쳐져 있는 열차 안에서 어떡하면 좋을지 몰라서 발을 동동 구르고 있으니까 옆에 있던 사람이, "창 밖에 내서 오줌을 누이세요"라고 하더군요. 저는 조카딸을 창밖으로 내서, 가랑이를 꼭 잡았지요. 그런데 높게 들면 바람이 불어서 오줌이 창에 튀잖아요. 그래서 이렇게 내려서 잡아야 했지요. 주욱 내려서, 겨우 오줌을 뉘였지요. 살이 쑥 패이도록 조카딸을 잡고, 오줌을 뉘면서 이대로 떨어뜨리면 큰일 난다는 생각에 무서움을 느끼면서 식은땀을 흘렸지요.

그런데 오카미(岡見)라고 하는 작은 역에서 덜컹하며 기차가 멈추더니, 불통이라서 더 이상 못 간다고 하더군요. 이미 밤 열 시가 넘은 시각이었지요. 어쩔 수 없이 모두 기차에서 우르르 내렸습니다. 마을 사람들이 불을 밝히고 마중을 나와 있었지만, 군인들에게만 "오늘 저희 집에서 묵으세요" 하면서 데려가더라구요.

결국 역에는 우리 집을 포함해서 얼마 안 되는 사람들만 남게 되었지요. 어린 아이를 데리고 더구나 노인도 있고 하니 잠을 재워 주려는 사람이 없었던 거지요. 당시는 모두가 힘든 때니까 미안하다고는 생각하면서도, 군인은 남자이고, 조건이 나쁘더라고 잠을 잘 수 있고, 또 비누, 담배, 건빵, 설탕 등이 들어 있는 배낭을 가지고 있었지요. 무장해제를 하면서 부대에 있던 것들을 모두가 가지고 나왔으니까요. 그래서 군인들을 재워 주면 그런 답례품이라도 받을 수 있지만, 귀환자라는 것은 아무것도 가진 것이 없는 사람이었지요. 그래서 우리들을 재워 주겠다는 사람이 없어서 어쩔 수 없이 역에서 노숙을 하게 되었습니다.

그런데 그 오카미라고 하는 작은 역은 앞에 검은 벽으로 막은 듯한 산이 있었고, 어쩔 수 없이 역에서 기다리고 있으니까, 마을 사람들이 보기가 안됐던지, 농협 이층이 비어 있으니, 거기라면 하룻밤 사용해도 괜찮다고 하더군요. 거기라도 잘 수 있는 것이 기뻐서 농협 이층으로 올라갔습니다. 아무것도 없는 넓은 마루방에 돗자리가 깔려 있고, 우리는 거기에서 짐을 풀었지요. "발을 뻗칠 수 있는 것만으로도 너무 행복하다. 정말 다행이다"라며 우리가 기뻐하는 것을 보고, 아버지가 "잠시 다녀오마"하고 어디론가 가셨습니다. 얼마를 기다리니까 아버지가 흰밥과 채소 절인 것과 비지 익힌 것을 가지고 돌아왔습니다. 그걸 보고 우리들이 "어머나, 이런 게 다 있었네"라며 놀라니까, "고기잡이를 나가기 위해 만든 것을 조금 나누어 주길래 가지고 왔다"라고 하시고, 우리들은 모두 그것을 나누어 먹었지요. 저희들이 감동을 해서, "정말 다행이에요. 정말 친절한 분을 만나서 이런 것도 나누어 주시고…"라며 기뻐하는 모습을 보고, 아버지는 많은 돈을 지불했다는 말씀을 차마 못 하셨던 거지요.

아무튼, 겨우 식사를 할 수 있었고, 다음 날 아침에 거기에서 하마다 시까지 배로 갔습니다. 그 사이는 기차가 불통이어서, 다음 날 아침 마을 사람들이 데리러 와 주었지요. 마을 사람들도 마음속으로는 역시 미안하다고 생각하고 있었던 것 같습니다. 참 힘든 때다 보니 잘해 주고 싶어도 잘해 줄 수 없는 사정이 있었을 거라고 생각합니다. 잠시나마 그 따뜻한 마음을 느끼면서 배를 타고 하마다 시에 도착했습니다.

그리고 교토까지 기차로 가서, 교토역에서, 반합을 걸쳐서 불을 때고 있으니, 우연히 지나가던 아이가 "어, 거지다. 불쌍하다"라고 하며 지나가더군요. 정말 거지로 보였을 겁니다. 길가에서 불을 때면서 반합을 걸어 밥을 하고 있으니 말입니다. 우리 집에는 어린애가 있다 보니, 그래도 그때는 그렇게라도 밥을 해 먹지 않으면 안 되었거든요.

그 후, 교토에서 탄 기차는 객차가 아니고 화차입니다. 높은 곳에 창틀이 있고 좌석도 아무것도 없는 곳에 포개듯이 해서 기차를 타고 갔습니다. 그리고 교토를 출발하니까, 옆에 있던 남자가 "여러분들은 어디까지 가십니까?"라고 묻길래, "도야마까지 갑니다"라고 했더니 "그래요? 도야마는 전멸입니다"라고 하더라구요. 그래서 재차 "전멸이라니요? 도대체 어떻게 됐다는 말입니까?" 하고 물으니, "전멸에 이렇다 저렇다 말할 것도 없어요. 전멸은 전멸이에요"라고 하면서 "힘든 곳으로 가시는구만요"라고 하더군요.

사실은 히로시마와 나가사키의 원폭 투하 소식을 들은 것도 귀환하는 도중이었지요.

도야마로 돌아와서

도야마에는 언제쯤 도착했습니까?

돌아온 것은 시월경이었어요. 가을이었지요. 그러니까 비교적 일찍 돌아온 편이에요. 종전이 천구백사십오년의 팔월이었고, 구월에 조선을 출발하여, 우왕좌왕하면서 시월이 되었을까 말까 한 무렵이었지요. 그만하면 빨리 일본으로 돌아온 편이었지요. 그때는 신문도 볼 수 없는 시절이다 보니 도야마의 상황도 전혀 몰랐지요. 전멸을 한 곳에 가서 우리는 어떻게 살까 걱정을 하면서 도야마역에 도착하니까, 도야마 시내 일대는 불에 타서 시커멓게 변해 있었지요.

그런데 야쓰오(八尾)까지 가는 고산선(高山線: 다카야마선) 기차가 움직이고 있어서, 일단 부모님 고향인 스기하라 마을의 숙모 집에서 모두 신세를 지게 되었죠. 어머니는 도중에 발을 삐어 잘 걷지도 못하고, 또 쇼크를 받아서 귀도 잘 들리지 않는 상태였어요. 그래서 그때 처음 본 사촌이 리어카로 마중을 나와 주었습니다. 그 리어카에 어머니를 태우고 그 먼 길을 걸어가면서 느낀 것은, 도야마는 참 너그럽고 포근한 곳이로구나 하는 것이었어요. 처음으로 일본의 모습에서 푸근함을 느꼈지요. 한편으로는 이걸로 이국이 되어 버린 조선과 이별이라고 생각을 하니 슬프기도 했지만, 부모님의 고향, 원래의 땅으로 돌아왔다는 생각에 안심이 되더군요.

오빠가 전사한 후, 야스쿠니 신사[99]로부터 연락이 있었습니까?

전혀 없었습니다. 그러니까 아마 우리 오빠의 위패는 야스쿠니 신사에 모셔지지 않았을 겁니다. 야스쿠니 신사에 모셔지는 것은 전사하면 반드시 가게 되는 건지, 모신 뒤에 유족에게 통지가 오는지 잘 모르겠지만, 저희는 일절 연락을 받은 게 없습니다. 저희 집은 유가족회라든지 하는 단체에도 이름이 올라가 있지 않습니다. 유족회에서 어떤 연락이 오고 가는지도 모릅니다. 단지 유자녀가 한 명 남아 있어서 유족연금을 대신하는 작은 티켓이라면 받은 기억은 있어요.

지금 야스쿠니 신사 문제로 시끄러운데, 오빠가 야스쿠니 신사에 모셔져 있는지, 만약 모셔져 있다면 어떤 형태인지, 이름만 모셔져 있는지 어떤지, 전혀 모릅니다. 그리고 저희들은 야스쿠니 신사에 가면 오빠를 만날 수 있을 거라는 생각은 없습니다. 도야마의 호국 신사[100]에도 오빠가 모셔져 있다는 의식은 없습니다.

도야마에 돌아오신 후, 마을의 다른 분들이 유족회에 들어가 있다거나 하는 이야기를 들은 적도 없습니까?

저희는 유족회에 들지 않았기 때문에 전혀 모릅니다. 관공서에서 공보안내가 와서, 어디어디에 가서 유골을 받으라는 연락이 왔지요. 지금은 기억도 나지 않는 이상한 곳이었는데, 유골을 받으러 갔습니다. 그것을 받아 돌아왔습니다만, 그때에 함께 갔던 분한테는 그 후 아무런 연락도 없었어요. 유족회가 있는데 가입할 건지 말 건지 안내도 받은 적이 없습니다. 유족회가 있는 것은 알고 있지만, 어떤 연락도 저는 받은 적이 없어요.

'정신적 전범'이라는 의식

스기야마 씨가 죄책감을 가지시게 된 것은, 귀국하기 전, 그러니까 조선에 계실 때부터였습니까?

거기에 살고 있었을 때는 내 나라라고 생각했지요. 거기에 살고 있던 일본인은 모두 그렇게 생각했을 겁니다. 돌아올 때는 단지 이별이 슬펐을 뿐이었습니다. 한국 제자들과의 이별, 그리고 이십사 년간이나 제가 태어나고 자란 고향과 이런 식으로 이별을 해야 한다는 것이 슬펐습니다. 앞길은 캄캄하고 절망적인 이별이었으니까요.

태어나서 처음으로 부모님의 고향에 안착을 해서 익숙하지 않은 농촌생활과 패전 후의 힘든 생활에도 어느 정도 적응을 할 무렵이었습니다. 날마다 생각이 나는 것은 한국뿐이었지요. 그리고 제자들에게 대한 미안함이었습니다. 저는 아이들을 일본인으로 만들려고 했다는 죄의식에 사로잡혀 괴로워했습니다.

제자의 자전거를 타고 가족이 피난해 있는 곳으로 향하던 일이 다시금 생각이 났습니다. 스쳐가는 한국인한테 "일본말 하지 마라, 한국말로 이야기해라"라는 이야기를 듣고 그 불합리함에 무심코 반발도 했습니다. 그냥 화가 났던 겁니다. 나는 일본인이기에 일본어를 사용하는데, 왜 그런 말을 들어야 하는 거야라고 생각을 했던 거지요. 그때까지만 하더라도 내 자신이 한국 아이들에게 모국어 사용을 금지시키고, 일본어를 강요하고 있었다는 사실, 그리고 그런 교육을 받고 있던 한국 아이들의 생각을 배려할 수 있는 마음의 여유가 없었던 거지요. 근데 사실 일본말을 사용하지 말라던 그 한국인의 말이 나를 눈뜨게 해 주었다는 것을 나중에 알게 되었어요.

얼만가 날이 지나면서 제가 깨닫게 된 것은 "일본말 하지 마라"라고 하며 스쳐 지나가던 그 한국 사람은 나를 한국인으로 생각했던 것은 아닐까 하고 생각을 하게 되었지요. 종전 다음 날에 자전거를 타고 한국인 마을로 향해 달리는 그런 위험한 일을 하는 일본인 여자가 있을 리가 없지 않겠어요. 그러니까 그 사람은 저를 한국인이라고 생각해서 주의를 준 것은 아닌가 하고 생각하게 되었어요. 주의가 아니고, 친절히 가르쳐 주었다는 표현이 맞겠지요. 옛날은 일본말을 사용하지 않으면 물건도 팔지 않는 차가운 일본인도 있었지요. 그런데 이제 해방이 되고 당시는 조선이라고 했지만, 한국이 되었으니 무리해서 일본어를 사용하지 말고 자유롭게 한국말을 사용해도 된다는 것을 친절하게 가르쳐 주지 않았나 하는 생각이 듭니다. 지금에 와서는 오히려 지금 말한 것이 확실히 맞다고 생각합니다.

뚜렷한 모습은 아니지만, 미안하다는 마음이 점점 더 크레센도

(crescendo)로 강해져 갔지요. 사실 저는 한국 사람들의 친절이라든지, 호의는 엄청나게 받았지요. 하지만 저 자신은 별로 갚은 것이 없다는 생각을 하게 되었어요. 갚기는커녕 엄청난 과오를 범하면서 일본인을 만들려고 힘을 쏟았지요. 언젠가는 그걸 보상해 줘야 한다는 마음이 강해졌어요. 그래서 지금은 한국에 갈 수는 없는 상황이지만, 나중에 갈 수 있게 된다면 반드시 사과를 하고 싶다는 생각이 강해져 갔습니다.

점점 끓어오르는 뜨거운 사모의 정, "그립다! 보고 싶다"라는 마음이 간절한 반면, "미안해요" "과연 용서를 받을 수 있을까?"라는 생각에 혼란스러웠지요.

전쟁에 동조하여 순수한 한국 아이들을 무리하게 일본인으로 만들려고 한 황민화교육, 그 과오를 어떻게 갚으면 좋을 것인지, 답을 찾지 못하고 있었지요. 그냥 과거 일은 시치미를 뚝 떼고 "전쟁 반대, 평화를 위해"라고 외쳐도 좋은 것인지? "지금까지 교단에서 보여준 너의 진실은 뭐냐?"라고 추궁이라도 당하면 대답할 수가 없는 거지요. 박해를 받으면서까지 전쟁 반대의 신념을 관철하신 분들도 계셨는데, 불명예스러운 자신의 과거를 괴로워하며 나날을 보내고 있었답니다.

그런 가운데, 그때 신문에서는 전범 처리가 화제가 되고 있었습니다. 그걸 보고 저는 제 자신도 정신적인 전범임에 틀림없다고 순간적으로 생각을 했습니다. 한국 아이들에게 미안하다는 생각에 괴로워하며, 교육의 무서움을 가슴 사무치게 느꼈습니다. 그러니까 한국 아이들에게 속죄를 하기 위해서라도 저는 두 번 다시 교단에 서지 않겠다고 결심을 했지요.

더 이상 두 번 다시 그런 잘못은 범하고 싶지 않다. 만약 제가 조금이라도 전쟁에 반대한다는 생각을 하고 있었다면 나름대로 생각하는 교육을 했을 것이지만, 자신의 미숙함으로 인해 아무런 생각도 없이 백 퍼센트 양손을 들고 전쟁에 협력을 하지 않았던가. 그런 제가 정말 한심한 생각이 들었었지요.

당시 살던 마을에 스기하라소학교가 있었습니다. 가끔 배급물자를 받으러 갔었지요. 농협 옆이 학교입니다. 배급을 받으러 가서 학교의 담 근처나 운동장에서 체조 같은 것을 하고 있는 아이들을 보면서, '그 아이들은 지금 무엇을 하고 있을까? 하고 생각하곤 했지요. 그때는 조선에 있을 때 근무하던 학교밖에 머리에 떠오르는 게 없었지요. 그래서 자주 운동장에 우두커니 서 있곤 했습니다. 하지만 두 번 다시 교단에는 서지 않겠다고 생각했습니다. 그 당시는 아직 남자 선생님들은 군대에서 돌아오지 않은 상태이고, 또 새로운 중학교 편제가 생긴다고 해서, 선생님이 부족할 때였지요. 마을에는 청년학교라는 것도 있었습니다.

큰집 오빠뻘 되는 사람이 촌의회(村議會)의 의원을 하고 있었는데, 일단 교원자격을 가진 사람이 돌아왔다고 해서, 선생님이 부족하니 학교에 나오라고 몇 번이나 권유가 있었지요. 하지만 저는 두 번 다시 교단에는 서지 않겠다고 결심을 했고, 한국 아이들에게 사과나 보답을 할 수 있는 방법이 없다 보니, 여자이기는 하지만 할복이라도 하려고 생각했지요. 할 수만 있다면 죽고 싶었지요.

카르모틴[101]이나 아다린[102]과 같은 것을 생각하기도 했지요. 그러니까 그 사람들이 군사적 전범이라면, 나 또한 정신적인 전범이니까, 염치없이 살아 있을 수는 없다고 생각하고 있었지요. 그리고 일본에 대한 미련이나 집착은 전혀 없었습니다.

그때는 아직 미혼이었지요. 그런데 죽을 수는 없었습니다. 부모님이 계시고, 오빠가 전사를 해서 부모님을 모셔야 했고, 또 어린 조카도 돌봐야만 했습니다. 쌍둥이 조카딸 중 한 명은 도야마에 도착한 다음 날 아침에 죽었습니다. 조선을 출발하면서 두 명 모두 도중에 죽을 거라고 생각하고 각오를 했었지요. 그런데 한 명은 죽고 다른 한 명은 남아서 제가 돌보지 않으면 안 될 입장이었고, 또 부모님도 모셔야 했지요. 제가 지금 죽을 때가 아니라고 생각을 하며 죽는 것은 포기했습니다.

소학교가 싫다면 청년학교라도 좋으니까 근무를 해줬으면 좋겠다고 몇 번이나 권유를 받았지만, 그때마다 저는 "두 번 다시 교단에는 서지 않겠습니다, 저는 이와나미 시게오(岩波茂雄)[103] 선생님과 같은 청경우독(晴耕雨読)의 생활을 하겠습니다"라고 하며 거절을 했습니다. 그러던 중 본가가 농지개혁으로 가지고 있던 논을 정리를 해야 되는 상황에 놓이게 되고, 그때 마침 저희들이 돌아와 있으니, 네 반(反:1반이 300평 정도) 정도의 논을 우리 집에서 매입하는 꼴이 되었습니다. 아주 토질이 좋은 논은 아니었지만, 그런대로 일단 농사는 지을 수가 있었지요. 저는 청경우독의 생활을 하면서 두 번 다시 교단에 서서 그런 잘못을 반복하지 않겠다고 결심을 했지요. 그리고 "다른 선생님들은 정말 대단도 하다. 어제까지 전쟁 전쟁이라고 하더니 이제 와서는 평화를 말하고 있으니.…"라고 생각을 하며, 저는 정말 도저히 못 하겠다고 생각을 하고 있었지요.

'칙령에 의해 자연 퇴직'

그런 생각으로 하루하루를 보내고 있던 어느 날, 조선총독부 잔무정

리사무소라고 하는 것이 외무성 안에 설치가 되어 있었는데, 거기에서 '칙령에 의한 자연퇴직'이라는 통지가 도착했습니다. 돌아와서 바로 근무라도 하고 있었으면 괜찮았을지 모르지만, 쭉 일을 그만두고 있다 보니, 국가의 입장에서는 정식으로 퇴직한 것도 아닌 사람을 그냥 두자니 골치가 아팠겠지요. 그리고 그 사이의 급료도 지불할 수가 없고 하니, 때를 봐서 모두 정리해고를 하려고 생각을 했는지도 모릅니다. 그런데 해고를 시키려고 해도 그런 경우는 처음 있는 일이 되다 보니 이유가 없었지요. 그래서 칙령이라면 불평이 있더라도 말을 못할 것이라는 판단이 있었지 않았나 생각됩니다. 지금 와서 냉정히 생각해 보면, 당시 외부성은 "칙령이라면 어쩔 수가 없다. 법률적 근거는 없지만, 이번 일은 특수한 경우로 처음 있는 일이니 받아들일 수밖에"라며 사람들이 받아들일 것이라는 판단을 했다고 생각합니다. '칙령에 의한 자연퇴직'이라는 통지가 도착하고 저는 정식으로 교직에서 물러나게 되었던 거지요.

청경우독의 생활

내가 스스로 결정한 것이기는 했지만, 청경우독 생활을 하며 농사를 짓는 일은 그리 쉬운 일이 아니었습니다. 어느 날 이렇게 뒷걸음질을 하듯이 풀을 베고 있었는데, 이웃사람이 달려와서 "아이고 풀을 벨 때는 앞으로 나가야지, 뒤로 가면 어떻게 해"라고 하더군요. 제가 "아니, 그래요? 저는 뒤로 가면서 베는 것이 더 효율적이라고 생각을 했어요"라고 대답하니까, "무슨 소릴 하는 거야, 앞으로 나가야지"라고 지적을 하더군요. 또 큰집 논두렁에 심은 콩을 뽑으러 가서는 정작 뽑아야 할 곳은 안 뽑고 다른 집 콩을 뽑아서 온다든지, 아무튼 모든 것이 모르는 것 투성이었지요. 아무것도 모르면서 그래도 괭이를 들고 일을 했지요. 하루 종일 일을 하고 나면 괭이 자루를 놓아도 손가락이 펴지질 않아서 손이 괭이를 잡은 모양 그대로였어요. 과연 내일 아침 이 손은 어떻게 될까 하고 걱정을 하면서 자고 일어나면 그때는 젊어서 그런지 손이 원래대로 돌아와 있었어요.

그리고 밤에는 짚으로 새끼를 꼬았지요. 그래서 그걸 다발로 만들어서 팔았습니다. 그것이 유일한 현금 수입이었습니다. 조선에서 일본으로 돌아올 때, 우체국 저금통장은 가지고 돌아왔었는데, 봉쇄가 되어 한 달에 오십 엔밖에 인출할 수가 없었지요. 그리고 결국 그렇게 봉쇄되어 버리는 바람에 삼할 정도의 예금은 날아갔습니다. 그래서 돈은 없고, 새끼를 꼬아서 현금을 버는 일을 계속했었지요.

그랬더니 이웃사람이 사카린[104]과 둘친[105]을 보여주면서, 그걸 팔아 보는 게 어떻겠냐고 말씀하시더군요. 그보다 먼저 친구가 도야마의 자기 집이 포목점을 하니까 "옷감을 팔아 보는 게 어때, 생활의 보탬이 될지 모르니까"라고 해서 옷감을 가지고 농가를 돌아다녀 보았지만, 하나도 팔지를 못했어요. 그리고 도야마 시에 계란을 팔러 간 적도 있었어요. 그때도 물건을 팔 때 현관으로 들어가야 되는지, 부엌문으로 들어가야 되는지 몰라서 고민을 했지만 팔긴 팔았지요. 그리고 그 무렵은 아직 설탕이 귀한 시대였는데, 약사연구소 소장님이 사카린과 둘친을 나누어 주셔서 그것들을 약 봉지에 싼 것을 가지고 다니며 팔거나 하나오[106]를 만들어 팔러 다니기도 했습니다. 그래도 더 이상 학교에 근무할 생각은 없었답니다.

9. 다시 교단에 서다

'자기 자신은 마음이 편할지 모른다'

그 무렵, 만주에서 돌아오신 선생님 한 분이 임신을 했습니다. 그런데 그 당시는 출산휴가 대리교원이 있는 시대가 아니고, 교실 또한 꽉 들어차 있어서 선생님이 부족한 시대이다 보니, 출산휴가를 내기가 힘들었던가 봅니다. 그 선생님은 만주에서 돌아올 때까지 부부가 선생님으로 계셨는데, 만주에서 종전을 맞아, 네 명의 자식들이 모두 죽게 되었다고 했습니다. 그때는 장례식을 치를 수 있는 시대가 아니다 보니 그 자녀들의 사체는 사과 상자나 귤 상자 같은 나무상자에 넣어서 벚꽃나무 뿌리 근처에 묻어 놓고 왔다고 했습니다.

마침 그때, 그 선생님의 친구분이 스기하라소학교에서 근무를 하고 있었는데, 어느 날 저에게 "내 친구가 출산을 했는데, 아무래도 지금 쉴수 있는 형편이 아니어서, 대신 와 줄 수 있는 선생님이 없는지 고민을 하고 있는데, 대신 나와 줄 수 없겠어?"라고 말을 걸어 왔습니다. 그렇지만 저는 더 이상 두 번 다시 교단에는 서지 않겠다고 결심을 한 상태여서 미안하다며 거절을 했어요. 그랬더니 나중엔 어쩔 수가 없었는지 교장선생님도 몇 번이나 찾아왔었지요. 그리고 교장선생님께서 "그렇게 하면 자기 마음은 편할지도 모르지요. 그렇게 교단에 서지 않겠다고 자기 나름대로 결정을 해서 실행을 하면 자기 자신은 보상을 받을 수 있다는 생각이 들지도 모르지만, 교실에서 힘들어 하는 많은 아이들을 한번쯤 생각해 주지 않겠소?"라고 하시더군요. 이어서 "당신 한 사람 마음이 편해지는 것도 중요한 일이겠지만, 당신이 나오게 되면 많은 아이들이 편해진다. 그 편이 더 많은 사람들에게 도움이 되지 않을까? 자격이 없으면 모르겠지만, 자격이 있는데도 근무를 하지 않는다는 것은 말이 안 돼"라며 엄청나게 야단맞았어요. 그리고 제가 그렇게 의지가 굳은 인간이 아니다 보니, 결국 그 출산휴가 대리교원의 형태로 오월쯤부터 야쓰오소학교에서 다시 근무를 하게 되었습니다.

야쓰오소학교에서 – '외지에서 돌아온 교사'

그 선생님 대신에 담임을 하게 된 것은 이학년이었습니다. 어느 날 반에서 학부모 회의가 있었는데, 어머니 중에서 한 분이 심각한 얼굴을 하고 "저, 선생님 뭐 하나 여쭤 봐도 괜찮겠습니까?"라고 하더니 "선생님 말씀을 아이들이 알아들을 수 있을까요?" 하고 물으시더군요.

조선에서는 여러 지방에서 일본인이 와 있다 보니, 서로 사투리가 통하지 않아서 사용하는 말들은 표준어에 가까운 말이었어요. 그래서 학부모에게 그런 말을 듣고 정말 놀랐습니다. 그 당시 야쓰오의 선생님들은 "시나사이(하세요)"라는 것을 "시라레"라고 했습니다. 그리고 "게이산(계산)"을 "산뇨"라고 했지요. 그래서 "게이산 시테 미나사이(계산해보세요)"라면 "산뇨 시테 미라레"가 되고 "야메나사이(그만두세요)"라면 "야메라레"가 되었지요. 그 무렵은 특히 저학년 수업에서 그런 표현을 그대로 사용하는 선생님도 계셨습니다. 사실은 거의 대부분의 선생님들이 그랬지만요. 거기는 산언저리 쪽에 있는 작은 마을이고, 저 같은 것이 선생으로 왔다고 해서 연구수업을 한 적이 있었는데 그때도 그런 소리를 들었지요. 부모 입장에서는 표준어를 모르는 아이들에게 표준어를 사용하면 아이들이 알아들을 수 있을까 하는 걱정이 앞서다 보니 그런 말을 했던 거지요. 제가 뭐 다른 나라 말을 하는 것도 아니고,

교과서나 국어에 나와 있는 말을 사용했는데도 말입니다. 처음에는 그런 일도 있었어요.

"선생님은 외지에서 돌아온 사람"이라는 말을 들어 본 적이 있습니까?

있습니다. 동료 선생님한테 "저 선생님이 선생님 하시는 게 '조선식 수업'이랍니다"라는 말을 들은 적이 있습니다. 작은 마을이다 보니 그 무렵에는 도화지도 질이 좋은 것이 없었지요. 소화 이십삼년(1948)이나 이십사년(1949)쯤일 겁니다. 전후 얼마 되지 않은 시기였지요. 그래도 아이들에게 좋은 도화지를 쓰게 해 주고 싶어서 도야마 시에 도화지를 주문해서 사용을 했지요. 그런데 어느 날 교감선생님이 절 부르시더니, "선생님은 야쓰오 이외의 마을에서 문구를 들여와 사용을 한다고 하는데, 마을 문구점을 사용하세요"라는 주의를 받았어요. 그러니까 품질보다는 지역을 우선시하라는 이야기였지요.

저는 좀 느긋한 성격이고 정확하질 못합니다. 말하자면 한국의 '괜찮아요' 스타일이지요. 그래서 어지간한 일은 "괜찮아요"로 끝내 버립니다. 나쁜 의미이기도 하고 좋은 의미이기도 하지요. 아무튼 비교적 느긋하고 대충대충 하는 편입니다. 한국은 꼼꼼한 반면에 느긋하기도 하지요.

"그건 도리에 어긋납니다"라고 하면서 까다로운 선생님도 계셨지만, 저는 '도리? 그게 뭐 그리 중요해'라는 식의 감각이 있습니다. 근데 그런 감각이 다른 사람들 입장에서 보면 조금 느슨하고 대륙적인 감각으로 보였던 것 같아요. 그 무렵 소화 천황이 인간선언을 하시고 야쓰오에도 사과하러 오던 무렵이었어요.[107] 야쓰오 마을은 폐쇄적이라고 할까요? 조금 배타적인 마을이 되다 보니, 저 같은 사람하고는 아주 감각적으로 다르다고 할까요?

오월에 부임을 하여, 나도 임신을 하고 있었으면서도 다음 해 삼월에는 스기하라소학교 옮기게 되었지요. 신년도가 시작되고 난 뒤에 옮겼기 때문에 혼자서 부임식을 하게 되었어요. 결국 야쓰오소학교에서는 일 년도 못 있었던 셈이지요. 사실 부임한 지 채 일 년도 되지 않은 출산 대리교사가 전근을 하는 것은 그리 쉬운 일이 아니었던 모양이지만, 야쓰오소학교의 교장선생님과 스기하라소학교의 교장선생님이 서로 이야기를 해서 결정한 것 같습니다.

야나기마치소학교에서의 장애아 교육

저 자신은 일 년 정도를 생각하고 교단에 섰지만, 한번 시작을 하게 되니까 좀처럼 그만둘 수가 없더군요. 그리고 그 길로 계속하다가 마흔다섯 살에는 그만두려고 생각하고 있었지요. 왜냐하면 그쯤 되면 선생님은 체력적으로 힘이 딸리고 그렇게 되면 아이들한테도 미안할 것 같아서였지요. 또 그 당시는 마흔다섯 살 정도가 되면 명예퇴직이라는 것이 있었습니다. '후진들을 위해서 길을 양보하면 어떻습니까?'라는 식이었는데, 주로 부부가 선생님을 하는 경우 여선생에게 그런 권유가 있었고, 그 대신에 남편은 좋은 곳에 교장이라든지 해서 부임하는 그런 시대였어요. 그 무렵은 정년제가 아니었고, 그렇다면 나도 마흔다섯 살쯤에는 그만두려고 생각했는데 결국 그만둘 수가 없어서 어느새 마흔일곱 살이 되었지요. 그리고 그때 생각한 것이, 이제 제가 선생을 할 수 있는 힘과 정열은 앞으로 몇 년밖에 안 남았으니까, 몇 년 동안 남은 정열을 모두 쏟아 부은 다음, 쉰 살쯤에 그만두자고 생각을 했지요.

그리고 그 마지막 삼 년간은 '특수학급'을 담당하려고 생각을 했습니다. 그 당시는 아직 커리큘럼이 만들어져 있는 것도 아니고, 한 사람 한 사람 개성이나 능력이 전혀 다르기 때문에 모두 같은 수업도 할 수가 없고 참 힘든 교육이라는 생각은 했습니다. 하지만 어쨌든 앞으로 쉰 살까지는 삼 년밖에 남지 않았으니까, 그 삼 년간은 '특수학급'을 맡겠다고 결심을 하고, '특수학급' 담당을 희망했습니다. 그랬더니 학교 측에서는 '특수학급'은 담임을 시킬 때도 설득에 설득을 해야 되는데, 자기가 하고 싶다고 나서니 그처럼 다행스러운 일이 없었지요. 그래서 도야마의 야나기마치라고 하는 소학교로 갔습니다. 나의 계획은 삼 년간 마음껏 정열을 쏟아 붓고 나서 손을 흔들면서 바통 터치를 하려고 생각했었지요. 그래서 매학기 학습 발표회를 열어, 그 아이가 공부한 것을 사람들 앞에서 발표를 시킨 후, 다과회를 열어 서로 이야기를 하며 학기를 끝마쳤지요.

'특수학급'의 아이는 원래 소속되어 있는 반이 있어요. 그래서 학기가 시작되면, 아이들을 한명씩 원래 소속되어 있는 반에 데리고 가서 "너희들과 같은 반이란다. 모두 같은 클래스 메이트이니까 친하게 지내"라며 소개했지요. 그리고 매학기 학습발표회 때도 원래 소속되어 있는 반의 담임선생님과 교장, 교감, 교무주임, 양호선생님도 모두 초대를 했습니다. 그러니까 주판을 놓을 줄 알게 된 아이는 주판을 놓게 하고, 카드의 글자를 읽을 수 있게 된 아이는 나무에 매달린 카드의 글자를 읽고, 전화를 받을 수 있게 된 아이는 전화놀이를 하고, 손가락 인형이나 손그림자로 표현하기 등, 설비는 충분한 학교였기 때문에 매학기 그런 것을 발표하곤 했지요. 발표회 전에 초대장을 쓰고, 초대할 선생님께 보내지요. 지금 생각해 보면 초대를 받는 선생님 쪽은 상당히 귀찮았을 것 같지만, 당시는 여러 선생님들에게 홍차나 과자를 받아서 먹기도 하면서 즐겁게 지냈지요. 그런 모임을 매학기 했었습니다. 일 년에 한 번, 우리 집에 그 아이들을 데려오기도 했어요. 버스로 데려올 때도 있었지만, 택시를 타면 두 대가 있어야 했지요. 그리고 점심밥은 함께 우리 집에서 먹고, 집에 돌아갈 때는 작은 선물을 주고 또 한 명씩 집에까지 데려다 주었지요. 매년 그렇게 했었습니다.

그런데 특수학급을 맡고서 이 년째 되던 해였을 겁니다. 입학식에 참가한 아동 중에 아주 심한 신체장애를 가진 아이가 있었습니다. 선생님들도 모두 놀랐지요. 그런데 사실 그 아이는 야나기마치의 아이가 아니기 때문에 학군이 달랐습니다. 원래는 하치닌마치(八人町)에 사는 아이였는데, 그 하치닌마치에는 '특수학급'이 없었습니다. 그때는 입학하기 전에 신체검사 등을 하기 위해서 일일입학이라는 것이 있었습니다. 하지만 그 아이는 우리 학교에 온 것이 아니라 하치닌마치에 있는 학교로 가서 신체검사를 받았지요. 그곳이 원래 자기 학군이니까요. 그랬는데, 그 학교에서 보니까 장애가 너무 심해서, 자기들 학교에는 '특수학급'이 없으니까 맡을 수가 없다, 근처의 야나기마치소학교에는 '특수학급'이 있으니까 그쪽이라면 받아 줄 꺼라고 가르쳐 준 것 같았습니다. 그때, 그 아이의 아버지는 시청에 근무하고 있었고, 쉽게 수속을 밟아서 저희 학교로 오게 된 것이지요.

그래서 입학식 때에, 이러이러한 아이가 '특수학급'에 입학한다는 서류가 도착을 해서 그 아이를 기다리고 있으니까, 나타난 아이가 그런 심한 장애를 가진 아이였지요. 신체장애자 사급의 수첩을 가지고 있었습니다. 언어장애도 있었습니다. 침도 흘리구요. 선생님들이 모두 놀라서, '어떻게 하지?' 하고 곤란해 했지요. 그 아이의 입학은 의무교육이니까 거절할 수가 없었습니다. 나중에는 직원회의를 열고, 교육기본법까지 조사했습니다. 의무교육이니까 오지 말라고 한다든지 거절할 수 없는 상황이어서 거기에 맞게 지도를 하기로 했지요.

그 아이는 어떻게든 걷거나 달리거나 할 수는 있었습니다. 그런데 오히려 그것 때문에 도로로 뛰쳐나와 전차를 세우거나 맞은편 집이 비었을 때, 그 집 이층에 올라가 떨어지거나 하는 여러 가지 사건이 있었지요. 또 어린이집을 가서는 집단생활을 이해를 못하고, 힘은 넘쳐흐르다 보니 여기저기를 들쑤시고 다녀서 일주일 정도 만에 거절을 당하고, 그리고 K학원이라고 하는 지체부자유아의 학교에 가서는 거기서도 여기저기를 헤집고 다니니까 학교의 입장에서는 사정이 안 좋았던 거지요. 오히려 거기는 휠체어라든가, 몸을 가누지 못하는 아이 같으면 문제가 되지 않지만, 그렇게 움직이고 다니니 감당이 되지 않았던 거지요. 그래서 그곳에서도 거절을 당해 갈 곳이 없는 상태였습니다. 아동상담소에서도 어쩔 수가 없어서 곤란해 하고, 주변에서는 그 아이 때문에 곤란하니 어떻게 좀 해달라고 시청에도 민원이 들어가고 해서 시청에서는 일주일에 한 번 지도원을 그 아이 집에 보내서, 쌓기놀이를 한다거나 음료수 마시는 방법을 가르치거나 하는 지도를 했다고 합니다. 그렇지만 일주일에 한 번뿐이고, 그 아이의 집에는 그 밑에 여동생이 있어서, 아이 어머니도 도저히 돌볼 수가 없는 형편이었지요. 선생님들 중에는

"스기야마 선생님이 담임하고 있을 때는, 그건 스기야마 선생님이 괜찮다고 하면 문제될 것이 없다고는 하지만, 스기야마 선생님이 그만두면 또 다른 사람이 맡아야 되는데 그렇게 되면 모두의 문제가 된다"라는 의견을 말씀하시는 분도 계셨지요. 또 그 아이가 입학을 하는 것은 단순히 '특수학급'만의 문제가 아니라는 의견도 나왔습니다. 결국 교장선생님은 스기야마 씨가 맡을 의향이 있는지 없는지로 결정을 하자고 하시면서 모든 것을 저에게 일임하겠다고 하시더군요.

저는 일임을 받기는 했지만, 저에게는 그 아이를 지도할 만한 충분한 힘이 없다는 것을 너무도 잘 알고 있었지요. 하지만 그 아이를 제가 거절하면 더 이상 갈 곳이 없다라는 생각에 결국 맡기로 했습니다. 맡기로 한 것까지는 좋았습니다만, 그 후가 큰일이더군요. 누구도 그 아이를 맡지 않으려는 상황이다 보니, 제가 담당하는 동안에 어느 정도 분별을 할 수 있도록 가르치지 않으면 다른 사람에게 넘길 수도 없게 된 거지요. 그래서 쉰 살에 교직을 그만두려고 생각한 것이, 그 아이를 위해서 이 년을 늘려서, 결국 쉰두 살에 학교를 그만두었습니다.

아무튼 그 아이는 전혀 집단생활을 할 수 없는 아이였지요. 그 아이를 데리고 교정을 도는데 수영장을 보고서 "큰 욕조"라고 하더군요. "비누가 필요해?"라고 묻길래 "아니, 비누는 필요 없어, 헤엄치는 곳이야"라고 대답을 했더니 "응, 응, 응"이라고 대답은 할 줄 아는 정도였지만, 역시 큰일이었습니다. 그 엄마와 제가 약속을 한 것은, 침을 흘리니까 반드시 매일 세탁한 옷을 입히고 가슴에 손수건을 달아 달라고 했지요. "아이가 친구들에게 미움 받지 않게, 그리고 사랑을 받게 하고 싶다면 그렇게 해 주세요"라고 부탁을 했지요. 어느 날 아침 그 아이가 늦게

왔습니다. 그래서 "늦었구나"라고 하니까, "체육복이 다리미질을 해도 좀처럼 마르지 않아서, 마르는 것을 기다리다가 늦었어요. 미안합니다"라고 하는 일도 있었지요.

그 당시, 야나기마치소학교는 전국에서 건강교육으로 선발된 다섯 개의 우수교 중의 하나였습니다. 건강교육의 우수교로서 선택되는 것은 아주 명예로운 일이지요. 그러한 학교였기 때문에 모두 집단등교를 했습니다. 인솔하는 반장도 정해져 있었지요. 그런데 그 아이는 집단등교를 따라할 수 있는 상태가 아니었기 때문에, 등하교시에는 반드시 부모가 따라온다는 약속도 했지요.

하지만 의욕은 아주 강한 아이였습니다. 그 아이는 육번이었는데, 어느 날 다른 아이가 칠판에서 계산을 하고 있을 때에, 그 아이가 불쑥 앞으로 나오더니, "육이 있어"라고 하면서 칠판을 가리키더라구요. 그런 것을 보고 있으면, 정말로 가슴이 뜨거워지는 것을 느끼곤 했지요. '특수학급'이라고 하는 것은 정말로 힘들었지요. 어느 날, 아이들도 이제는 여러 가지로 충분히 학습을 해서, 일 정도는 알겠지 하고 생각을 했지요. 그래서 '1'이란 숫자가 적힌 카드를 보이면서 "이 글자 기억하겠지? 뭐지? 말해 봐"라고 하니까, 그 아이가 그걸 보고 "막대기"라고 하더군요.

그리고 말을 할 때 선생님에게는 경어를 사용하지 않으면 안 된다고 하는 것이 그 아이들 의식 속에 있었던 것 같았어요. 그런데 "아리마센(없습니다)"이라고 하는 것과 "아리마스(있습니다)"라고 하는 것이 똑같아 보였나 봐요. 그래서 '없습니다'라고 이야기할 때는 '나이(없다)'라는 말을 사용하도록 했는데, '나이'라고 하면 왠지 선생님께 반말을 하는 듯한 느낌을 받았던 모양입니다. 그래서 그 아이 나름대로 생각한 것이 '나이마센'이었습니다. 그런 말을 들을 때면 정말 가슴이 찡하지요. 그렇게 '나이마센'이라고 이야기하는 아이도 있었습니다.

10. 한일친선교류

제자와의 재회 – KJ 부부

KJ 군과 헤어지고 나서, 한국전쟁도 있었고, 양쪽 모두 주소도 여러 번 바뀌었지요. 그리고 KJ는 여섯 명의 아이들을 키우는 아주 힘든 시기였기도 하고, 서로 소식이 끊어지고 말았지요. 그래서 저는 동창회에 처음으로 참가한 동창생 KS에게 KJ를 찾아볼 것을 부탁했습니다. 사실 그때 KJ 부부는 삿포로에 영사로 와 있었고, 그때는 북한 선수문제[108]로 한참 시끄럽던 때였고, 그 일로 KJ가 텔레비전이나 신문에도 몇 번 나오고 했지만 제가 보질 못했던 거지요.

그런데 KS가 "아니, 몰랐었니? KJ 씨 지금 삿포로에 있잖아"라는 말을 듣고, 전화번호를 받아 바로 전화를 했습니다. 이미 KJ쪽에서는 경찰에 부탁을 해서 내 주소를 알아내 연락처를 알고 있었다고 하면서, 지금은 올림픽 때문에 한국에서 손님이 많이 와서 바쁘다 보니, 조금 안정이 되면 도야마에 갈려고 생각을 하고 있었다고 했습니다. 그러던 참에 제가 전화를 한 것이었지요. 그랬더니 금방 부인인 S가 도야마에 왔습니다. KJ는 홋카이도 내에서는 자유롭게 이동할 수 있지만, 역시 홋카이도를 떠나게 되면, 직무상 문제가 된다는 것이었지요.

그래서 S가 혼자서 도야마에 왔습니다. 그때 저는 아직 야나기마치소학교에 근무를 하면서 특수학급을 담당하고 있었지요. S가 도야마 공항에 도착하는 날 눈이 내리고 있었습니다. 올림픽이 끝난 다음이니까 이월말쯤이었을 겁니다. 출발은 하지만 도야마에 착륙할 수 있을지는 모르는 상태에 출발했습니다. 그리고 공항에 도착해서 나한테 연락이 왔습니다만, 나는 학교에서 근무 중이어서 나갈 수가 없었지요. 그래서

269

"거기에서 차를 타고 이쪽으로 오라"고 하니, S가 혼자서 야나기마치소학교까지 왔습니다. 그리고 그 아이는 나흘간 머물렀지요. 그 사이에 그 지체부자유아를 교육하는 K학원에도 같이 갔지요. 가기 전에 노트나 연필을 선물로 가지고 가려고 하니까, 글씨를 쓸 수 없는 아이도 있기 때문에, 다른 것이 좋겠다고 하더군요. 그래서 귤을 가지고 가니까, 거기 사람들도 좋아하고, 지체부자유 아이들과 함께 먹기도 했지요. 차표도 전부 S가 준비를 했고, 나는 아무것도 한 것이 없어요. 나보다도 S 쪽이 익숙했습니다.

이번에는 내가 삿포로에 초대되어 갔습니다. 공항까지 KJ가 마중을 나와 주었고, 여기저기 다니면서 S와 같이 차에서 내리니까, 왠지 모두 우리 쪽을 보고 있는 듯한 느낌이 들었지요. 그래서 "모두가 우릴 쳐다보는 것 같은데 왜들 그러지?" 하고 물으니까, "선생님이 아니라 다들 벤츠를 보고 있습니다"라는 대답을 듣고 납득을 했지요. 그리고 도우야(洞爺) 호반의 호텔이라든지 쇼와신산(昭和新山), 백로(白老)의 아이누 마을 등을 KJ의 운전으로 세 명이서 돌았습니다.

호텔에서는 지배인이 마중을 나와 주었습니다. 아침에 밥을 먹으려고 식당에 내려가서 테이블에 앞에 앉았지요. 그런데 KJ가 남자이고 나머지 둘은 여자이다 보니, 음식을 가지고 오는 사람이 먼저 KJ쪽에 음식을 놓으려고 했어요. 그랬더니 KJ가 "잠깐만요. 이분은 제 은사이시니까, 이쪽에 먼저 놓으세요"라고 하더군요. 나는 나중이라도 괜찮으니까 먼저 받으라고 해도, 일본과 달리 한국은 장유유서를 지키는 나라 아닙니까?

저는 언제나 가난했지요. 그래서 입을 만한 옷가지도 제대로 없었어요. 홋카이도에 가기 전에 친구한테 눈이 많이 오는 곳이니 장화를 신고 간다고 했습니다. 그랬더니 "당신은 괜찮을지 모르겠지만, 선생이란 사람이 허름한 옷에 장화를 신고 가면, 제자가 부끄러울 거 아니냐"라고 하더군요. 마침 레이스가 달린 정장을 빌려 주는 사람이 있어서 그걸 입고 가죽신을 신고 갔습니다. 그런데 가죽신을 신고 가서 아주 낭패를 당했지요. 땅이 얼어서 걸을 수가 없었습니다. 게다가 가죽신 밑에 징 같은 것이 박혀 있다 보니, 양쪽 어깨를 잡아 주지 않으면 도저히 걸을 수가 없었지요.

삿포로에 가서 케이블카로 곰 목장에 가기도 했습니다. 차로 갔기 때문에 돌아올 때는 짐이 아무것도 없었어요. 그래서 우리 방을 담당하는 직원에게 말도 하지 않고 그대로 돌아오려고 하니까, S가 담당직원에게 돌아간다고 연락을 하라고 하더군요. 그래서 짐도 없는데 그냥 가면 되지 않겠냐고 하니까, "저희들은 괜찮지만, 그 담당직원 입장에서는 자기가 담당하던 손님이 자기 모르는 사이에 돌아가면 그 사람 면목이 서지 않습니다. 그러니까 돌아가겠다고 말씀해 주시는 것이 더 친절한 겁니다"라고 하더군요. 아무튼 여러 가지 세세한 일까지도 아주 배려가 깊었습니다.

한국의 제자들과의 재회와 교류

전후, 제가 처음으로 한국에 갔을 때가 소화 오십일년(1976)입니다. 그때 달성국민학교, 그러니까 그 아이들의 모교에 아이들과 함께 갔습니다. 그때의 재적생수가 초등학교인데도 불구하고 오천삼백 명이었습니다. 초등학교의 인원수로서는 일본에서는 상상도 못할 정도였지요. 교장선생님께서는 학교연혁 등을 준비해서 나를 맞아 주셨습니다. 그 무렵은 비품 등도 아직 충분히 갖추어지지 않았을 때였습니다. 그래서 제자인 KS가 S회라고 하는 반창회를 계속해 왔었는데, 모교 달성국민학교의 졸업생에게 매년 장학금을 냈습니다. 그 아이들은 참 대견스럽지요. 반창회라고 해서 단지 떠들고 놀기만 하는 것이 아니라 적십자 봉사활동도 계속하고 있었습니다.

아무튼 내가 학교를 방문하기 전에 학교 현관에 세워 두는 칸막이로 된 거울을 제자들이 내 방한기념으로 학교에 기부했습니다. 그런 것도 있어서 그런지는 모르겠지만, 교장선생님은 따뜻하게 맞아 주셨습니다. 교장선생님이 말씀하신 것 중에서 기억에 남는 것은 "매일 아이들에게 사고나 나쁜 일이 없도록 빌 뿐입니다. 무사히 하루가 끝나면 안심을 하지요"라는 것과 "인원수가 많다 보니, 전교생이 같이 운동회를 할 수 없어서 학년별로 하고 있습니다"라는 말이 인상적이더군요.

몇 년이 지나, 전후 오십 년이라고 해서 기타니혼(北日本) 방송이 기념 프로그램을 만들었습니다. 디렉터나 카메라맨과 함께 대구 현지취재에 나도 동행을 했습니다. 그때 달성국민학교도 물론 방문하였는데, 내가 온다고 S가 학교에 연락을 해서 전에 기부한 칸막이 거울에 지워진 글씨를 깨끗하게 다시 썼다고 합니다. 그런 일도 있었네요.

달성국민학교 사학년을 맡고 있을 때, 남자 열네 명 중에 SY라고 하는 사내아이가 있었지요. 그 아이는 나중에 병원장이 되고, 한국 산부인과학회의 회장도 했다고 합니다. 그 후에는 대학교수가 되었다고 들었는데…. 과묵한 편으로, 당시 반에서는 KJ 다음으로 공부를 잘하던 아이였지요. 그래서 그동안 무엇을 하고 있을까 궁금했지요. 그랬는데,

사진 48. 제자들과 달성국민학교 방문 기념사진, 앞줄 왼쪽에서 두번째부터
교감선생님·스기야마·교장선생님·반회장. 1976

기타니혼 방송에서 현지취재를 하러 갔을 때 학교까지 와 주었습니다. 그때 SY가 축하연을 베풀어 주었고, 기차로 이동할 때는 바쁜 와중에도 동대구역까지 전송을 나와 주어서 감격을 했습니다. 대구의 T병원이라고 하는 것은 전쟁 전부터 있었고, 옛날에는 미국 병원이었다고 했습니다. 언덕 위에 있던 병원으로, 근처까지 가 본 적은 없지만 유명한 병원이었지요.

우리 반에 SY라고 하는 여자아이가 있었습니다. 그 아이가 말하기를 원래 달성공원의 토지는 자기네 조상의 토지였다고 하더군요. 몇 년 전인가, 열일곱 명의 가족과 함께 도야마에 스키를 타러 온 적이 있어요. 자식들이 엄마의 은사가 있는 도야마에 가자고 해서 삼박사일 동안 와 있었지요. 아들 딸 손자들을 모두 데리고 왔지요. 그 비용은 막내사위가 부담을 했다고 하더군요. 열일곱 명분이나 말이죠. 아마 동창회지에 글을 썼는지도 모르겠네요. SY도 공부를 잘했고, 경제적으로도 여유가 있었던 것 같습니다.

그 아이가 그 후, 내가 가마타 주지와 함께 성지순례를 갔을 때, 대구에서 부여까지 자식들과 함께 나와 주었지요. 그때 무엇을 만들어 왔느냐 하면, 파자마를 만들어 왔어요. 옛날 말로 하면 인견. 반질반질한 천으로, "여름에 입으면 시원하기 때문에 선생님 것도 만들었어요"라고 하면서 손수 재봉틀로 만들어 가지고 왔지요. 그런 아이입니다. 그 아이도 공부를 잘했고, 반장인가 부반장을 했을 겁니다. 그러한 아이들이 KS를 중심으로 반창회를 만들어 모임을 가지고 있었지요.

제자의 반발

소화 오십일년(1976), 전후 처음으로 한국에 갔을 때는 KJ와 KS 부부의 초대로 갔습니다. 그 무렵은 보름밖에 체류할 수 없었는데, 당시 KJ가 요직에 근무하고 있어서, 체류기간을 연장하여 일개월이나 있었지요. 그리고 그 대구에서 아이들이 모여 환영회도 열어 주곤 했습니다. 그런데 CJ라는 아이는 오지를 않았어요.

한국 아이들은 말을 숨김없이 하니까, "선생님, CJ는 안 왔습니다. 함께 가자고 말은 했는데, 이제 와서 일본인이 무슨 낯으로 왔단 말이냐며, 만나고 싶지 않다고 해서 못 데리고 왔습니다"라고 하더군요. "아, 그래. 내가 나쁜 짓을 했지"라고 말을 하니까, 모인 아이들이 "선생님의 탓만이 아니에요. 선생님은 열심히 가르쳐 주었어요"라고 하더군요.

그런 말을 듣고 어떤 느낌이셨습니까?

CJ가 그런 말을 하더라도 어쩔 수 없다고 생각했습니다. 사실이었으니까요. 사과를 하기 위해서 갔으니까, 그런 아이가 있을 수 있다고 생각했습니다. 그런데 다음에 한국에 갔을 때는 CJ가 앞장서서 반창회에 와 주었지요. 신사참배에 데리고 갔을 때, 나막신의 끈이 발에 스쳐서 피가 나고 아팠다. 그래도 신사에 가지 않으면 안 되었다. 가고 싶어서 간 것은 아니다라는 말들을 들었지요. 어릴 때 맺힌 한은 그렇게 쉽게 사라지는 것이 아니구나 하고 생각을 했지요. 어리다 보니 종교에 대한 반감은 둘째치고라도, 강제로 신사참배를 시킨다고 하는 것 자체가 싫었겠지요. 그렇지만 당시는 그 시대를 살아남기 위해, 모두 참으면서 눈을 감고 따라 주었겠지요. 그것이 식민지라고 하는 것이지요.

내가 한국에 간 목적 중의 하나는 아이들에게 정말로 미안하다고 생각을 해서 적어도 사과만은 하고 싶었고, 그 사과하는 것이 목적이었습니다. 많이 부족했겠지만 말이지요. 대구에서는 많은 아이들이 모여서, 처음 소풍을 간 팔달교라는 곳에 가서 추억을 되새기기도 했지요. 그 팔달교 근처에 모두 한복을 입고서 모여 주었어요. 그 팔달교에서 처음으로 대구의 제자들과 만나는 그런 계획도 일부러 해주고 말이지요. 그리고 제자 집에 가서 환영회도 하고 환영사도 받았지요. KJ 부부는 그때 서울에 있었는데, 부부가 일부러 대구까지 왔었어요. 제가 사과를 했다는 것을 제가 일본에 돌아온 후 누군가가 CJ에게 말을 했던 모양입니다. 다음에 갔을 때에는 그 아이가 선두에 서서 마중을 나와 주었지요.

그 아이들의 마중은 참 거창합니다. 가마타 주지와 한국에 가면, 대구에는 거의 들릴 시간이 없어요. 그래도 가끔 대구에 가면, 그 아이들은 환영 현수막을 직접 만들어서 가지고 옵니다. 그리고 국기도 일장기와 태극기를 같이 들고 나오지요. 어떤 때는 네 살인가 다섯 살 정도의 손자 손녀들한테 한복을 곱게 입혀서 호텔 앞에서 꽃다발 증정도 했습니다. 누가 보면 어디 대단한 사람이라도 왔는가 생각할 정도로 거창합니다. 너무 거창해서 조금 쑥스러울 정도로 마중을 나오지요.

한 알의 씨앗

생각치도 못한 해방, 독립, 그리고 전 일본인의 귀환이라고 하는 대혼란이 일어났을 때, 제자인 BH는 나를 만나려고 저희 집을 방문했다고 합니다. 하지만 저는 이미 돌아온 후였지요. 그때 '부산에는 배를 탈 수 없어서 기다리고 있는 일본인이 우글거린다'는 소문을 들은 BH는 부산까지 나를 쫓아왔다고 했습니다. 그런데 한 살 때 아버지가 돌아가신 BH는 집에서 기차 삯을 받을 수 없었답니다. 그래서 BH는 기르고 있던 새끼돼지를 팔아서 기차 삯을 만들어 혼자서 부산까지 왔다고 했습니다. BH가 동경하던 바이올린은 새끼돼지가 되었고, 그 새끼돼지는 나를 쫓아오는 기차 삯이 되어 버렸습니다. 부산에서는 친척 집에 닷새간이나 머물면서 혼잡한 부두에서 저를 찾아 헤매었지만, 유감스럽게도 우리는 그때 만날 수가 없었습니다.

그 후, BH는 소년기에 결심한 대로 작가가 되어 『잃어버린 전쟁』이라는 소설을 써서, 나중에 한국에서 최고로 권위가 있다고 하는 대한민국문학상의 제1회 수상자가 되었습니다.

전후 사십 년 가까이가 지나 BH의 의뢰로 NHK와 니혼TV가 제작한 프로그램을 보니, 아름다운 바이올린의 음색과 새끼돼지의 울음소리와 어린 BH를 태우고 달리는 열차의 굉음이 하나가 되어 있었습니다. 그것은 도야마 시골에 있는 나의 가슴 속에 웅장한 교향곡으로 울려 퍼졌습니다. 나의 볼에는 뜨거운 눈물이 끝도 없이 흘러내렸습니다.

"선생님, 울지 마세요. 바이올린은 대학 때, 아르바이트를 해서 샀습니다"라며 BH는 부드럽게 위로해 주었습니다. 순수한 조선의 제자들을 무리하게 일본인으로 만들려고 한 나인데…라고 생각하면서, 또다시 눈물이 복받쳐 왔습니다.

BH가 준 저서 『잃어버린 전쟁』의 면지에는 '나의 문학의 밭에 한 알의 씨앗을 뿌려 주신 스기야마 토미 선생님께 드립니다'라고 쓰여 있습니다. 그리고 지난해에 보내 온 아름다운 저서 『어느 나비 처녀 이야기』에는 '스기야마 은사님께, 이 생명 다 할 때까지…'라고 쓰여 있었습니다.

사범학교 동창생 소식

경성여자사범 동창생들 소식은 알고 계십니까?

알고 있습니다만 모두 연로하지요. KS는 제가 한국의 제자 집에 묵고 있을 때, 점심시간에 택시를 타고 왔습니다. 자기 집 가정부가, 그 당시는 아직 모두 가정부가 있을 무렵이었어요. 그 가정부가 우동을 잘 만드니 같이 집에 가서 점심을 먹자며 데리러 와서 같이 가서 우동 대접을 받았습니다. 그 KS가 지금은 제주도로 갔는데, 아무래도 몸이 안 좋은 것 같아요. 지금은 연락이 끊겼습니다.

달성국민학교에서 함께 교편을 잡았던 N 씨 집에는 매년 갑니다. 지금도 자매처럼 지내지요. 작년에도 가서 일주일간 지내다 왔어요. 그런데 이제는 집안에서도 지팡이를 짚어야 될 정도로 몸이 좋지 않아요. 지금은 요양시설에 들어가 있습니다.

한국어를 배우다

한국어의 공부를 시작한 것은 언제부터입니까?

예순이 지나서였습니다. 예순하나 정도였을 겁니다. 그때까지는 한국어를 공부하려는 생각은 전혀 없었습니다. 단지 사전의 뒤쪽에 작은 글씨로 한글 문자에 대한 설명 등이 붙어 있잖아요. 그걸 보고 한글의 모음이 천지인(天地人)을 바탕으로 만들어졌다는 것을 처음으로 알았습니다. 그때의 감동이라고 하는 것은 이루 말할 수 없는 것이었지요. 천지인을 상상해서 만들었다는 것에 놀랐습니다. 점은 하늘, 태양이지요. 땅은 가로줄, 사람은 세로줄. 이 세 개의 기호와 음양을 조합해서 이렇게 많은 모음을 만들다니, 정말 대단한 문자라고 감동을 하고, 열심히 공부를 시작했습니다.

한국어 라디오 강좌도 아직 시작되지 않았고, 도야마에 외국어학원이라고 하는 것이 있지만, 한국어 강좌는 없다더군요. 그래서 그런 것을 신문에 투고했습니다. 한국어를 배우고 싶지만 찾아봐도 배울 곳이 없었다는 내용을 적었더니, 어느 날 전화가 걸려 왔어요. 한국과 교류 사업의 일환으로 실시되어 오던 '청년의 배'라는 모임인데 한국을 다녀온 사람들의 OB모임으로 청선회(靑船會)라는 것이 있는데, 그 멤버 중의 한 사람이 전화를 한 거였어요. "민단[109]에 한국학원 선생님이 일주일에 한 번 오시니까, 거기 가면 한국어를 배울 수 있습니다"라고 가르쳐 주시더군요. 그래서 배우러 갔습니다.

그 무렵, 북륙 삼현(北陸3縣), 그러니까 도야마(富山), 이시카와(石川), 후쿠이(福井) 지역에 한국의 교육원이라던가요? 아무튼 선생님 한 분이 파견을 나와 있었습니다. 그 선생님이 삼현을 맡아서, 민단 사람들의 교육을 담당하는 형태로, 한국의 역사라든지 한국어를 가르치고 계셨지요. 그러니까 재일동포 2세는 한국말을 못하는 사람이 많으니까, 그 사람들을 대상으로 하고 있었지요. 월급은 한국에서 받는다면서, 자신의 급료는 아직 정확히 얼마인지 모른다고 하더군요. 왜 모르냐라고 물으니까, 달러로 받기 때문에 그때그때 시세에 따라 일본 엔으로 환산을 하면 금액이 달라진다고 해서 웃던 것이 생각나요. 그 선생님이 계시는 동안은 거기에서 한국말을 배웠어요.

한국인 유학생을 받아들이다

천구백칠십구년, IS라고 하는 한국인 여학생이 도야마 현에 연수생으로 와 있었어요. 도야마에서는 매년 외국인을 대상으로 한 일본어 변론대회가 열립니다. 그때 IS도 대회에 참가를 하고, 나도 보호자로서 기모노를 입고 파티에 참가했습니다.

IS를 만나게 된 계기는 그때 마침 도야마 시정(市政) 구십주년인지 뭔지를 기념하는 해로, 홈스테이를 통한 한일교류가 있었지요. 그때는 아직 북쪽 공산주의에 대해 공포심을 느끼고 있었던 무렵이었고, 아무튼 일본에 온 사람들은 모두 홈스테이를 하러 가게 되었습니다. 그런데 변론대회에 참가를 하는 사람은 연습도 해야 하니까 홈스테이를 하지 않아도 좋다고 해서 IS는 현이 준비한 기숙사에 묵기로 했던 모양입니다. 그런데 변론대회에 참가를 위해서 기숙사에 혼자 남게 되다 보니, 북쪽 사람이 접촉이라도 해 오면 어쩌나 하는 무서움이 일기 시작한 거지요. 그래서 홈스테이 할 곳이 모두 정해져 버린 다음에야 홈스테이를 하고 싶다고 IS가 부탁을 한 거지요. 그때 마침 그 단체의 고문으로 있던 사람이 아는 사람이었어요. 그래서 내게 전화가 와서, 홈스테이 할 만한 곳을 찾고 있는데 어디 적당한 곳이 없느냐고 하더라구요. 내 입장에서는 자기 집을 놔두고 다른 사람 집을 소개할 수는 없는 일 아닙니까? 그래서 우리 집이라도 괜찮으면, 내가 데리고 오겠다고 했지요. 그래서 IS는 우리 집에 홈스테이를 하러 오게 된 거지요.

IS는 아주 성격이 좋은 아이이고, 아직 일본말을 잘 모를 때였는데, 사전을 두 권 가지고, 밥을 먹으면서도 "조금 기다려 주세요"라고 하면서 사전을 찾거나 했지요. 다음 날 변론대회에 나가니까, 미용실에 가고 싶다고 하더군요. 그런데 너무 긴장한 나머지 입이 헐어 버렸어요. 그래서 보잉(병원)에도 데리고 가야 되고 비요잉(미용실)에도 데리고 가야 되는데, 두 가지 단어가 발음이 비슷하다 보니 말이 뒤죽박죽이 되어 서로 웃었지요. 정월 초하루부터 닷새 정도까지가 휴일이었는데, IS는 갈 곳도 없다고 해서 우리 집에서 설날을 함께 보냈습니다.

그랬더니 다음 해에는 그 남동생인 IJ가 또 현의 연수생으로서 선발이 되었습니다. 한국에서는 대학을 일 년 다니다가 병역을 마치고 왔는데, 다니던 학교는 그만두었지요. 그리고 도야마 대학으로 갈려고 했지만 모집기간이 끝나 버려서 갈 수가 없었어요. 후쿠이 대학은 아직 괜찮다고 해서 다시 일학년 입학으로 후쿠이 대학에 들어갔습니다. 입학하고 나서 "고전을 해 낼 수 있을지 걱정이네"라며 걱정을 하기도 했지요. 그리고 결혼을 하고, 또 도쿄의 컨설턴트 양성소 같은 곳에서 일 년간 공부를 하고, 컨설턴트 자격증을 취득했는지 지금은 무역관계 일을 하고 있습니다.

J의 누나 IS의 결혼식에도 다녀왔습니다. IS가 출산을 한 뒤에도 오라고 해서 다녀왔지요. 그 집에 묵으면서 "엄마(스기야마 씨)는 이 아이의 할머니이니까, 목욕을 시켜 주세요"라고 해서, 목욕을 시켰지요. 긴 세월 안 하던 것을 하다 보니 "이렇게 했던가?"라고 하면서…. 그리고 출생 후 사십며칠째가 된다고 하면서 조계사에 첫 나들이를 갔습니다. 거기는 불교 신자거든요. 가서, 한국의 불교 신자들은 어느 집이나 하는 것인지 모르겠지만, 아이가 처음으로 밖에 나온 날이라고 해서 절 입구에서 양초 같은 것을 사고, 백송 같은 기념수 주위를 염불을 하면서 돌

더군요. 그렇게 참배를 하고 돌아왔지요.

도야마 현 한일친선협회에서의 활동

한일친선협회의 활동이 시작된 것은 언제입니까?

내년(2010)으로 삼십오주년이 됩니다. 그러니까 시작은 천구백칠십오년입니다. 이천오년에 한일친선협회 삼십주년 기념식에서 삼십주년 표창을 받았습니다. 그 삼십주년 기념식 때에는 당시 우호관계를 맺고 있던 한국의 창원에서 스무 명 정도가 내빈으로 왔습니다. 친선협회에서는 그분들과 함께 사랑·지구박람회(愛·球博覽会)에 데려가 주셨지요. 사실, 친선협회의 재정이 어렵다 보니 기념품 같은 것을 장만할 만한 여유가 없었고, 그 대신에 나고야에서 열리던 사랑·지구박람회와 오오타니(大谷)와 타테야마(立山)를 구경시켜 주었어요. 저는 초대회장을 할 때부터 협회에 참가를 했습니다.

가마타 주지와의 만남

가마타 주지와는 어떻게 해서 알게 되셨습니까?

가마타 주지는 나와 대한민국 문학상을 수상한 제자 BH가 서로 연락이 닿았다는 것이 아사히 신문에 기사로 실리고, 그걸 보고 제게 편지를 주셨지요. 그때까지 나는 후쿠노(福野, 가마타 주지가 있는 교원사의 소재지)는 들어 본 적도 없었고, 간 적도 없었지요. 왜 편지를 보냈을까 하고 뜯어 보니 그런 내용이었습니다.

그리고 몇 번의 편지를 주고받다가 한번은 지도를 그려 주셔서 가마타 주지가 계시는 교원사에 갔습니다. 그때 아주 좋아 보이는 흑사쓰마

(黑薩摩)[110] 도자기에 말차를 타 주시더군요. 그래서 "참 훌륭한 도자기 네요. 왜 흑사쓰마 도자기가 선생님한테 있는 거지요?"라고 물으니까, "저는 사쓰마(薩摩−현재의 가고시마) 사람입니다"라고 하시더군요. 그런 인연으로 가마타 주지와 교류가 시작되었습니다. '사십 년간 한국 의 제자 은사 찾아, 곧 재회'라는 아사히 신문 기사를 가마타 주지가 보 시고 제게 편지를 주셔서 알게 되었지요.

가마타 주지와 본원사 일요학교

가마타 주지는 식민지 시대, 본원사(本願寺)에 오셔서 일요학교를 여 셨어요. 내 느낌으로는 당시 조선인이 일본인 절에 일요학교의 학생으 로 온다는 것은 생각도 못하던 일이었지요. 그런데 부여는 시골이었고, 가마타 주지는 조선 사람에게도 똑같이 문을 열어 놓았다고 합니다. 그 러니까 조선인 아이도 똑같이 일요학교에 왔습니다.

그 무렵은 좀처럼 병원에 가는 것이 어려워서, 약을 파는 것이 성행을 했을 때이고, 복통이라든지 두통이라든지 감기약 같은 것을 오는 사람 들에게 주기도 했다고 합니다. 원래, 가마타 주지의 고향은 가고시마이 고, 선조는 시마즈공(島津)[111]의 전의(典醫)[112]였던 사람으로, 아버지는 수의사였지요. 그래서 약은 쉽게 구할 수 있으니까 포교를 하면서 사람 들에게 약을 돌리기도 했던 거지요.

그 당시 일요학교 학생 중에 김종필, 그러니까 한국의 제이인자, 그 사람이 일요학교 학생이었다고 합니다. 그리고 부여에 있는 절, 정림사 라고 흔적이 남아 있잖아요. 석탑이 있고, 이상한 얼굴을 한 석상이 안 쪽에 있고, 이미 절은 없어져서 흔적이 없고, 지금은 벽을 둘러쳐 놓긴 했지만요. 김종필 씨는 부여 출신이라고 합니다. 그래서 정림사를 재건하고 싶다는 생각을 가지고 있는 것 같았어요. 그러니까 '경주는 눈으로 보는 곳, 부여는 마음으로 느끼는 곳'이라지만 아무것도 없다 보니 역시 눈에 보이는 것을 남기고 싶다는 생각을 하고 있는 것 같았습니다. 그러니까 대통령이라도 되면 말이지요. 아무튼 대통령에 입후보를 하기도 했지요. 유세를 할 때는 가마타 주지도 서울까지 갔었지요. 그때 김종필 씨는 일흔두 살 정도였고, 나이가 조금 많은 편이었지요. 결국 나중에는 물러났지만요.

그리고 부여문화원의 원장을 하시던 LS 선생님은 어릴 적에 일본에서 지냈기 때문에 일본인과 분간이 안 갈 정도로 일본어가 유창하지요. 그 선생님도 역시 주지하고 친하고 해서, LS 선생님과 가마타 주지 그리고 저 이렇게 셋이 공항에서 김종필 씨를 만나게 되었지요. 공항 귀빈실에서 기다리고 있으니까, 김종필 씨 뒤를 사람들이 줄을 지어서 오더군요. 우리가 앉아 있는 귀빈실에 제일비서, 제이비서 등이 먼저 차례차례로 들어오더니 김종필 씨가 들어왔지요. 그때 김종필 씨가 이야기한 것은 "아, 저는 어릴 때 가마타 선생님한테 검도를 배웠어요"라고 하면서, 원래는 십오 분간 약속을 했었는데 삼십 분 이상이나 이야기를 했지요. 거기에서 여러 가지 이야기가 있었는데, 자기는 부여 정림사를 재건하고 싶지만, 그런 자금을 구하기가 어렵다. 하지만 일본에는 전국에 셀 수 없을 만큼 절이 많으니, 그 절에서 일 엔씩만 내더라도 재건비가 나올 것 같다. 그러니까 가마타 주지에게 꼭 그 재건을 도와주었으면 좋겠다고 말했던 것이 생각납니다.

회견이 생각보다 길어졌고, 끝나고 복도에 나오니까 사람들이 쭉 서 있더라구요. 그래서 참 대단하다고 하니까, "이 나라 넘버 투니까, 당연한 거겠죠"라고 주지가 대답을 하더군요. 뭐 그런 일이 있기도 했습니다. 김종필 씨는 그림도 잘 그립니다. 그림이 수록되어 있는 책을 선물로 받기도 했지요.

가마타 주지와 한일친선교류

가마타 주지가 왜 한국 방문을 시작했는가 하면, 한일친선친우회라는 것을 스스로 만들었지요. 발기인도 자기이고, 회장도 자기이고, 내가 믿는 길, 나 혼자라도 간다라는 식의 사람이었어요. 그분은 패전 후 조선에서 돌아오기 전에, 절에서 맡고 있던 유골을 어쩔 수 없이 절 앞마당에 묻고 왔답니다. 이미 절은 다 불에 타버려서 형태는 없고, 그 자리에는 제재소가 들어섰지요. 그래서 그 제재소의 전 사장 때는 그러한 사정도 알고 해서 저희가 가서 경을 읽고, 양초를 켜고 향을 올리며 참배하는 것을 호의적으로 허락해 주셨지요. 그런데 그분이 나이가 들어 돌아가시고 난 후, 그 아들 대가 되니까, 일본인이 우르르 몰려와서 경을 읽거나 촛불을 키거나 하는 것이 기분이 언짢았던 모양입니다. 우리쪽에서도 그런 낌새를 채고, 나중에는 주지만 대문 밖 길에 서서 참배를 하고, 다른 사람들은 차에서 내리지 않고 기다리고 있었지요. 마지막에는 그런 식이 되었어요.

처음에는 장미나무 등이 있는 정원이었는데, 나중에 가니까 창고 같은 것이 서 있기도 하고, 재목이 쌓여 있거나 했지요. 그러니까 아마 젊은 아들 입장에서는 거기에 일본인 유골이 묻혀 있다는 사실이 다른 사람에게 알려지는 것이 싫었는지도 모르겠습니다.

나라가 다르기 때문에 마음대로 땅을 파서 유골을 꺼낼 수도 없잖습니까? 게다가 주지도 유골을 파낸다 하더라도 그것이 누구의 유골인지 알 수도 없으니 별수 없다고 생각을 해서, 그냥 그대로 두기로 한 것이지요. 그리고 나중에는 주지 혼자 가서 참배를 했습니다.

일본인의 유골 인수

이흥렬 씨던가요? 해방 후에 조선에 남겨진 일본인 유골 오백 구 정도를 쭉 모시고 있던 분이 계셨지요. 그런데 그분이 이제 나이가 많다 보니 일본에서 그 유골을 인수해 줬으면 좋겠다고 이케다 마사에(池田正枝) 씨[113]에게 상담을 해 온 모양입니다. 이케다 씨는 큰 문제이다 보니 그것을 어떻게 하면 좋을지 몰라서 고민을 하다가 제게 처음으로 편지를 주셨지요. 나도 그런 커다란 문제는 어떻게 하면 좋을지 몰라서, 당시까지만 하더라도 건강하시던 가마타 주지에게 상담을 했습니다. 가마타 주지는 이렇게 고마운 분이 어디 있냐고 하시면서, 이름도 모르는 일본인 유골을 오십 년 동안이나 지켜 주신 분한테 너무 감사하다고 말씀을 하시더군요. 일단 중요한 일이니 먼저 교토의 본산[東本願寺]에 이야기해 보겠다고 하시더군요. 본산 쪽에서 곤란하다고 거절한다면 당신이 받을 생각이었지요. 그런데 본산 쪽에서도 너무 감사하다고 하면서 받겠다는 것이었습니다. 그래서 본산 쪽에서도 승려들이 가서 인수의례를 마치고 히가시오타니(東大谷)로 유골을 무사히 가지고 돌아왔습니다.

가마타 주지도 조선에 묻고 온 유골이 이백 구 정도 있었던 것 같습니다. 돌아와서도 그것이 몹시 신경이 쓰여서, 국교정상화가 되어 자유롭게 갈 수 있게 되면, 한국에 가서 법사도 하고 또 간 김에 한일교류도 해야겠다고 생각을 했답니다. 그리고 이전부터 생각한 것은 일본에 불교를 전해 준 것은 백제인데 그 은혜를 갚은 적이 없으니, 감사하는 마음에서 범종이라도 기부하고 싶다는 희망을 가지고 계셨지요.

사실 일본에 돌아온 후, 가마타 주지도 마음은 언제나 한국에 가 있었습니다. 그래서 자기의 묘도 부여의 조왕사와 서울의 구룡사에 만들었지요. 결국 죽어서 혼은 한국에, 그리고 뼈는 일본에 두겠다는 마음이었지요. 주지는 그 정도로 한국을 사랑하고 계셨습니다.

그런데 남은 가족의 입장에서 보면 참 귀찮은 일이지요. 지금은 카나자와에 살고 있는 아들이 매년 성묘하러 한국을 다녀오고 있습니다.

낙선재의 이방자 여사를 예방하다

이방자 여사를 방문하게 된 것은 어떠한 계기였습니까?

한일친선교류의 제일 본보기가 되는 것이 이방자(李方子) 여사이지요. 정략결혼을 했다고는 하지만, 한국 사람과 결혼을 해서, 한국인으로서 한국에 뼈를 묻고, 돌아가신 이은(李垠) 전하의 유지이기도 한 자선사업에 평생을 살아오신 그분의 생각은 한일친선친우회의 귀감이 되기에 예방을 하게 되었습니다. 매년 계속해서 다녀왔지요.

그 무렵 가마타 주지는 교원사(敎願寺)에서 한 달에 세 번 예불을 드리고 있었지요. 교원사 주변에는 종파를 같이하는 신도는 한 사람도 없었지만, 주위의 사람들이 절에 참배하러 오곤 했지요. 사실 다른 절에서는 그렇게까지 예불을 드리지 않지요. 매월 신도집에 가서 불단에 참배를 하거나 법사를 하거나 하지만, 절에서 드리는 예불은 한 번이나

두 번 정도면 많은 편이지요. 그런데 가마타 주지는 매월 세 번 정기적으로 하고 계셨습니다. 그것도 오전 두 번, 오후 한 번, 그러니까 중간에 점심식사를 하시고 하루 세 번 예불을 드렸던 거지요.

또 예불을 드릴 때 참가한 사람들에게 설교를 하면서, 한국에 대한 것들도 많이 말씀을 하시고, 한국에 대한 자신의 희망도 이야기를 한 것 같습니다. 후쿠노마치(福野町)는 시골이니까, 한국을 잘 모르기도 하구요. 그랬더니 공감하는 사람들이 있어서, 그렇게 좋은 곳이라면 언제 주지 스님이 갈 때에 우리도 데려가 달라고 이야기가 나오게 된 거지요. 그 무렵은 이제 생활에 여유도 생기게 되고, 어떻게든 해외여행도 갈 수 있게 된 시기였거든요. 그렇게 해서 계속 한국에 가게 되었던 거지요.

한국에 가는 멤버들은 매번 같이 가는 단골도 있었지만, 새로운 사람들도 합류를 했지요. 적어도 버스 한 대는 빌려야 했으니까 사십 명 정도는 갔습니다. 가마타 주지의 생각은 한국 사람과 교류를 해 보면 결코 냉정한 사람들이 아니라는 것, 정이 많은 사람들이라는 것을 알게 될 것이고, 또 일본 사람들은 선물 사는 것을 좋아하기 때문에, 선물을 사게 되면 조금이나마 한국에 보탬이 될 것이라고 생각했지요. 가마타 주지는 뭐든지 "사세요, 사세요"라고 했지요. 그 중에는 선물로 염주를 가득 사는 사람도 있었습니다.

'지난 세월'이던가요? 이방자 여사 자서전. 나중에 제목을 바꾸어 다시 써서 출판사나 자비출판을 통해서 여러 가지 책들이 나왔지요. 그래서 한일친선친우회 사람들이 낙선재를 방문하면, 이방자 여사와 관련된 책을 사거나, 그릇을 사거나, 물론 금일봉도 드리곤 했지요. 이방

사진 49. 이방자 여사 예방, 낙선재에서(왼쪽: 이방자 여사, 중앙: 스기야마 토미 씨)

자 여사로서도 자금을 모아 학교를 운영해 가지 않으면 안 되었으니까요. 아마 그런 선물로 팔 물건들을 만드는 작업실도 있었던 것 같아요. 지체부자유자라든지 지적장애자가 들어가는 명휘원과 자혜학교의 운영비용은 이방자 여사의 사비였을 겁니다. 이방자 여사께서 학교를 만드실 때는 그런 복지 관련 시설에 돈을 지원할 만큼 국가가 여유가 없었다고 생각됩니다. 독립 후 한국은 경제발전이 우선적이었고, 복지, 특히 지적장애아들을 돌볼 만큼의 돈이 없었지요. 그러한 일들은 이방자 여사가 하셨지요. 이방자 여사는 날씨가 좋은 날에는 낙선재 정원에 나오셔서 차를 대접하기도 했지요. 저희들은 책을 사거나, 그릇을 사거나 했습니다. 이 성지순례는 매년 행해지다가, 십구회인지 이십회가 마지막이었습니다. 저는 네번째인가 다섯번째부터 매년 참가했습니다.

가마타 주지의 범종 기증

범종을 기증할 때, 한국 부여의 조왕사라는 절과 자매결연을 하고 그절의 경내에 범종과 종루를 기부했습니다. 그 범종의 종명은 이방자 여사께서 쓰셨지요. 그 종은 일본에서 만들면 의미가 없기 때문에 한국에서 만들었습니다. 범종을 기증하는 날에는 모두 스님들이 입는 가사를 걸치고 갔습니다.

도야마 공항에서 전세기를 빌려서 갔지요. 그런데 그 전세기는 정원이 백 몇십 명밖에 안 되어서, 여러 번 가본 사람은 이시카와 현의 코마쓰 공항에서 출발을 했지요. 나는 도야마에 살고 있는데, 전세기를 탈수가 없어서 코마쓰 공항에서 비행기로 갔습니다. 전세기에 모두 탈 수 없을 만큼 일본인이 많이 모이고, 또 한국 사람들도 모였지요. 그때는 이방자 여사도 서울에서 차로 부여까지 오셨습니다. 일반시민이 되었다고는 하지만, 조선왕조의 황태자비였던 분이었기에, 모두 엄숙한 기분으로 맞이하여 법사가 진행되었지요.

이방자 여사의 일본 방문

그때까지는 일본 쪽에서 낙선재에 계시는 이방자 여사를 방문하기만 했었는데, 이번에는 이방자 여사께서 후쿠노(福野)로 오셨습니다.

이 사진은 아드님, 차남이시지요. 어머니를 꼭 닮은 얼굴을 하고 있었어요. 부드럽고 뽀얀 피부, 정말 많이 닮으셨지요. 하와이인지 미국인지 어딘가에서 사시기도 하고, 일본에도 쭉 계셨다가, 나중에는 미국인하고 결혼하셨지만 이혼을 하고, 자제분이 안 계시니까 그렇게 끝났지요. 그런데 부인은 잠시 동안 한국의 낙선재에서 같이 생활을 하셨다고 하더군요. 아드님은 한국에 돌아갈 때 옛 왕가의 복장을 하셨다고 합니다. 어쨌든 일반인이 되었다고는 하지만, 원래 왕실 혈통이었으니까요. 이분이 마지막 왕족이니까 맞이하는 쪽도 옛날 의식에 따랐구요. 그것은 신문에도 나와 있었습니다. 벌써 돌아가셨으니, 이제 왕실의 혈통이 끊어져 버린 거지요. 한국은 피를 중요시하니까요.

이건 가마타 주지의 다다미 방. 이때도 아침부터 하루 종일 여러 가지 법사를 하고, 친목회 같은 것도 있었습니다. 그 사이에 피곤하시면 누워 계시라고 이불도 옆에 깔아 놓았지만, 괜찮다고 하시면서 안 누우셨지요. 요리는 요릿집에 시켰고, 점심은 이 방에서 드셨습니다. 나는 친구와 둘이서 접대를 담당하여 이날은 하루 종일 접대를 했습니다.

이것이 그때 사진입니다. 아! 이 법사를 한 날이 소화 육십일년(1986)

시월 십육일이네요. 날짜가 기록되어 있군요. 이후 몇 년 정도 있다가, 소화 천황이 돌아가신 해 사월에 돌아가셨을 겁니다. 이은 전하는 어릴 때 인질로 일본에 와서 일본인으로 자랐고, 이방자 여사와 결혼할 때는 본인도 모르는 사이에 신문에 나고, 그러고 나서 결혼을 하셨지만, 두 분 사이는 좋았다고 하더군요. 철이 들 무렵에 일본에 와서, 일 년에 한 번은 반드시 부모님께 보낸다고 약속을 했는데, 돌아갈 수 없었지요. 아니 일본에서 보내지 않았다고 해야 할까요? 해방이 되고, 이승만은 일본인이 된 사람을 이제 와서 맞아들일 수는 없다고 그냥 내버려 두었 답니다. 그랬던 것을, 박 대통령 시절에 생활비를 보내고 한국으로 맞 아들였습니다.

스기야마 씨와 식민지 조선

스기야마 씨는 황국 소녀(皇國少女)였다고 할 수 있겠습니까?

황국 소녀는 아니었습니다. 살고 있을 때부터 비교적 조선 편이었어 요. 조선에 살고 있던 사람들은 한국을 좋아하는 사람과 안 좋아하는 사람으로 분명히 나뉘어지지요. 저는 아주 좋아하는 사람이었어요. 부 모님도 조선 사람들에 대한 시선은 부드러웠다고 생각합니다. 왜냐하 면 저희 집은 모자가게를 하고 있었고, 조선 사람들은 소중한 고객이었 습니다. 조선 사람들은 머리에 쓰는 것을 제일 소중히 하고, 모자에는 돈도 아낌없이 사용했지요. 그러니까 좋은 고객, 단골이었습니다. 조선 인 동네에는 우리 집에서 파는 것과 같은 일본식이나 서양식 모자를 취 급하는 가게가 없었습니다. 그래서 일부러 사러들 왔지요.

여자사범이 일본인과 조선인의 공학이었다는 것이 나한테 매우 플러

사진 50. 한일불교신자 법사 기념사진, 1986

스가 되었다고 생각합니다. 그때까지는 별로 의식하지 않았었는데, 막상 함께 공부해 보니 사범에 입학한 조선 사람들은 엄선된 사람들이었습니다. 두뇌는 명석하고, 가정환경도 훌륭하고, 향학열에 불타고 있었지요. 정말로 가장 우수한 사람들이 선발되었던 것 같았습니다. 나는 아주 좋게 보았습니다.

달성국민학교에 근무할 때, 조선 사람을 깔보던, 일본에서 오신 비교적 좀 나이든 선생님이 계셨지요. 점심때가 되면 당번을 하는 학생에게 쟁반 위에 선생님의 주전자와 찻잔을 가지고 오라고 시켰는데, 어느 날 당번이 찻잔의 테두리를 손으로 만졌지요. 그걸 보고 더럽다며 화를 내는 선생님을 보았습니다. 어쩌다가 아이가 손을 댄 것을 더럽다고밖에 느끼지 못하다니라고 생각을 했지요. 분위기 파악을 못 하고 자기 고집만을 내세우는 선생님이었지요. 조선에서 자라서 사범학교에 입학한 사람은 '반도의 교육'이라는 것을 아주 소중히 생각했지만, 일본에서 중간에 온 선생님 중에는 잘 이해를 못 하는 분들도 계셨지요.

조선인 선생님들은 모두 훌륭한 선생님들이었어요. T선생님, Y선생님, 남자 선생님들도 그랬습니다. 고적대의 지도는 모두 Y선생님이 하셨어요. 소학교에서는 고적대의 반주로 조례를 합니다. 그러면, 정말 훌륭한 음악에 정열적인 청년 선생님이었지요.

나와 같은 학년을 담당한 Y라고 하는 선생님과는 한 번도 의견이 엇갈리거나 말다툼을 한 적이 없습니다. 둘이서 세 개의 반을 맡는다는 것은 정말로 손발이 맞지 않으면 못 할 일이에요. 일주일마다 담당이 바뀌지요, 성적 처리도 함께 해야지요. 그리고 그 선생님 쪽에서 보면 나는 교단에 선 지 얼마 안 되는 애송이인데도, 폼 잡지도 않고 무시하지도 않고, 정말로 힘을 모아 잘해 주셨어요. 지금도 감사하는 마음은 변함없습니다.

일본에 돌아오고 난 후, 내가 한국의 제자들과 자주 교류를 하는 것을 보고, "애들을 잘 가르쳤나 보네?"라고들 하시더군요. 나 말고도 조선이나 만주에서 교사로 재직하시던 선생님들이 많은데, 그분들은 이렇게까지 친분이 두텁지 않은데, 어떻게 선생님은 이토록 사이가 좋으냐고 묻기에, "가르치는 것은 아주 형편없었어요"라고 대답했지요. 그렇게 대답을 해 놓고 생각하니 나도 그게 의문이더라구요. 그래서 생각을 해 보니, 아마 차별할 줄을 몰랐기 때문이었을 것이라고 생각됩니다. 나 자신이 아이들을 차별할 만큼 훌륭하다고 생각하지 않았고, 일본인이라서 잘났다는 생각도 해 본 적이 없었지요. 이 애들은 늦게 일본인이 되었으니까, 같이 손을 잡고 열심히 실력을 쌓게 해야겠다는 생각은 있었어도, 아이들을 업신여긴 일은 없었던 것 같아요.

그러니까 나 자신은 그러한 입장이 아니었기 때문에 잘은 모르겠지만, 아이들 입장에서 보면 차별을 당하고 업신여김을 당하는 것은 정말로 괴로운 일이었을 겁니다. 저는 차별 같은 것은 생각해 본 적도 없지만요.

돌아와서, 일본 사람들이 한국 사람들을 바라보는 눈이 너무 일그러져 있다는 사실에 놀랐습니다. 자식들은 또 나하고 다릅니다. 조선에서 태어난 것을 자랑스럽게 생각하는 사람은 어머니뿐이라면서 웃습니다.

스기야마 씨는 당시 식민지 조선을 어떻게 생각하고 있었습니까?

어릴 때, 한일합방은 일본과 조선이 두 개의 나라로 나누어져 있는 것보다 하나의 나라가 되어 사이좋게 지내자고 해서 병합이 되었다는 식의 역사를 배웠습니다. 그러니까 정말로 호의적인 것으로, 조선 사람도 기뻐하고 있다고 생각했습니다. 조선 사람도 그것을 좋게 받아들이고 있다고 생각했기 때문에, 열심히 일본인으로 만들어야 한다, 가장 친하고 가까운 일본인이 되기 위해서 노력해야겠다는 마음으로 조선 사람을 접하고 있었지요. 하지만 지금에 와서 생각해 보면, 조선 사람들로서는 이 얼마나 어처구니없는 일이었겠습니까? 그들로서는 우리들의 문화·습관·전통을 모두 짓밟으면서, 일본인이 웬 말이냐? 우리는 일본인이 아니다. 지금은 어쩔 수 없이 일본인 취급을 받고 있지만, 저는 조선인이라는 긍지를 가지고 반발을 했을 것 같습니다. 그런데 그때는 그런 것을 모르다 보니, 조선 사람들도 일본인이 되는 것을 행복하게 생각하고 있는 줄만 알았던 거죠.

지금 스기야마 씨에게 식민지 조선이라고 하는 것은 과연 어떤 존재입니까?

고향이라고 생각합니다. 그러니까 나중에 죽어 영혼은 반드시 한반도로 돌아갈 거라고 생각합니다. 태어나서 만 이십사 년 동안 살던 곳이니까요. 거기서 이미 완성이 되어 있었어요. 어른이 되었던 거지요. 일본에서 태어나서 도중에 몇 년 동안 가 있었다든가 하는 것이 아니고, 정말로 한반도의 대지에서 나온 것들을 먹고, 한반도의 공기를 마시면서 성인이 되었습니다. 거기에 살던 사람들의 민족의상 속에서 나는 자랐으니까, 사실은 국적불명인 셈이지요. 물론 조선에서 나고 자란 사람 중에도 "토미는 언제나 한국, 한국 하지만, 한국 사람들 중에도 나쁜 사람 있어!'라고 하는 사람도 있습니다. 여학교를 함께 다녔던 사람 중에도 한국이 싫다는 사람은 있어요. 다시는 가고 싶지 않다는 사람도 있고, 별로 한국에 집착을 느끼지 않는 사람도 있고, 동급생이기는 하지만…, 뭐 그건 그러라는 감각을 가진 사람들도 있지요.

하지만 나에게 있어서 조선은 길러 주고, 또 많은 행복함도 느끼게 해 준 곳이지요. 좋은 친구도 만나고 말이지요. 제가 근무한 곳은 조선인 소학교였어요. 저는 여자사범을 졸업하고, 일본인 소학교에 부임하지 않은 것을 다행스럽게 생각합니다. 조선인 학교여서 행복했지요.

단지 한국 사람들에게 얼마나 많은 한을 품게 했을까 하는 생각을 하면, 시간이 흐르면 흐를수록 오싹오싹 소름이 돋습니다. 그 당시에는 몰랐었어요. 원래 가해자는 그 아픔을 모르는 것과 같이 말이죠. 제자들이 열심히 나를 따라 주었지요. 그러니까 제가 제자를 감싸 준 것이 아니라, 조선의 아이들이 저를 위해 열심히 노력을 해 주었던 거지요. 정말로 그때는, 열심히 전쟁을 위해 충성을 해야 하고, 짐승 같은 미국 영국(鬼畜米英)이라고 생각을 했었지요. 참교육이라는 것은 무서운 것이라는 것을 새삼 느낍니다. 돌아오고 나서 제 자신의 모자람이 정말로 한심했지요. 그 와중에서도 생명을 걸고 전쟁에 반대하던 분들, 감옥에 가거나 고문을 받으면서까지 자신의 의지를 끝까지 굽히지 않던 분들도 계셨으니까요. 그렇지만 그때는 자신이 하고 있는 일이 잘못되었다고는 생각도 못 했습니다. 정말 그러한 것을 느낄 수만 있었다면, 좀더 아이들을 보듬어 줄 수 있었을 텐데 말이지요.

그런데 내가 일본에 돌아와서 처음으로 한국에 갔을 때, KJ라는 남학생도 마중을 나와 주었습니다. 그 아이가 "저는 선생님한테 한 가지 잊

혀지지 않는 추억이 있습니다"라고 해서, 어떤 거냐고 물으니까, 그 아이가 어느 날 교장선생님께 주의 받았는지 꾸중을 들었는지 했답니다. 사실 그것은 교장선생님의 오해였던 모양이어서, 그래서 내가 왜 꾸중을 들었냐고 묻고, 그 아이가 꾸중을 듣게 된 경위를 듣고 나서 내가 그건 교장선생님이 나쁘다고 말하더랍니다. 그러니까 그때 자기는 선생님이 자기를 감싸 줘서 정말로 기뻤다고 하더군요. 또 학생 한 명이 심한 병에 걸려서, 그 아이에게 내가 수혈을 하기로 결정을 했지요. 그런데 수혈을 하기 전날 그 아이는 죽고 말았습니다.

아이들이 자주 집에 놀러 왔지만, 부모님들도 조선인이라고 해서 싫어하거나 차별하거나 하는 것은 없었지요. 오히려 어머니는 저에게 "너처럼 재미없는 애한테, 뭐가 재미있어서 놀러들 오냐?"라고 말씀하곤 하셨지요. 어머니 생각은, 이 아이들 덕분에 자신의 모자란 딸이 교단에 설 수 있다고 생각을 해서, 아주 아이들을 소중히 생각했었지요. 그런데 우리 집이 학교에서 아주 멀었어요. 아이들의 걸음으로는 오는 데 아주 힘이 들었을 겁니다.

한국의 좋은 점을 알리고 싶다

오랜만에 한일친선협회의 회합에 가서, 한국을 좋아하는 사람들 속에서 호흡을 하면 공기가 다르다는 것을 느낍니다. 그 사람들과는 평상시에는 그렇게 자주 연락을 하고 지내는 것은 아니지만, 서로 만나면 "한국에 가자! 가자!"라며 뜨거워지고, 또 정말로 한국의 좋은 점을 알리고 싶다는 사람들뿐이지요. 내가 신문에 투고를 하게 된 것도 그 때문이랍니다. 그런데 너무 한국색을 강하게 나타내면 기사로 채택이 안 되지요. 이방자 여사에 관해서 썼을 때도 채택이 안 되었지요. 그러니까 한국의 왕실 얘기 같은 것은 미묘한 문제니까요. 텔레비전에서도 두세 번 저의 파란 많은 인생을 방영한 적이 있습니다.

십 년 정도 전과 비교하면, 한국에 대한 일본 사회의 인식은 엄청난 차이가 있잖아요. 역시 한류 붐 영향은 대단하죠?

글쎄요. 나로서는 이제야 알았냐 하는 정도의 느낌이지요. 가나자와(金沢)에 사는 어떤 청년은 한국에 다녀온 뒤로 히키코모리(은둔형 외톨이) 증세가 나았지요. 그 청년은 대학을 졸업하고 사회생활을 시작했지만 잘 적응을 못했다고 합니다. 근데 그 청년의 할머니는 소학교 선생님으로 퇴직을 하신 저의 선배였어요. 그리고 공제조합[114]의 기관지에 투고한 내 글을 보고, 내가 한국과 관계를 맺고 있는 걸 알고는 편지나 전화로, 사실은 손자가 히키코모리라고 말씀을 하시더군요. 밖을 거부하고 집에만 틀어박혀 있는 동안 가마타 선생(가마타 주지의 아들)하고 내 한국인 아들 IJ가 모여서, 그 집에 가거나 만나거나 했지요. 그래서 나중에 그 아이는 한국에 유학도 했습니다.

가마타 선생, IJ, 나 이렇게 셋이서 처음으로 그 집을 방문했을 때, 가족들도 그 아이가 우리를 만나 줄까 걱정을 했는데, 방에서 나왔습니다. 한국과 친선교류에 정열을 쏟아 온 가마타 주지의 절에 가 보고 싶다고 해서 후쿠노까지 데려갔지요. 가는 도중에 차 안에서 그 청년에게 왜 한국에 가고 싶으냐고 물었습니다. 그러니까, 집에 틀어박혀 있는 동안에 한국 노래를 들었다고 합니다. 그리고 노래를 듣다 보니 그 노래의 의미가 알고 싶어져서 혼자서 한국어를 공부했다고 합니다. 그랬더니 이번에는 가 보고 싶어져서, 처음에는 전혀 모르는 사람들과 관광단에 섞여 갔다고 했습니다. 전혀 모르는 사람들과 섞여 가는 것이 좋았다고 했습니다. 한국에 가서, 이번에는 한국이 따뜻한 나라라는 것을 알고 다시 자기 혼자서 다녀오겠다고 하니까 할머니께서 걱정을 하셨다고 하더군요. 이렇게 다른 사람하고 담을 쌓고 생활하는 아이가 혼자서 한국에 가면 어떻게 되는 것이 아닌가 하고 걱정이 되어서 내게 전화를 하게 된 거지요.

나는 한국에 있는 IJ에게 메일을 보내 상담하고, 후쿠노의 가마타 선생이라든지, 힘이 될 수 있는 사람들에게 도와달라고 부탁을 했습니다. 그래서 서로 상의를 한 끝에 좋은 결과가 나오게 된 거지요. 그때 IJ는 그 청년을 서울에 있는 절에도 데려갔다고 했습니다. 그 후 일본에 돌아와서 다시 유학을 하게 되었던 거지요.

그러니까 한국은 그런 따뜻함이 있습니다. 개방적이어서 누구라도 가슴으로 안아 줄 것 같은 그런 느낌이 드는 나라이지요. 차갑고 매정한 얼굴이 아니고, 말투는 좀 거칠다 해도 진심으로 생각해 주지요.

주註

1. 식민지 시대의 지역명, 민족명에 대해서는 조선, 조선인이라고 표기하였다.

2. 스기야마 씨 구술에 따르면 지도상에 기록되어 있는 야마주 제사(山十製絲)로 추측이 되지만, 회사명은 기억하지 못하였다.

3. 대구본정공립심상소학교. 1918년 4월 개교.

4. 대구공립 경북고등여학교. 1926년 3월 개교. 개교 시는 대구공립여고등보통학교.

5. 관립 대구의학전문학교. 1933년 3월 개교.

6. 관립 대구사범학교. 1929년 4월 개교.

7. 대구공립상업학교. 1923년 2월 개교. 조선인과 일본인의 공학.

8. 대구공립고등여학교. 1915년 11월 개교.

9. 1906년부터 1938년까지의 조선인 초등교육기관. 1938년 제3차 조선교육령에 의해 심상소학교, 1941년 국민학교령에 의해 국민학교로 개칭을 하여 일본의 초등교육 기관과 같은 명칭으로 변경되었지만, 기본적으로 조선인과 일본인을 따로따로 교육하는 것은 변화가 없었다.

10. 동양척식주식회사의 약어. 일본의 법률에 근거하여 1908년 조선에 설립된 농업 척식을 주로 담당하는 식민지 통치를 위한 국책회사.

11. 무용가 최승희(1911~1969). 어릴 때부터 재능을 인정받아 일본으로 건너가 현대 무용의 대가 이시이 바쿠에게 사사됨. 후에 독자적인 스타일을 만들어 일본은 물론 유럽, 미국에서도 호평을 받았다. 전시 중에는 중국 전선의 일본군 위문단의

일원으로서 위문 활동 등을 실시하였다.

12. 이시이 바쿠(1886-1962). 일본의 현대무용가. 제국극장 제1기생이 되어, 제극가 극(帝劇歌劇)이나 아사쿠사(浅草) 오페라 등에서 활약하였다. 대정 시대에는 유 럽이나 미국에 건너가 현대무용을 연구 '모던 댄스'의 선각자가 되었다. 초창기 의 다카라즈카(宝塚) 가극단 등의 지도를 거쳐, 작곡가 야마다 코사쿠(山田耕筰) 등과 손을 잡고, 일본 무용의 새로운 경지를 개척하였다.

13. 스모장이나 극장 등의 관객석의 형태. 목재로 사각 모양의 구획을 만들고, 여러 사람을 수용하게 만든 자리.

14. 하나미치(花道) : 가부키(歌舞伎) 극장에 있는 무대시설의 하나. 배우들이 관객석 을 가로질러서 무대로 올라가도록 만든 통로.

15. 종이를 주름지게 접어서 한쪽을 테이프 등으로 감아 만든 부채. 사용법은 테이프 를 감은 부분을 쥐고 반대편으로 상대의 머리나 얼굴을 때린다. 만담 등 개그 문 화를 상징하는 것으로서 자주 이야기된다.

16. 김영희에 의하면, 대구방송국의 정식 개국은 1940년 10월로 되어 있다. 하지만 스기야마 씨가 소학교 6학년(1933년 4월에서 1934년 4월)이었던 해와, 대구방송 국이 개국을 했다고 이야기되어지는 1940년과는 7년의 시간 차이가 있다. 『조선 연감』에 따르면 경성방송국은 소화 9년(1934년) 1월 8일부터 조선 색채가 들어 있는 프로그램을 매월 정기적으로 전국방송을 실시하고 있었고, 동년 10월 28일 의 '지방도시 소개방송'에서 대구도 소개하고 있다. 또 경성방송국에서는 매월 '어린이시간'이나 '음악 연예, 연극'이라는 프로그램도 방송하고 있었는데, 이 프 로그램을 위해서 스기야마 씨가 소속된 모토마치소학교의 합창이 녹음되었을 가 능성도 있다. 향후 검토해야 할 과제이다.

17. 1907년 9월, 제12여단 사령부가 대구에 설치가 되어 보병 제14연대가 대구에 주 둔했다. 1909년, 보병 제14연대가 귀국, 대구수비대로서 임시 한국파견대가 신설 되었다. 1910년, 한일합방으로 임시 한국파견대는 임시 조선파견대로 명칭을 변 경. 그 후 1916년, 임시 조선 파견 보병 제2연대라고 개칭되어 일본 황실로부터 군기가 친수되었다. 1919년에는 제210사단에 속했다.

18. 일본이 패전할 때까지 조선·만주·중국에 걸쳐 합계 18개의 점포를 가지고 있던 백화점. 1905년, 일본의 오우미(近江) 상인 2대째인 나카에 카쓰지로우(中江勝治郎) 의 4명의 아들들에 의해, 대구에서 잡화·방물가게로서 창업되었다.

19. 중남미산 파나마 풀을 가늘고 희게 찢어 짜서 만든 여름 모자.

20. 단단하게 짠 밀짚모자.

21. 욱일기(旭日旗)는 둥근 일장(日章)과 방사광선(放射光線) 욱광(旭光)을 겹쳐서 디자인한 깃발이다. 정식으로는 군기이지만 민간에서도 정월 초하루나 스포츠 국제시합의 응원 시에 이용하기도 한다.

22. 기생집을 단속을 하는 곳. 또 기생들을 소개하거나 대금의 정산 등을 하는 곳.

23. 플록 코트·모닝 코트 등의 예장(禮裝)에 쓰는 운두가 높고 둥근 모자. 색깔은 보통 검은색이다.

24. 가마타 코묘(釜田恒明, 1914~1998) , 가고시마 현 태생. 교토에서 승학에 입문, 동본원사(東本願寺)에서 득도. 1937년, 조선개교사로서 경성 남산본원사, 부여 본원사, 논산 본원사에서 근무. 1946년, 패전과 함께 일본 도야마 현에 정착. 도야마 현 후쿠노마치에서 교원사(敎願寺)를 재건. 1979년 한일친선친우회를 결성. 한일친선 교류에 진력을 다함. 1985년, 부여 금성산에 범종을 기부. 1990년 통도사의 서울 포교당 구룡사와 자매결연.

25. 1970년 오사카에서 개최된 만국박람회.

26. 동제 형식의 일본의 전통축제.

27. 신사에서 신을 모시는 것을 생업으로 하는 사람. 신관.

28. 신사의 제례 때, 신위를 실은 가마가 신사를 나와서 잠시 머무는 곳.

29. 신전에서 행해지는 춤과 음악.

30. 신사에서 가구라를 추거나 하는 미혼의 여성.

31. 메이지 유신 이후, 국가 신도에 의한 신사의 품격을 나타내는 것 중의 하나.

32. 신란 성인(1173~1262). 일본 가마쿠라 시대 초기의 승려. 정토진종(淨土眞宗)의 창시자.

33. 정토진종 본원사 8대승 연여(蓮如)가 그 포교 수단으로써 전국의 문하생에게 법

어로 쓴 편지(일본어의 히라가나 표기로 쓴 법어).

34. 보은강(報恩講) 조사(祖師)의 제삿날에 보은을 위해서 실시하는 법회. 정토진종 에서는 개조(開祖)인 신란(親鸞)의 기일(음력 11월 28일)을 마지막 날로 하고, 7 일간 밤낮에 걸쳐 법회를 실시한다.

35. 절에서 내는 식사.

36. 사쓰마번(薩摩藩: 현재의 가고시마 현)의 지방 영주.

37. 에도 시대, 막부나 영주의 전속 의사.

38. 염불계의 지하 신앙조직. 동북지방의 '은폐염불(隱し念仏)', 본원사 교단의 문하 생에 의한 '밀사법문(秘事法門)', 정토진종을 금교로 한 사쓰마번 등의 '은닉염 불'이 있다. 당시의 권력이 이단으로 규정하고 탄압의 대상으로 삼았다.

39. 고향을 떠나 있던 사람이 성공하여 고향에 돌아가는 것.

40. 신사의 입구나 신전 앞에 놓아두는 한 쌍의 사자를 닮은 동물상. 옛날 고려에서 전래되었다고 하여 코마이누(高麗犬)라고 한다는 설이 유력하다.

41. 원래는 문자 그대로 등바구니를 의미하며, 초롱불이 바람에 꺼지지 않도록 나무 나 종이 등으로 틀을 만든 것으로, 승려들이 주로 들고 다녔다고 전한다. 하지만 일반적으로 토우로(燈籠)라고 하면, 신사나 절 또는 거리에 고정되어 있는 등불을 의미한다.

42. 일본의 최소행정구역인 정촌(町村)들은 여러 아자(字)로 구성된다. 아자에는 오 오아자(大字)와 고아자(小字)가 있으며, 보통 아자라고 했을 경우에는 후자를 일 컫는다.

43. 아스카(飛鳥) 시대에 백제로부터 전래되었다고 하며, 신사와 절의 다양한 행사에 수용되어, 영수라고 일컬어지는 사자가 액을 쫓는 동물로 여겨졌다. 에도(江戶) 시대에는 예능집단도 탄생하여, 일본을 대표하는 민속예능으로서 정착했다. 도 야마의 사자무는 봄, 가을에 행해지는 축제에서 행해지며, 도야마 현의 100개 이 상의 마을에서 지금도 활발히 행해지고 있다.

44. 이 사진은 도야마 현 교육위원회의 허가를 얻어 수록한 것이다.

45. 백합과의 다년초 식물. 흰 비늘꼴 줄기는 마늘을 닮았고, 홀쭉하고 독특한 냄새가

있다. 단식초 등에 절여서 먹는다.

46. 사대절(四大節)이라고도 한다. 사방배(四方拜: 1월 1일), 기원절(紀元節: 2월 11일, 천장절(天長節: 천황의 생일. 메이지 천황은 11월 3일, 대정 천황은 10월 31일, 소화 천황은 4월 29일. 원래 대정 천황의 생일은 8월 31일이었지만, 성서기를 피해 2개월 후를 천장절로 하였다.), 명치절(明治節, 명치 시대에는 천장절. 11월 3일)의 축일을 이야기하는데, 소화 시대에 들어와 명치절이 지정(1927년)된 후 사대절(四大節)이라고도 하였다.

47. 일본 식민지시대에 각지의 학교에서 천황 황후의 사진과 교육칙어를 보관하고 있던 건물.

48. 교육칙어. 정식 명칭은 '교육에 관한 칙어'. 메이지 천황의 이름으로 국민도덕의 근원, 국민교육의 기본이념을 명시한 칙어. 1890년 10월 30일 발포. 천황 사진과 함께 천황제 교육을 추진하는 구심점이 되었다. 1948년, 국회에서 배제·효력 상실을 결의하였다.

49. 교육칙어 발포 전후로 하여, 요청을 한 일부 학교에 궁내성(宮內省)이 보급한 천황·황후의 사진. 1930년대에는 거의 모든 학교에 보급되었다.

50. 3월 3일의 명절행사. 작은 인형을 제단에 장식하고, 감주(甘酒)·떡·복숭아꽃 등을 차려놓고 여자 아이의 행복을 비는 행사. 남자 아이의 명절은 단오이며, 히나마쓰리는 여자 아이의 명절로 여긴다. 히나마쓰리가 현재와 같이 정착된 것은 에도 시대에 들어와서의 일이고, 기원은 액을 쫓기 위해 인형에 공물을 바치고 물로 씻어 내린 고대의 풍습이다.

51. 히나마쓰리에 장식하는 인형. 히나 인형은 평안시대 귀족의 의복을 입고 있다. 남자 인형과 여자 인형은 각각 천황과 황후를 상징하며, 3명의 궁녀는 궁중에서 시중을 드는 궁녀를 나타낸다. 다섯 명의 악사는 일본의 전통예능인 노(能)를 연주하는 5명의 악사를 상징한다.

52. 중학년이란 소학교 3, 4학년을 말함

53. 연대미상. 모모야마 시대의 호걸. 강담이나 독본 『石見英雄錄』 등에는 아마노하시다테(天橋立)에서 복수를 할 때까지 여러 곳을 돌아다니며 무술을 배우고, 비

비나 산적을 퇴치하는 호걸로서 활약하였다고 전해진다. 일본의 전통연극인 가부키(歌伎)에서도 다루어지고 있다.

54. '타치카와(立川) 문고' 제40편 『사루토비 사스케』(1914)에 의해 창작된 가공인물로, '사나다(真田) 10용사' 중의 한 명. 둔갑술을 사용하는 닌자를 일컬음.

55. 닌자. '사나다(真田) 10용사' 중의 한 명. 가리카쿠레시카에몽(霧隱鹿右衛門)을 베이스로 한 가공의 인물로 여겨진다. '타치카와 문고' 제55권 『사나다 3용사 둔갑술 명인 기리카쿠레 사이조(霧隱才蔵)』이 있다.

56. 나쓰메 소세키(夏目漱石)의 장편소설. 1905년 1월, 『호토토기스』에 발표, 호평을 받아 다음 해 8월까지 연재되었다. 영어교사의 집에서 키우고 있는 고양이의 눈에 보이는 주인집 가족이나, 거기에 모이는 친구나 문하생들의 인간관계를 풍자적으로 그린 것으로 나쓰메 소세키의 처녀 소설이다.

57. 가봉에는 법률적으로 변화가 있었는데, 스기야마 씨가 교원이었던 시기는 1913년에 발효된 조선총독부령 제36호를 조선총독부령 제141호(1920년 9월 4일 공포, 동일 시행)로 개정한 시점이었다. 이 규정에 의하면 판임관급 대우는 본봉의 10분의 6, 즉 본봉에 6할의 가봉이 더해졌다. 가봉이란 내지 근무자에 비해 위험하다고 판단되는 지역, 즉 생명 및 재산이 불안한 지역, 또는 풍토병의 우려가 있는 지역에서 근무하는 사람들을 특별히 보호하기 위해서 취하여진 조치이다. 한국병합 후, 제국의회에서는 조선 부임에 가봉이 필요한지를 논의하기도 하였지만, 결국 패전까지 계속되었다. 스기야마 씨와 같이 식민지 조선에서 태어난 일본인에 대해서도 가봉이 지급되었다.

58. 앞머리를 짧게 하고 뒤 머리카락을 목 언저리에서 가지런하게 똑바로 자른 소녀형의 머리 모양.

59. 일본의 옛 시인 백 명을 뽑아 그 시인들의 가장 대표적인 시 한 수씩을 모아서 만든 사화집.

60. 삶은 완두콩에 사각으로 자른 한천이나 과일 등을 더해 위에 다가 설탕꿀을 올린 음식.

61. 1937년 7월 7일의 노구교(盧溝橋) 사건으로 시작되는 일본과 중국의 전쟁. 일화

(日華)사변, 지나사변이라고도 한다.

62. 전쟁에 출정한 병사들을 위로하기 위해서 속에다가 오락물이나 일용품 등을 넣어 보내는 위문대.

63. 한 장의 천 조각에 천 명의 여성이 빨간 실로 1침씩 수를 놓아 1천 개의 봉옥을 만들어, 출정 병사의 무운장구와 평안무사를 기원하는 것.

64. 쿠라타 햐쿠조(倉田百三) 저. 연애, 성욕, 종교의 상극에 대해서, 신란(親鸞)과 그의 아들 선란(善鸞), 그리고 제자인 유이엔(唯円)의 갈등을 축으로 하여 『歎異抄: 신란의 교설을 모은 책』의 가르침을 희곡화한 종교문학.

65. 미즈노에 타키코(水の江滝子: 1915~2009). 일본의 여배우, 영화 프로듀서. 1928년, 도쿄 쇼우치쿠악극부(후에 쇼우치쿠 소녀가극단) 의 제1기생으로서 입단. 그때까지 일본에는 없었던 단발에 남장차림을 한 모습이 인기를 얻어 '남장 미인'이라는 별명을 얻었다. 이때부터 '터키'라는 애칭으로 사랑받아 국민적인 인기를 얻어 1930년대에 일세를 풍미하였다.

66. 사요 후쿠코(小夜福子: 1909~1989). 소화 시대의 여배우. 1921년 다카라즈카 음악가극학교에 입학을 하여, 다음 해인 1922년, 월조(月組)에 배속되었다. 제9기생. 소화 시대 초기에 남자역을 담당하는 여배우로서 인기가 있어 1939년, 월조 조장이 되었다. 1940년, 〈이슬비 내리는 언덕〉(사토우 하치로 작사, 핫토리 료이치 작곡)으로 콜롬비아에서 레코드 데뷔를 하는 등 활약을 계속했지만 인기가 한창인 1942년에 다카라즈카 가극단을 탈퇴.

67. 가스가노 야치요(春日野八千代: 1915~). 효고 현 코베 시 출신의 다카라즈카 가극단 전과에 소속하여 미남 남자 역을 담당하던 여배우로, 동가극단 명예이사이다. 전쟁 전후에 걸쳐 훌륭한 작품을 남겼고, 단정한 미모로 '흰 장미의 프린스' '영원의 미남'이라는 별명을 얻는 등, 인기 배우로서 일세를 풍미한 전설적인 남장 배우. 2009년 4월 현재, 다카라즈카 가극단의 현역 단원으로, 다카라즈카 가극단 역사상 최연장 기록을 세우고 있다.

68. 『고사기』나 『일본서기』에 초대 천황으로 기록되어 있는 신무 천황(神武天皇)을 모시자고 하면서 신무 천황의 궁(畝傍橿原宮)이 있었다고 여겨지는 땅에, 가시하

라 신궁(橿原神宮)을 창건하자는 민간의 유지의 청원에 감명을 받은 메이지 천황이 1890년에 관폐대사(官幣大社)로서 창건한 신사.

69. 나라 현 요시노초에 자리 잡은 고다이고 천황(後醍醐天皇)을 신으로 모시는 신사. 옛날에는 국폐소사의 지위에 있었음.

70. 암옥동굴(岩屋洞窟).

71. 동본원사.

72. 서본원사의 '물 뿜는 은행(水吸き銀杏)'을 말하는 것 같음.

73. 전기축음기의 약어.

74. 시세이도 팔러(資生堂 parlour)는 1902년 일본에서는 처음으로 탄산수라든지, 그때까지는 아직 드물었던 아이스크림을 제조와 판매하는 소다 파운틴업으로서 창업을 하였다. 1928년부터 본격적인 서양 레스토랑을 개업, 현재에 이르고 있다.

75. 관립 경성여자사범학교. 1935년 4월 개교. 1914년 3월 경성여자고등보통학교에 사범과를 설치, 1925년 4월 경성사범학교에 여자 연습과를 설치, 동시에 경성여자고등보통학교 사범과를 폐지. 1935년 4월, 경성사범학교 여자연습과를 중지하고, 경성여자사범학교로서 개교.

76. 관립 공주여자사범학교. 1938년 4월 개교.

77. 오가타 코린(1658-1716). 에도 시대 중기의 화가. 처음에는 가노(狩野) 풍의 그림을 배웠지만, 이윽고 타와라야 소우 타쓰(俵屋宗達)의 장식화풍에 심취하여 대담하고 화려한 화풍을 전개. 또 금박을 사용한 그림이나 염색과 직조 등 공예 분야에도 지대한 영향을 끼쳤다.

78. 급전보. 영어로 시급하다라는 뜻을 나타내는 urgent의 처음 2문자, 즉 U와 R의 모리스 부호가 가타카나 문자의 '우'와 '나'에 해당한다고 해서 우나전이라고 불림. 1976년에 폐지.

79. 비녀를 꽂은 머리나 상투처럼 묶어 올린 것.

80. 황기(皇紀)란 메이지 정부가 일본의 독자적인 기원으로 정한 것으로서, 1872년 메이지 정부는 『고사기』와 『일본서기』를 바탕으로 진무천황(神武天皇)이 즉위한 해를 기원전 660년으로 정하고, 즉위한 해를 황기 원년으로 하였다. 그리고

1940년은 황기 2600년이 되는 해라고 하여, 여러 가지 큰 기념식전이 개최되었다.

81. 시마키 겐사쿠(島木健作: 1903~1945). 소설가. 동북제국대학 중퇴. 농민운동에 참가. 1927년 일본공산당에 입당. 다음 해 3·15 사건에 연루되어 검거된 후 전향을 함. 1934년 문단에 입문하여 전향문학가로 활동을 하며 『생활의 탐구』 등을 통해 많은 독자층을 확보하였다.

82. 아베 지로(阿部次郎: 1883~1959). 평론가, 미학자. 1907년, 동경제국대학에 입학. 1914년 『산타로의 일기』를 발표. 이후, 이상주의·인격주의를 주창해 대정시대 중기의 사상계를 대표하는 존재가 되었다.

83. 기타하라 하쿠슈(北原白秋: 1885~1942). 일본의 시인, 동요 작가, 일본시(和歌) 작가. 시, 동요, 단가 이외에도, 신민요('마쓰시마 온도(松島音頭)' '잣키리 부시' 등)의 분야에도 걸작을 남기고 있다. 생애를 통해 수많은 시가를 남겨, 지금도 불리고 있는 동요를 다수 발표하였다. 주로 일본에서 '백로 시대'라고 불리는 시대에 활약을 하던 인물로 근대 일본을 대표하는 시인이다.

84. 야마다 코사쿠(山田耕筰: 1886~1965). 일본의 작곡가, 지휘자. 일본어의 억양을 살린 멜로디로 많은 작품을 남겼다. 일본 최초의 관현악단을 양성하는 등 일본에 있어서 서양음악의 보급에 노력했다. 또 뉴욕 카네기홀에서 자작의 관현악곡을 연주, 베를린 교향악단이나 레닌그라드 교향악단 등을 지휘하는 등 국제적으로도 활동, 서구에서도 이름을 알려진 최초의 일본인 음악가이기도 하다. 많은 군가도 작곡하였다.

85. 제정 러시아의 장군. 러일전쟁의 여순 공략시, 노기 마레스케(乃木希典)가 인솔하는 일본군에 포위되어 7개월 후인 1905년 1월에 항복. 수사영에서 개성규약에 조인함. 러시아 군법회의에서 사형 판결을 받았지만 후에 감형되었다.

86. 콘크리트로 견고하게 구축하고 안에 중화기 등을 갖춘 방어진지.

87. 경성여자사범학교에는 5개의 기숙사가 있었고, 각각 정화료(精華寮)·제미료(濟美寮)·수덕료(樹德寮)·일심료(一心寮)·적선기숙사(積善寮)라고 하였다. 적선료 이외에는 모두 교육칙어에서 따온 이름이었다.

88. 후지무라 미사오(藤村操: 1886-1903). 홋카이도 출신의 옛날 제일고등의 학생. 1903년, 닛코(日光)의 케곤 폭포(華厳滝)에서 옆에 서 있는 나무에 '엄두지감'이라고 써 놓고 자살하였다. 염세적 관념을 가진 엘리트 학생의 죽음은 '입신출세'를 미덕으로 삼아 온 당시의 일본 사회에 큰 영향을 주어, 그 뒤를 쫓아 자살하는 사람이 속출하였다.

89. 경성의 혼마치(本町) 거리를 걸어 다니는 것. 일본의 도쿄 번화가인 긴자(銀座)를 걸어 다니는 것을 '긴부라'이라고 한 것에서 따옴.

90. 1918년 5월 개교. 개교 시는 달성공립보통학교.

91. 가마쿠라(鎌倉) 시대 말기부터 남북조(南北朝) 시대에 걸쳐 활약한 무장. 가마쿠라막부(鎌倉幕府)는 그를 악당이라고 불렀다. 건무(建武) 신정의 주역으로서 아시카가 타카우지(足利尊氏) 등과 함께 활약. 명치 시대에 와서 정일위(正一位)의 지위가 주어졌다(1880년). 아시카가 타카우지가 독자의 정권을 수립하려는 목적으로 천황에 저항하기 시작한 후에는 신정의 편에 서서 끝까지 천황에게 충성을 다하였다. 그리고 아시카가 다카우지의 군과 싸워 패함에 따라 자결. 명치유신 이후, '충신'으로 추앙되어 '다이난코(大楠公)'라고 불리게 되었다.

92. 1931년, 만주사변이 발발한 후, 만주에 주둔하고 있던 부대에 철모가 없다는 것을 알게 된 국민들에 의해서 헌납이 시작된 것이 최초이다. 그 후, 비행기, 곡사포, 그리고 그 외의 각종 금전과 물품으로 모은 헌금은 1933년 초에 육군을 위해서 700만 엔, 해군을 위해서 100만 엔에 달하였고, 그 중 육군 애국기 75기와 해군 보국기 28기가 포함되어 있었다.

93. 천황이 만든 시와 단가.

94. 농촌이나 산촌 등에서 일할 때 입는 옷으로, 기모노 위에 입는 일종의 바지.

95. 관리의 숙소료에 대해서는 숙소료 지급 규정(1920년 조선총독부 훈령 제26호)에 의해 관리의 등급과 부임지의 등급에 따라 금액이 정해져 있었다. 식민지 조선에 있어서는 공립학교 교원도 판임관 관리였기 때문에 이 규정에 따라 지급되었다.

96. 일본의 전통적인 나기나타(긴 자루 끝에 휘어진 칼이 달린 무기)를 사용한 현대 무도. 총의 전래와 함께 전장에서는 사용되지 않게 되었지만, 명치 시대 말기부

터 대정 시대에 걸쳐서 여자들의 무도로서 발전했다.

97. 도쿠토미 소호(德富蘇峰:1863~1957). 명치 시대부터 소화 시대에 걸쳐 활약한 저
널리스트. 본명은 이이치로우(猪一郎). 1887년 민우사(民友社)를 창립하여 '국
민지우(國民之友)'를 창간하고,1890년에는 '국민신문'을 창간하였다. 평민주의
를 주창함. 청일전쟁을 계기로 국가주의로 전향하였다. 야마가타 아리토모(山
縣有朋)나 가쓰라 타로(桂太郎)와 가깝게 지내면서 포츠머스 강화조약에 찬성하
여, 국민신문사는 1905년의 히비야 야키우 치사건으로 폭도들의 습격을 받았다.
1910년 초대 조선 총독이었던 데라우치 마사타케(寺內正毅)의 의뢰에 따라 조선
총독부의 기관지 경성일보사의 감독으로 취임하였다.

98. 복건성이나 광동성 등의 중국 남부를 가리킨다.

99. 에도막부 말기부터 명치유신에 걸쳐서 공이 있던 인물이나 왕정복고파와 막무웅
호파 간에 일어난 무진전쟁 이후 일본의 국내외 사변·전쟁 등에서 순직한 군인,
군속 등을 주신으로 모시는 신사이다. 합사의 대상이 되는 인물은 일본 국민 및
사망 시에 일본 국민(일본령이었던 대만·한반도 등의 출신자를 포함한다)이었던
사람으로 한정하고 있다. 또한 합사 시에는 본인이나 유족의 의향은 기본적으로
고려되지 않고 신사 측의 판단만으로 행해지고 있다. 이 때문에 기독교나 불교
신자, 특히 해외 출신의 합사 대상자의 유족이 불만을 표출하고 있고, 그 중에는
재판까지 가는 경우도 있다.

100. 전쟁 등으로 인한 순국자를 모신 신사. 한 개의 부·현에 한 군데를 두는 것을 원
칙으로 하여, 부·현 신사의 사격(社格)을 가진 지정호국신사와, 그보다는 작은
행정구역인 정·촌의 사격(社格)을 가진 지정 외의 호국신사가 있었다. 제2차 세
계대전 이후에는 신사본청 산하의 종교법인이 되었다.

101. 최면·진정제.

102. 최면·진정제.

103. 이와나미 시게오(岩波茂雄: 1881~1946). 출판인. 도쿄 제국대학 철학과 선과 출
신. 1913년 이와나미 서점을 설립하여, 이와나미 문고와 학술서 등의 출판을 통
해서, 일본 문화의 향상에 기여하였다. 1945년 3월, 귀족원 의원에 당선. 1946년

2월, 문화훈장을 수훈하였다.

104. 인공감미료의 일종.

105. 합성감미료로서 이용되고 있었지만, 발암 작용과 간장 장해작용 등을 유발하여 인체에 해롭다고 하여 현재는 사용되지 않고 있다.

106. 나막신이나 짚신 등의 발가락을 걸치는 끈 부분.

107. 1946년 1월, 천황이 인간선언을 하고 난 뒤, 전쟁으로 인해 비참한 생활을 하고 있던 국민들을 위로 한다는 목적으로 기획되었다. 동년 2월부터 1954년 8월에 걸쳐 소화 천황은 오키나와를 제외한 전국 46군데의 도부 현을 돌았다. 도야마 에는 1947년 10월 30일부터 11월 1일에 걸쳐 행차를 함.

108. 1972년 삿포로 동계올림픽의 스피드 스케이트 경기에 북한 대표로 출전한 한필 화 선수는 한국전쟁 시에 오빠와 생이별을 하였다. 여동생이 삿포로 올림픽에 출장한다는 소식을 들은 오빠는 일본에 와서 동생을 만나려고 하였지만, 결국 여동생과의 상봉은 실현되지 않았다.

109. 재일본 대한민국 민단. 일본에 정주하는 재일 한국인을 위한 조직. 일반적으로 '민단'이라고 불린다.

110. 사쓰마 도자기의 역사는 지금부터 약 400년 전, 도요토미 히데요시의 조선 출병 에 동행한 당시 사쓰마 번주 시마즈 요시히로(島津義弘)가 도공들을 사쓰마에 데려온 것부터 시작된다. '흑사쓰마(黑薩摩)'는 철분이 많은 화산성의 흙을 이용 하기 때문에 검은 광택이 나고, 소박한 중후한 모습이 특징이다. 영주가 흰 도자 기를 주로 사용한데 반해, 흑사쓰마는 서민의 생활도구로서 사랑을 받아왔다.

111. 근대 사쓰마번(현 가고시마 현)의 지방의 영주.

112. 에도시대, 막부나 영주가 고용한 의사.

113. 이케다 마사에(池田正枝: 1922-2005). 식민지 조선에서 태어나 개성·경성의 조 선인 국민학교에서 교편을 잡았다. 저서로서는 『두 개의 우리나라』가 있다.

114. 동일 직업에 종사하는 노동자들과 서로 간에 돈을 갹출하여, 실업이나 병·사망· 재해 등의 사고가 있을 때 상호부조를 실시하는 조직.

한국의 독자들에게

스기야마 토미

1921년, 한국에서 태어난 저는 그 맑고 깨끗한 창공 아래에서, 한반도의 따뜻한 인정과 대지의 은혜를 입으며 성장했습니다. 서울의 여자사범학교에서는 처음으로 한국인 친구들과 공부하였고, 대구시 달성국민학교와 대구사범학교 부속국민학교에서는 한국인 아이들과 사제의 정을 맺었습니다.

제 인생의 원류가 된 한국에 대해 지금도 잊히지 않는 생생한 큰 감동과 깊은 사모, 또 그와는 반대로 황민화교육을 강요했던 아이들에게는 미안함이 있습니다. 그런 명암과 굴절을 겪으면서 벌써 반세기 이상의 세월이 흘렀다는 사실에 새삼 놀라고 있습니다.

금년(2010) 여든아홉을 맞이해, 문득 걸어온 길을 되돌아보니, 무겁고 복잡한 마음속 한편에서 한국에 대한 애정과 감사하는 마음이 한층 더 강해지는 것을 느낍니다.

1995년 8월 15일, 전후 50년을 기념하여 '여자들의 전쟁 이야기'라고 하는 한 시간짜리 프로그램이 도야마 기타니혼(北日本) TV로 방영된 적이 있습니다. 그 방송의 제작의 일환으로, 저와 당시의 한국 제자들

313

이 교류하는 모습을 취재하기 위해서 방송 관계자들과 같이 대구를 방문했을 때의 일입니다.

54년 전, 사학년 담임을 할 당시의 제자 수십 명이 이 취재를 위해 모여 주었습니다. 고등학교의 교장이 된 아이, 의학박사인 대학교수, 전 시장 부인, 그리고 형편이 어려워 가정부로 일을 하는 아이도 포항에서 달려와 주었습니다. 오랫동안 소식을 끊겼던 아이도 50여 년간의 공백을 단숨에 뛰어넘어, 동창들 앞에 모습을 나타냈습니다. 너무나 무겁고 긴 세월이었습니다. 각각 질곡의 인생을 넘어, 이날 제자들은 모여 주었던 것입니다.

7월 하순의 여름, 제자들은 모두 소학교 4학년으로 되돌아간 것처럼 그리운 모교 달성국민학교를 방문했고, 추억이 담긴 달성공원에도 가기도 하며 촬영은 진행되었습니다.

그리고 당시 반 회장을 하던 KS 씨의 권유로 저와 제자들, 방송국 관계자, 그리고 여행사 직원까지도 KS 씨의 집에서 묵게 되었습니다. 밤에는 옥상에서 시원한 밤바람을 맞으며 수박을 먹으면서, 제자들은 어린 시절로 되돌아간 듯 재잘거리고 웃고 노래를 불렀습니다. 갑자기 가슴이 뭉클해졌습니다.

"많은 사람들 대접하느라고 힘드시지요" 하고, 감사와 미안함을 전하는 저에게 "아니에요, 누워서 떡먹깁니다"라며 KS 씨는 아무렇지도 않게 웃었습니다. '이렇게 많은 사람들이 와서 시끌벅적한데….' 참으로 믿음직하고 느긋하게 느껴졌습니다. 그것이 한국인의 마음인 것 같습니다. 그 정 깊은 따뜻함에 저의 가슴은 다시 뭉클해졌습니다.

고맙습니다. 정 깊은 한국의 내 제자들. 그들의 모습을 보면서, 다음과 같은 한국 속담이 떠올랐습니다.

"가는 말이 고와야 오는 말이 곱다"

일본어로는 "시비조에는 시비조로"라고 번역되는 한국 속담입니다만, 사실 한국 속담은 '가는 말이 아름답다면, 오는 말도 아름답다'라는 의미로, 일본 속담처럼 도발적인 것이 아닙니다. 이 속담은 왠지 느긋하고 상냥함을 느끼게 합니다.

이 얼마나 아름답고 따뜻하고, 마음에 스며드는 말입니까? 말이 살아 있는 것 같습니다. 저와 일본의 제자 두 명은 이 속담에 감동을 받았습니다. 그리고 그 두 명의 제자는 제가 신문 등 여기저기에 투고한 기사를 통해 한국과 한국 제자들에 대한 저의 애정을 알고는 그것들을 정리하여 '가는 말이 고와서'라는 제목을 붙여 한 권의 책으로 출판해 주었습니다.

그리고 이 책은 1995년 12월 11일부터 3일간에 걸쳐, NHK 라디오 심야편의 '인생독본'에서 '가는 말이 고와서'라는 제목으로 15분간씩 전국에 방송되었습니다.

한국에 대한 감동과 감사하는 마음은 라디오 전파를 타고 일본 사람들에게 전해졌고, 더 나아가 한국에까지도 전해졌습니다. 그 후 다시 청취자들의 요구가 있어서 '마음의 시대'로 제목을 바꿔, 한 시간짜리 프로그램으로 두 번이나 더 방송을 타게 되었습니다. 이 아름답고 따뜻한 속담에 많은 일본 사람들이 큰 감동을 받았던 것 같습니다.

방송이 나간 후, 일본 각지로부터 편지가 왔습니다. 어느 고등학교 교장선생님은 종업식 식사(式辭)를 복사해서 보내주셨습니다. 거기에는 이 한국 속담에서 '사람을 소중히 하고' '상대를 배려하는 마음'을 배웠다고 하면서, 많은 희생과 슬픔 속에서 남겨진 큰 유산으로 삼아, 학생들을 소중히 지도해 나가겠다고 쓰여 있었습니다. 교장선생님의 학생들에 대한 깊은 사랑과 소망이 담겨져 있었습니다.

그 교장선생님은 퇴직 후에, 재직 중에 쓴 강연원고와 식사를 모아서 한 권의 책으로 정리했습니다. 그 책의 제목은 저의 그것과 같이 '가는 말이 고와서'였습니다.

제가 한국에서 받은 큰 사랑과 은혜는 비참한 역사와 한국인들의 고통을 동반한 것이었다는 것을 저는 결코 잊지 않고 있습니다. 빼앗긴 들에 찾아오는 봄의 허무함을 한탄하면서 지낸 과거. 이제는 평화를 맹세하며 행복한 미래를 위한 전진만이 필요합니다. 한국과 일본, 그리고 세계의 나라들이 이 속담에 담겨진 배려의 뜻을 가슴에 품으며 나아가길 간절히 바라고 있습니다.

저의 영혼은 틀림없이 다시 제가 태어난 땅으로 돌아갈 것입니다.

망향의 노래

한국의 추억을 자극하는 개나리
노랑 꽃망울에 봄은 슬퍼라

내 태어난 저 먼 한국의 단내음을 생각나게 하는
아카시아 꽃향기의 품으로

한국의 하늘을 생각할 때마다
마음속에서 빛바램이 없는 그 푸르름

하얀 새 머무는 언덕에 올라보면 내 태어난
저 먼 한국에 이어지는 바다 보이네

모래언덕에서 내려다보니 바다는 푸르고
한국에서 건너온 바람 내 뺨을 스치네

가을 무렵 잠시 기차에 몸을 실고서도
아련히 떠오르는 한국의 추억

지난날 나를 끌어안으려
한국의 제자들 늙은 몸을 안아 주네.

望郷の短歌

韓国の思い出かきたてれんぎょうの
黄に萌えたちて春はかなしき
わが生(あ)れし遠き韓国甘く顕(た)つ
アカシヤの花薫れるもとに
韓国の空を想いぬいくそ度(たび)
心に褪(あ)せじその蒼き色
白とりの丘に登ればわが生れし
遠き韓国に続く海見ゆ
砂丘より見はるかす海ただ蒼く
風韓国ゆわが頬に来る
汽車に乗る小さき旅にも遥かなる
韓国想えり秋立つころは
過ぎし日はわれを抱けりと韓国の
教え子老いし吾を抱きくるる

가계도

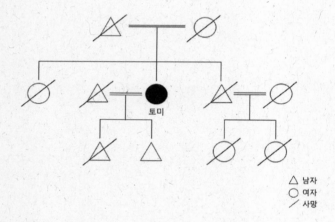

토미

△ 남자
○ 여자
／ 사망

연보

1910년대　부모님이 조선에 건너가 전라남도 영광에서 과수원을 시작.

1921년　전라남도 영광군 영광면 와룡리에서 출생.

1923년　오빠의 학교 때문에 경상북도 대구부로 이사.

1928년　대구공립혼마치(本町)소학교 입학.

1934년　혼마치소학교 졸업, 대구공립고등여학교 입학.

1939년　대구공립고등여학교 졸업, 경성여자사범학교 연습과 입학.

1941년　경성여자사범학교 연습과 졸업. 경상북도 대구 달성국민학교 부임. 4학
　　　　년 남녀 학급 담임.

1944년　경상북도의 도령에 의해, 현직을 유지한 채 모교인 경성여자사범학교
　　　　본과 연구과에 재입학.

1944년　오빠가 뉴기니에서 전사.

1944년　어머니, 올케, 쌍둥이 질녀가 대구에서 떨어진 동명의 공민관을 빌려 피
　　　　난.

1945년　대구사범학교 부속국민학교로 전근.

1945년　일본의 패전으로 조선 해방. 일본에 귀국. 부모님의 고향(본적지)인 도
　　　　야마 현 야쓰오마치(富山県 八尾町)에 귀환. 질녀, 형수 사망.

1946년　칙령에 의해 자연 퇴직. 결혼.

1947년　도야마 현 야쓰오(八尾)소학교에 재취직.

1948년	아버지 사망. 장남 출산. 도야마 현 네이 군 야쓰오마치(富山県 婦負郡 八尾町) 스기하라(杉原)소학교로 전근.
1951년	차남 출산.
1953년	미야키와(宮川)소학교로 전근, 다음 해 9월 도야마 시내의 소학교로 전근.
1969년	어머니 사망.
1972년	삿포로 올림픽 때, 제자였던 KJ, KS 부부와 재회.
1974년	도야마 시 야나기마치(柳町)소학교 교사를 마지막으로 퇴직.
1975년	도야마 현 한일친선협회 활동 개시
1976년	한국 대구의 제자들과 재회. 옛 달성국민학교에서 동창회. 이후, 제자들과의 교류가 계속됨.
1982년	BH 씨와의 재회.
1982년	후쿠노마치(福野町) 한일친선친우회 회원이 됨. 이후 매년 친우회에서 한국 성지순례를 계속함.
1983년	낙선재를 방문하여 이방자 여사를 만남. 이후, 매년 낙선재를 방문.
1986년	가마타(釜田) 주지, 부여에 범종을 기증. 합동 법요에 참가.
1986년	이방자 여사와 아들인 이구 씨가 일본의 교원사(教願寺)를 방문. 접대를 담당함.
1990년	남편 사망.
1993년	라디오 심야 프로그램(3회 방송).
1995년	기타니혼(北日本) 방송에서 '한국 제자들과'가 방송됨.
1996년	가마타 주지와의 대담, '마음의 시대'란 제목으로 방송이 됨.
2005년	한일친선협회 활동 30주년 공로 표창을 받음.